新潮文庫

風神の門

上巻

司馬遼太郎著

新潮社版

3737

目次

風神の門

上巻

八《や》瀬《せ》ノ里《さと》

京から八瀬までは、三里ある。高野《たかの》川をさかのぼって、洛北《らくほく》氷室《ひむろ》ノ里をすぎると、にわかに右手に叡山《えいざん》の斜面がせまり、前に金比羅《こんぴら》山《やま》がそびえて、すでに山里の感がふかい。

木々のうら枯れた山あいの道を、馬を悠々《ゆうゆう》とうたせて縫《ぬ》ってゆく武士があった。

背が高く、手足がたくましい。

卯《う》ノ花いろの地に銀糸をあしらった派手なそでなし羽織を着、蠟《ろ》色《いろ》鞘《ざや》に金を蒔《ま》いた無反《むぞ》りの大小を腰に、一見、堂上の諸大夫《しょだいぶ》か、諸侯の部屋住みの庶子《しょし》といった風儀にみえた。

それにしては供《とも》まわりをもたない。それだけではなく、色白の顔に目だけが異様にするどい点が、行きかう里人に、この武士の素姓《すじょう》の見当をつけかねさせていた。慶長十八年十二月のことだ。

「孫八」

と、馬上の武士が、手綱《たづな》をもつ下人《げにん》によびかけた。四十がらみの下人も、ただの様子の男ではない。おそらく焔硝《えんしょう》で焼かれたものだろう、両まゆ毛と左目がなかった。右目をかすかにあげて、

「なんでござる」

といった。

「降りる」

「八瀬ノ里までは、もうすぐでござる。がまんして乗っておじゃれ」

「足先がこごえるわ。京とはなんと妙な所ではないか。氷室をすぎると、にわかに冷える」

武士は、馬からとびおり、ゆったりと歩きはじめた。

背後の西空に、冬の陽《ひ》が、ひえびえと落ちはじめている。

「人通りが絶えたな」

「このさき、里人にも会うことはござるまい。道は、八瀬で行きどまりでござる」

「あと、十丁もなかろう。早う、八瀬のかまぶろとやらで疲れをほぐしたい。背すじが、ぞくぞくとこごえるようじゃ」

「霧隠《きりがくれ》との異名まである伊賀の服部《はっとり》才蔵どのも、意気地が無《の》うなられましたな」

「そのはずよ」

武士は自嘲《じちょう》して、

「いくら金になるとは申せ、堺《さかい》のあきんど衆の手先になっていては、身も心もなまるようじゃ。矢だまのなかで命をかけた昔がなつかしい」

「お若いのになにを申さるる。旦那《だんな》さまのご出世はこれからでござるよ」

「出世？」

武士は、夕闇《ゆうやみ》のなかで白い歯をみせた。

「サカイシ（堺仕）を百年つづけていても立身のたねになるものではない」

堺仕とは、伊賀の隠語《いんご》である。堺商人のための、いわば商業諜報《ちょうほう》をする者の称で、慶長の初年以来天下に合戦《かっせん》のたねがつきたため、伊賀盆地に住むいわゆる伊賀者たちの仕事がなくなり、堺の商人にやとわれる者が多くなった。この男も、そのサカイシのひとりである。かれらはおもに京や江戸の新府に駐在して、天下の形勢を大小となく堺へ通報し、堺商人は、その情報によって思惑《おもわく》をしたりする。しかし、戦乱のなかに生きてきた伊賀郷士のあいだでは、この安穏《あんのん》すぎる仕事は、ほこりとはされなかった。

「たいまつ」

と、才蔵は孫八に命じた。すでに、街道に日が暮れおちていた。人の世には、そういうことがある。このとき、たいまつさえつけなければ、かれらがたどった数奇な運命は、あるいは他の者を見舞ったかもしれない。

孫八が石をきってたいまつをつけたのは、三宅八幡宮《みやけはちまんぐう》の前であった。ふと前面の叡山を見あげると、この夕暮に雲母坂《きららざか》をのぼる僧でもいるのか、中腹に数点の火のうごくのがみえた。

服部才蔵は、すでに歩きはじめている。路上は、暗い。

ともすれば足のおくれる孫八が、半丁ばかり先の才蔵の影へ声をかけようとしたとき、にわかに、殺気《さつき》を感じた。

（うっ）

身を沈めようとしたときは、すでにおそかった。

馬がさおだちになっていた。孫八は手綱を捨て、とっさの機転でたいまつを足もとの高野川へ投げると、数歩走って草に身を投げた。

馬は、槍傷《やりきず》でも受けたか、いなきながら崖《がけ》をおちていった。

（何者か）

わからない。たいまつを目印に襲われたことだけはたしかだ。

孫八は目をあげて、才蔵のいる方角をみた。

剣の触れあう音がした。数人の足音が、入りみだれている。

（三人。……）

目をつぶり、耳でかぞえた。この男が加勢にゆかないのは、主人の才蔵の腕を信じきっているからだった。

孫八は、地を這《は》って接近した。相手が何者であるかを見とどけたかったのだ。

そのとき、低いうめき声がきこえ、ひとつの影が、丸太をたおすような勢いで、地上へたおれた。

「ひけ。人ちがいだ」

そんな声がした。死体をのこして、他の二人が、路上を風のように西へさして駈《か》け去った。ほとんど、一瞬のできごとだった。

「旦那さま」

孫八が立ちあがって、云《い》った。

「お馬を損じましたわ」

才蔵は、死体のそばにうずくまっている。

「そうか」

「不用心だが、もう一度火をつけてみるがよい。まさか、あの者どもは、その辺にはいまい」

孫八がたいまつを近づけると、才蔵はすでに死者の刀の目釘《めくぎ》をぬき、つかを捨て、銘をしらべていた。

「平田三河守《みかわのかみ》厚種とある。あまりきこえぬ名だが、三河の草鍛冶《くさかじ》であろう。さきのことばに三河なまりがあったが、いよいよ、この男、三河者と知れたな」

「徳川の」

「そうだ。家康の三河以来の郎従とみてよい。京にいる徳川家の者といえば、所司代《しょしだい》の家来どもだろうか」

覆面をはずした顔は、むろん見おぼえがなく、衣服に定紋がない。ふところには、汗くさい手拭《てぬぐい》が一本あるきりで、なにもなかった。

服部才蔵は、袴《はかま》のほこりをはらって立ちあがった。

「どうなさる」

「死体は捨てておこう。人ちがいだったのだ。どうせ、われらにかかわりあいはない。

……馬をひけ」

「それは、さきほど申しあげましたわい」

「なんと」

「損じた、と」

「そちは口が小うるさいわりには手がおそくできている。あの馬は金二枚であがなったものだぞ」

「才蔵さま」

といった。

孫八は、あるじを旦那さまとよんだり、その名でよんだりする。伊賀の服部ノ庄《しょう》にある才蔵の屋敷に飼われてそだったこの男は、その屋敷の二男である才蔵のうまれたときから知っている。あるじというよりも、肉親の甥《おい》のように感じているのだろうか。

「馬一頭を損じたぐらいで、そのようにこわい顔をなさるのは、孫八は迷惑じゃな」

「不足か」

「サカイシになってあきんどの手つだいをなされば、申さるることまでが、吝《しお》うなった。以前は、そのようではなかったわ」

「こいつめ、おのれが損じておいて、おれにあてこするではないか」

才蔵は苦笑した。

闇のむこうに家の灯《ひ》がみえた。右手の高野川は、川幅が急にせまくなり、瀬の音が、わくように高い。崖にかかっているのは、西塔橋《さいとうばし》であろうか。

「いよいよ、八瀬ノ里でござる」

孫八がいった。

この峡谷の里の名は、京や山城がまだひらけなかった古事記の時代から、その名が記録されている。里人を八瀬童子といい、天皇の葬儀には、御柩《みひつぎ》をかつぐ古習があった。

戸数はかぞえるほどしかない。

「訪ねる家は、たしか嘉兵衛《かへえ》茶屋と申したな」

「茶店へは飛脚にことづけておきましたゆえ、すでに支度《したく》をして待ちかねているでござろう」

云うまもなく、茶屋の者が、たいまつをかかげて西塔橋のたもとまで出迎えにきていた。

「斎藤縫殿《ぬい》様でござりまするか」

「いかにも」

才蔵は、京における表むきの名を、肥後の阿蘇大宮司家《あそだいぐうじけ》の家来斎藤縫殿頼仲という
ことにしてある。肥後ならば遠国《おんごく》でもあり、偽名が知れることは、まずあるまい。

嘉兵衛茶屋は、母屋《おもや》が渓流《けいりゅう》に面して建ち、ちかごろ建て増しした離れが四つ、崖の
うえにならんでいる。

才蔵と孫八は、その西のはしの一屋に案内された。

「にぎわっているようだな」

といったのは、母屋の裏庭に乗馬二頭がつないであったからだ。それに、ここから
はよくみえないが、東の離れ屋の軒端においてあるのは女物の乗物らしい。

「いずれのかたが、お見えか」

「高貴のむきにござりまする」

「お名は」

「はばかられまする」

(とすれば、よほど尊貴な身分の女とみゆる。あの馬は、女の従者のものであろう)

内心、持ち前の好奇心がもたげてきたが、そのくせ表情だけはむっつりとした横顔
をみせて、才蔵は床柱にもたれている。茶屋の者は、ぬぎすてた袴をたたんでいた。

ふと手をとめて、

「あの、これは血ではございませぬか」

と、すそのしみを凝視した。

「血だ」

「げっ」

「魚の血だよ」

才蔵の、笑顔がいい。顔を融《と》けるように崩すと、たいていの者は、ひきこまれるような親しみをおぼえてしまう。その者も、笑顔をみて他愛《たわい》もなく怖《おそ》れが去ったらしく、

「安堵《あんど》つかまつりました」

と息をついた。

「ふろの支度はできておるか」

「いえ、まだでございます」

茶屋の者はいそいで立ちあがって、

「あとでお報《し》らせ申しましょう」

と母屋のほうへ姿を消した。

八瀬の沐浴《もくよく》は、古来、特殊の法をもって諸国に知られている。湯をもちいなかった。

炭焼がまに似た巨大な素焼《すやき》がまを築き、周囲からたきぎをもってかまに火を加え、内部の空気が十分に熱したところで、浴客をかまの室内に入れるのである。

まず、ゆもじを着ねばならない。そのまま、室内のむしろの上に横たわるのである。むしろには塩が打たれ、アオキの葉が敷かれている。汗でゆもじが濡《ぬ》れはじめたころ、それをぬいで別室に移り、微温の湯のなかにひたるのだ。傷によく、疲れによく、疝《せん》気《き》によい。

京は近在に天然の湯をもたない。都の貴顕紳士が、冬のあいだ、八瀬にきて保養するのは、この諸国にめずらしい沐浴法があるためであった。土地が古いためにこの沐浴法にも伝説が多く、神武天皇の兄五瀬命《いっせのみこと》が、ここで矢傷をいやしたという伝えもある。

「あない（案内）がおそいな」

と才蔵がいった。

「おそらく、先客のために母屋が混雑しているのでござろう。あないを待たずに参りましょう」

ふたりは、夜の庭に出た。

母屋のぬれ縁の下に、点々と庭燎《にわび》がともされ、数人の雑仕《ぞうし》がひかえている様子が、なんとなくみやびている。

「なるほど、よほど高貴な客に相違ない」

「乗物を見ると、姫御料人《ひめごりようにん》のようでござるな。沐浴なされているあいだに、たしかめてみましょう」

才蔵は控えノ間で衣服を解いて孫八に渡し、白いゆもじに着かえ、脇差《わきざし》を左手ににぎって、廊下を渡った。

かまは、二つならんでいる。

才蔵が、無造作にその一つの扉《とびら》に手をかけて、なかに入ろうとしたとき、通りかかった少女が急にひざまずいて、手をあげ、

「あの」

といった。

「どうかしたか」

「そのおふろは、当家のしきたりとして、三位《さんみ》以上のかたがお用いになることになっておりまする」

さすがに、御所の用をつとめるこの里らしく、位階のけじめがやかましい。

「おれでは不足なのか」

「肥後阿蘇大宮司家のご家来斎藤縫殿様ならば、七位におわしましょう」

縫殿とは、才蔵の偽称である。

「別の方へお通りねがいまする」

「いや、折角きた。引きかえすのも大儀ゆえ、押していることにする」

扉をあけると、なかは、たたみを八畳ばかり敷いた広さになっており、すみに、一穂《すい》の燈明《とうみょう》が、かすかに闇をはらっている。なかは、暗い。

横たわると、アオキの葉の重い臭気にまじって、ほのかに沈香《じんこう》のかおりがただよい、かおりのなかに、気のせいか、女の肌《はだ》の甘さがのこっている。才蔵はふと目をひらいて、

（あの客の肌であろうか）

その客の名が、わからない。

才蔵は、熱気にみちた素焼の沐浴室のなかで、三宅八幡宮の前で遭った刺客のことを考えていた。

（たしかにあれは三河者だった）

わかっているのは、それだけである。

（逃ぐるとき、おれを、人ちがいだ、と叫んだ。おれのどこを見違えたか。たれを斬《き》ろうとしたのだろう）

世上は、物騒になっている。

関ケ原の合戦で覇《は》をにぎった家康が、江戸に幕府をひらいたのは、慶長八年の二月のことであった。天下の諸侯は、こぞって江戸に屋敷をおき、徳川家に臣従した。

とはいえ、関ケ原の一戦は、たんに豊臣《とよとみ》家の一奉行石田三成《みつなり》を倒したにすぎず、太《たい》閤《こう》の遺児秀頼《ひでより》はなお大坂にあり、遺臣に擁され、無双の金城にまもられて日々成人しつつあった。

（内大臣秀頼さまはたしか、今年で二十二歳になる）

世間のうわさでは、故太閤恩顧《おんこ》の大名のうち、たとえば、故加藤清正の嫡子《ちゃくし》忠広、福島正則《まさのり》といった者は、秀頼成人のあかつきには、江戸の覇権をふたたび大坂にうつす策謀を秘めているという。……才蔵は指を折って、

（家康の年は七十三だ）

才蔵ばかりではない。いまや、天下の興味は、秀頼と家康の年をかぞえることに集

中しているのだ。

　秀頼は、日々壮者になり、家康は、日々、老衰する。家康が死ねば、かれひとりの武略と人徳に服従している外様《とざま》大名は、背をひるがえして大坂に臣従するだろう。そのとき、天下は二つに裂け、ふたたび東西の激突がおこなわれることは、自然のなりゆきだった。

（家康は、自分の死の近いのを知っている。あせってもいよう。存命中に豊臣家をつぶさなければ、徳川百年の計がたたぬ。とすれば、ことしあたり、あの老人はなにをしでかすかわからぬな）

　そう見た。

　が、大坂も、だまってはいまい。

　当然の工作をする。そうした東西の策謀は、京を中心におこなわれつつあるはずだった。

（そのあらわれか）

　才蔵の闇討《やみうち》のことである。むろん人ちがいではあろう。江戸方でも大坂方でもない伊賀の一郷士を討つ必要は、たれが考えても、これはない。

（人ちがいをされるのも、なにかの縁ではある。幸い、三河者という糸口がある。こ

のなぞを解きあかせば、なにやら、おもしろいものが出てくるかもしれぬ。……あるいは）

あるいは、と思った。なにか心の燃えたつのを覚えて、才蔵は、かまの中で立ちあがった。背をかがめ、扉をあけて廊下へ出ると、冷気が一時に肌にしみた。

廊下のむこうに、湯をあび汗をおとすための別室がある。

才蔵は、ゆもじを脱ぎすて、戸をあけた拍子に、

（あっ）

とうめいた。

そこに、女がいた。身をかがめ、湯桶《ゆおけ》をもったまま、才蔵のほうへ目を見ひらき、不意の闖入者《ちんにゅうしゃ》になすところを知らない様子だった。

（これは、迷惑な）

いや迷惑なのは先方の女だろう。才蔵は一瞬とまどったが、退けばかえって恰好《かっこう》がつかなくなると思い、声を低めて、

「失礼つかまつる。拙者はそちらを見ませぬゆえ、存分に湯をお使いくだされ」

そのまま女のそばを通りぬけ、窓にむかって立ちはだかった。湯殿は高野川の崖に面しているらしく、瀬音がしきりと聞こえてきた。

あまい肌

才蔵は、京の室町の角にある人足口入業分銅屋《くちいれぎようふんどうや》の二階から、往来を見おろしながら、

「添《そ》い臥《ぶ》したい」

つぶやいた。

孫八が顔をあげ、

「え？」

「添い臥したいと申したのよ」

「たれと」

「その名がわかれば苦労はせぬ」

「ははあ、左様でござるか」

孫八は、嚙《か》んでいたほし魚をすてて、歯をみせた。

「八瀬《やせ》の湯殿で会うた姫御料人に、才蔵様は恋を召されたな」

「恋などはせぬ」

「では、なんでございます」

「寝たい」

「おなじことではござらぬか」

「恋などは、公卿《くげ》のするあそびじゃ。扇投げか香《こう》あわせか茶道のようなものであろう。まっとうな男児のすべきことではない」

「あはは、これは世にもめずらしい理くつがあったものでござるな」

孫八は、半分馬鹿《ばか》にしたように相手にならず、ほし魚を嚙みはじめた。

「おい」

才蔵は、ふりむいた。

「魚を食うのはやめろ」

才蔵の青いひげのそりあとに、無邪気な微笑がうかんでいる。が、目がきらきらと熱っぽくかがやいているのをみて、孫八はあわてて魚をすてた。

(ただごとではない。才蔵様は、恋を召された)

「お前が」

才蔵は、急に微笑をつめたくした。

「服部家重代の郎従なら、あの女をさがすことだ」

「さがしてどうなさる」

「屋敷に忍び入る」

「つまり恋でござるな」

「恋ではない」

「しかし」

孫八はくびをひねって、

「いかように探せばよろしかろうか。わしはお顔も存じませぬ。あの宿で、ついに姫のお姿もおがみませなんだぞ」

「顔は、わしも見なんだ」

「見もせぬおなごに恋をなされたか」

「肌をかいだ。においだけは存じている」

「ばかなことを申される」

そのとおりかもしれない。

あのとき、才蔵は、高野川のせせらぎのきこえてくる湯殿で会った。

女は、不意に入ってきた才蔵におどろき、才蔵も、たちこめる湯気のなかでめずらしくうろたえた。

「拙者はそちらを見ませぬゆえ、ぞんぶんに湯をおつかいくだされ」

そのまま、女に背をむけ、高野川に面する窓にむかって立ったが、すぐ、

(おお)

と唇《くちびる》をかんだ。

(湯気がにおう)

才蔵は、常人ではない。伊賀、甲賀のなかまうちで「きりがくれ」といえばおそれぬ者のないほどの忍者なのである。その異様な嗅覚《きゆうかく》が恋をおぼえさせた。

孫八は、その後、才蔵の恋のためにもう一度八瀬へいった。

宿の小女《こおんな》にぜにをにぎらせ、知れるだけのことを調べてきたところによると、

「あれは、菊亭大納言《きくていだいなごん》の三ノ姫青子《あおこ》と申されるお方でござるげな」

大納言の名を晴季《はるすえ》という。

京の今出川《いまでがわ》に屋敷があり、今出川どのともいわれた。

菊亭というのは、十代前の大納言兼季《かねすえ》が、菊をこのみ、屋敷を菊でうずめたところから出た異称で、むろん、本姓は藤原氏である。

当主大納言晴季は、秀吉《ひでよし》の生前、親交がふかく、秀吉が関白《かんぱく》の位をえたのも晴季の

運動によるものだったといわれた。いまも大坂の豊臣家とは縁がふかい。

孫八がその日のうちに京へ帰ってきて、その旨《むね》を報告すると、

「はて、まことに菊亭卿《きょう》の娘か」

と才蔵は疑わしそうな目をした。

「左様でござる」

「せっかくしらべてくれたが、菊亭の娘とは、まっかないつわりであろうな」

「なにを申さるる」

「にせものじゃよ」

「なぜわかる」

「気がする」

「証拠がござるか」

「ない」

が、湯殿の女は、才蔵が入ってきたとき、ひどく狼狽《ろうばい》して、身をかがめ、両手で乳房をおおい、顔を伏せた。

（公卿の娘は、羞恥《しゅうち》をもたぬ。人目のなかで裸形《らぎょう》になっても平然としておるときく。あの女は、公卿そだちではなく、武家育ちじゃ）

「もそっと、しらべてみよ」

「いやじゃ」

孫八は、つぶれた左目をななめにあげて、不快な顔をした。いかに若主人のためとはいえ、いろごとの下働きはごめんじゃ、というのであろう。

「孫八、料簡《りようけん》せよ。あの女は曲者《くせもの》だぞ」

「なんとでも、ほざきなされ。調べよと申されても、これだけはなんともならぬ。才蔵様がかいだにおいをもとめて、この孫八に、京の町じゅうの女をかいでまわれ、とでも申されるのか」

「怒るな」

才蔵は、刀をとりあげて腰にさし、

「出かける。数日、もどらぬかもしれぬ」

「ど、どこへ」

「京の女のにおいを嗅《か》ぎまわるために」

はしご段をすべるようにおりて土間へ出た。往来に足をふみだしてから、

（まだ、あかるいな）

北へ歩いた。

つと、編笠《あみがさ》を、前にかたむけて、

（あの女がほしい）

妙なものだ。八瀬の宿でとまっているときにはそれほど思わなかったことが、京へもどってから、日ましに想《おも》いがつのった。女のにおいの記憶というものは、そういう魔性をもつものらしい。

（恋ではない。あの女には、何かがある。その正体を剝《は》げば、おれの運が、ひらけてくるかもしれぬ）

今出川の菊亭大納言の屋敷の前に立ったときは、ちょうど、日が愛宕山《おたぎさん》に暮れ入ろうとしていた。

今出川の菊亭屋敷は、四方三丁はあるだろう。

才蔵は、ひっそりとその周囲を歩き、あるきながら忍びこみの手だてを考えた。

築地塀《ついじべい》が、ひくい。

門も、武家屋敷のような長屋門ではなく、しゃれたからかさ門である。

邸内から、犬の鳴く声がきこえた。

（何頭か）

才蔵は、小石をひろって、邸内へなげた。

音におどろいて、犬がわめいた。

(一頭じゃな)

あとは、型どおりの細工をした。ふところに用意してある毒入りのまんじゅうを、ひょいと投げこむと、

(おお)

と西を見た。太陽が朱のような赤さで、濃紺の愛宕山の峰に入ろうとしていた。

(入り日のよい夕べは、幸いが来るという)

夜を待つため、いったん相国寺《しょうこくじ》門前町までもどって、茶店にやすんだ。

「酒を」

「にごり酒しかござりませぬが」

「ならば、飲むまい」

ぜいたくな男なのだ。伊賀者のくせに、酒は極上のものしかのまない。

亭主は、京のひとのくせで、すばやく衣服や刀のこしらえを見、値ぶみして、

(よほど大身のお武家じゃな)

とみた。

銀糸の入った朱の袖《そで》なし羽織に、群青色《ぐんじょういろ》の小袖、同色の伊賀袴《ばかま》をはき、刀のつばは、当今はやりのすかしぼりの細工に金をはめこんでいる。どこからみても、伊賀の忍びとはみえないだろう。

霧隠《きりがくれ》才蔵と通称されるこの男は、伊賀の忍び仲間のあいだでも、伊達《だて》ノ才蔵とか、かぶき（異装）ノ才蔵とかよばれていた。

そのとき背後で、

「おい」

野ぶとい声がした。奥のくらがりに人がいたのである。その大きな影がうごいて、

「にごり酒ならのめぬと申すのかな」

酔っている声ではない。声は野ぶといが、ひびきは、さわやかといっていい。

「にごり酒を飲むのまぬは当方の勝手だろう」

才蔵は相手にならなかった。

「おお、勝手にはちがいはない」

ゆっくりと出てきた。

坊主なのである。雲水《うんすい》の風体《ふうてい》をし、托鉢《たくはつ》に出たもどりか、大きな鉄鉢《てっぱつ》をかかえ、腰に鉄ごしらえの大脇差《おおわきざし》をさしているのが異様だった。

「飲めぬ酒なら、そのにごり酒をわしに布施《ふせ》してくれ。坊主に酒を供養《くよう》すると、よい功徳《くどく》になるぞ」

「亭主」

と才蔵はめくばせして、雲水の鉄鉢に酒をつがせた。

「どこの雲水どのか」

「洛西《らくせい》妙心寺の僧堂にいる鉄牛《てつぎゅう》という者じゃ」

「ただの坊主ではあるまい」

「ただの坊主よ」

飲みほすと、礼もいわずに戸口のほうへ行きかけたが、ふと足をとめ、才蔵の耳もとに口をつけて、

「おぬし、甲賀者じゃな」

甲賀者も伊賀者も、忍びにはかわりない。才蔵を忍びとみぬいたこの坊主は、一体なにものだろう。

「わしか」

と才蔵はとぼけて、

「ただの牢人《ろうにん》にすぎぬ」

「名は」

「酒を布施したうえに、名まで布施せねばならぬのか」

「いや、これは施主どのにご無礼。ただ、この茶店が、ちかごろ甲賀者のたまりになっているときいた。べつに興もないが、おぬしもそうかとたしかめてみたわけじゃよ」

坊主はなにげなく言ったものだろうが、才蔵は内心おどろいた。

（ここが、甲賀者のたまりに？）

伊賀者の消息ならたいてい知っている。たれが何家に傭《やと》われてなにをしているかということは、自然、同郷のなかまの間に知れわたるものだが、甲賀者のことはわからない。

（京で、なにかあたらしい仕事がはじまろうとしているのじゃな。さて、甲賀の者をたれが傭うたか）

思案しようとしたとき、鉄牛がまだ横にいた。才蔵の肩をたたいて、

「馳走《ちそう》であった」

その出てゆくのを見すましてから、

「亭主」

才蔵がよんだ。

亭主は、背のひくい六十すぎの老人で、まさかこれが甲賀者とは思われない。

「ここに放下師《ほうかし》などがよく来るか」

ほうかしとは、旅芸人のことだ。忍者が擬装するのは、雲水、虚無僧《こむそう》、放下師、とおよそきまっていた。

「あまり参りませぬな」

うそをいっている様子ではなかった。

「武家は」

「左様、お武家衆が多うございまする」

「最近か」

「へい、ちかごろで」

「たしかにちかごろになって武士の客がふえたのじゃな」

「左様でござります る」

(それが甲賀者じゃな)

「世話をかけた。これにぜにを置くぞ」

「これは過分に」

才蔵は出かけてから、ふとふりむいた。

「さいぜんの坊主、あれは何者かな」

「ごぞんじではございませなんだか。あのかたが高名な塙団右衛門《ばんだんえもん》さまでござりまするよ」

（そうか）

気づかなかったのがうかつなほど、京では高名な奇人だった。むかし、加藤家、小早川《こばやかわ》家などにつかえて朝鮮ノ陣、関ケ原などで抜群の武功をたてたが、ゆえあって牢人し、いまは食うにこまって妙心寺の僧堂にいるときいている。

（どうせ、おれには縁のない男だ）

才蔵は、夜のちまたへ出た。

相国寺裏にまわって竹林に入り、着ているものをぬぎすて忍び装束《しょうぞく》にかえた。

黒い影が誕生した。

さきほどまでの寛闊《かんかつ》な様子とは別人のようにかわり、暗い地上をふわふわと浮くように歩きはじめた。

菊亭屋敷の西の塀わきまでくると、しばらくひそみ、やがて黒い天に飛んで、邸内に入った。

（すこし時刻が早かったかもしれぬ。しかしかえって都合はよい。青子は起きていよう）


伊賀では、石に音をきけという。才蔵は、菊亭大納言の邸内に入ると、すぐ、茶室の露地の飛び石の一つを抱いた。

石に耳を押しつけた。

やわらかな物音をきくには濡《ぬ》れ縁の板に耳をつけるがよく、するどい音は石がよい。伊賀の偸盗術《ちゆうとうじゆつ》の常法である。

（しずかじゃな）

石に耳をつけたまま、空を見た。

星が出ている。

（月はまだのぼるまい）

月を、忍びの隠語で、次郎という。次郎が出ては、仕事ができない。

月の出までは、あと一刻《ひととき》（二時間）はある筈《はず》だった。

（すこし歩こう）

才蔵には余裕があった。用心のきびしい武家の城館ではなく、たかが公卿《くげ》の屋敷なのだ。まるで、あるじから招かれた客のごとく、ゆったりと、そこここの建物を見あげながら歩いた。

(当世ごのみじゃな)

建物に、公卿の屋敷らしい古格なふるめかしさがないのである。すこし軽薄なほどに明るい数寄屋風《すきやふう》のつくりだった。

(木口《きぐち》もよい)

ぜいをつくしている。

(内福じゃな)

くびをかしげた。

むりはない。

菊亭大納言晴季といえば、清華家《せいがけ》の筆頭だが、身分は高くとも禄《ろく》はうすい。たかだか、千石くらいのものである。

もっとも、公卿には内緒の収入がある。

諸芸能の家元をつとめたり、官位をもらうものから周旋料をとったりするのだが、その程度では、これだけの暮らしはできまい。

……おそらく、どこぞの分限《ぶげん》（金持）と縁故があるのであろう。

（大分限といえば）

まず、江戸の将軍家がある。

が、その将軍家を越えるほどの金銀のもちぬしが、大坂にいる。

豊臣家であった。

この家は、関ケ原の一戦で天下の主《あるじ》たる位置を徳川家にうばわれ、摂河泉《せっかせん》六十五万七千四百石の一大名に落ちたとはいえ、大坂城内にたくわえられた金銀の量は、天下の財宝のなかばを占めるといわれている。

（公卿のなかでも、菊亭家は故太閤《たいこう》とかくべつの縁があったという。いまなおそのつながりでこの屋敷に豊臣家の金銀が流れこんでくるのかもしれぬ）

才蔵は、歩いている。

池があり、その南のふちに、小御所《こごしょふう》風の小さな建物があった。

その軒下に立ったとき、はっと物蔭《ものかげ》に身をよせた。公卿屋敷とみくびったのが、不覚だった。

「たれ？」

すぐ足もとの植えこみの中から、若い女の声がしたのである。

肝が冷えた。すばやく刀をぬいたのは、狼狽《ろうばい》した証拠だった。

「声をたてまいぞ」

と、女を見た。女は、おそれもせず、星あかりのなかで、才蔵に微笑した。

(痴《こ》けか……?)

白い綾絹《あやぎぬ》の小袖をきて、砂のうえにかがんでいた。やがて、しずかな音をたてはじめた。小用《こよう》を足しているのである。

才蔵は、内心、たじろぐものをおぼえた。

衣服は派手ごのみのくせに、根は、まるで武骨な男なのだ。

闇《やみ》のなかでひとり赤くなった。

「そなた、小用をしているのか」

「はい」

女は、無邪気そのものなのである。

「すこし、お待ちくださいましね」

「待つが、早ういたされよ」

と、相手の無邪気さについつられて、われながら、おろかなことをいってしまった。

「厠《かわや》もあろうに、なぜこのような所で、小用を足す」

余計なことだ。

が、女はにこにこと唇《くちびる》をほころばせて、

「でも、お星さまがうつくしゅうございましたもの」

「左様か」

い、らちもない。

「つい、うかがうのを忘れていました。あなた様は、どなたさま?」

「…………」

才蔵は答えず、

「そなたは、青姫と申されるか」

「ええ、青子」

女は、低くこたえ、やがて身づくろいをして立ちあがった。

「なかへお入りになります?」

「そうねがえれば都合がよい」

「では」

と青子は才蔵の腰のあたりを小指で指し、

「そのお刀を」

「なんじゃ」

「そこの濡れ縁のうえにお置きくださいますように。それから、ついでにその顔の黒い布も、おとりになれば？」

（ふむ）

才蔵はおどろいた。天衣無縫《てんいむほう》かとおもえば、そうではない。声が、さきほどとは別人かとおもうほどに毅然《きぜん》としていた。

（これが、貴人の娘というものかもしれぬ）

才蔵は、ふしぎなものをみるように娘をみた。

「どうぞ」

青子は、才蔵をなかに招じ入れ、手ずから燭台《しょくだい》に灯《ひ》をともした。白い綾絹の寝衣のままであった。

「なにもおもてなしはいたしませぬ」

「左様か」

「おもてなしをすれば、侍女《としより》をよばねばなりませぬ。それでは、そちら様がおこまりでございましょう」

「そのとおりだ。そなたは何もかもわかっているらしい」

才蔵は、苦笑した。まるであしらわれているようである。

娘は、微笑を絶やさない。目がほそく、おもながで、唇がやや薄い。

「ところで、そなたは、八瀬へ参らなんだか」

「いいえ」

娘は、才蔵を見つめたまま、ゆっくりとかぶりをふった。うそをついている様子はなかった。才蔵は目をすえて、

「行かなんだのはまことじゃな」

「はい」

（とすれば、あのときの女は、なにものであろう）

「ご用はそれだけ？」

「ほかに、ねがいがある」

才蔵は、ゆっくりと右腕をのばし、娘の胸のあたりで、ひらりと掌《てのひら》をひるがえした。

「これはなに？」

娘は、目を大きく見ひらいて、てのひらを見、才蔵をみた。

「てのひらじゃ。ご苦労じゃが、このてのひらの上に、手を置いてもらいたい」

「手を?」

けげんそうに才蔵をみた。

「置けばよい」

「こうでございますか?」

青子の小さな手が、才蔵の人並はずれて大きな掌のうえに置かれた。

「置いたな」

「はい」

「ではわしの目をご覧《ろう》じろ」

「でも目をおつむりではございませぬか」

「ああ、そのとおりだ。わしは目を閉じている」

才蔵は、しずかに云《い》った。娘に恐怖心をおこさせないためである。

「よいな」

才蔵の掌が、青子の手をのせたまま、ゆっくりと閉じた。青子は、手をにぎられながら、懸命に恐怖にたえている。

「おそれることはない。姫に危害を加えるつもりは毛頭もない。……ただほんのしばらく」

「どうするの?」

「がまんしてもらいたい」

いきなり娘の手をひき、体を自分の膝《ひざ》のうえに倒した。

「あっ」

「しばし、ゆるされよ」

娘のえりをくつろげ、才蔵は、あらわな肌《はだ》に顔をちかづけた。かすかに丁子香《ちょうじこう》のにおいがした。

「厭《いや》」

「ご辛抱《しんぼう》くだされ。悪《あ》しゅうはせぬ。お肌を見るわけではない。わしは目をとじている」

「痛い」

「なにが?」

「おひげが」

「ああ、ここ一両日、顔をあたっておらなんだ。それも辛抱じゃ」

やがて、才蔵は顔をあげた。

(ちがうな)

娘のにおいは、あの八瀬の湯殿の女とは、まるでちがっていたのである。

(この娘ではない)

才蔵は、目をつむったまま娘の胸もとをなおしてやり、そっと肩をだいて、体をおこした。

「もういいの」

「よい」

才蔵は、立ち上がって、

「御無礼した。じつは、そなたの名をかたっている女を、わしはさがしている」

「あたくしの名を……」

青子の目にかすかな動揺があったのを、才蔵は見のがさなかった。

(この娘、なにかを知っているな)

が、さあらぬていで、雨戸のそばまで後じさりをし、

「では」

と一礼した。

娘はひきこまれるように立ちあがった。そのときは才蔵の姿は娘の目の前から消え

ていた。一瞬の闇といっていい。

菊亭大納言《きくていだいなごん》の屋敷を出た才蔵は、竹藪《たけやぶ》ですばやくふだんの装束にかえると、ふと竹の梢《こずえ》を通して空を見あげた。風が出はじめている。

（さて……）

どこへ行くか。

京の夜を、そぞろな足どりで歩きはじめた。

あてがなかった。

足のおもむくまま、武者小路《むしやのこうじ》を東へ折れ、烏丸《からすま》を南にさがり、一条家のながい土塀《どべい》のそばを通って、左近馬場《さこんのばば》まで出た。そのころから、星が消えはじめた。

（風がしめっている）

雲が出た。

星を失ったために、京の夜気は漆《うるし》のように黒い。

ちかごろ、大坂との関係が悪化しているせいか、京の所司代《しょしだい》によって、戌《いぬ》ノ下刻《げこく》（九時）以後の夜歩きは禁じられていた。

が、才蔵には、この禁令はむだといってよかった。武士といっても、伊賀者なのだ。

子供のころから、灯をもたずに夜走する修練を積んでいる。路上で、たとえ所司代の見廻《みまわ》りの者が才蔵とすれちがったところで気づかれはしないだろう。

歩きながら、

(妙だな)

と思った。

ここ半月ほどのあいだに、才蔵の周囲でおこった事件を頭の中で整理しはじめていた。

(ひとつは……)

八瀬へ行く街道で襲われたことである。

いったい、何者なのだろう。

言葉に三河なまりがあった。斬《き》りすてた男の刀をしらべると、鈍刀《なまくら》ながら、銘は、平田三河守厚種とあったのを覚えている。三河の草鍛冶《くさかじ》である。男どもは、三河者に相違ない。

とすれば、かれらは徳川家の者で、なんらかの秘密工作をするために、京へ入りこんでいるのではあるまいか。

才蔵は、さらに想像した。

かれらは、暗闇のために才蔵を別人と誤認した。いったい、たれを、なんの目的で襲おうとしたか。

(まことのめあては、われわれと前後して八瀬に到着した例の貴人の一行ではないか)

例の貴人とは、菊亭大納言の娘と偽称する女の一行だ。

(とすれば――)

たとえ偽称とはいえ、菊亭家は、豊臣家の縁戚《えんせき》のような公卿である。その偽称者は、大胆に想像すれば、大坂の豊臣家から放たれた諜者《ちょうじゃ》であるようにも思われる。

大坂の豊臣家は、関ケ原以降、政権を徳川家に強奪されたとはいえ、ひとたび起《た》ってその旧臣の諸侯に檄《げき》をまわせば、なお堂々と江戸の徳川家と一戦をまじえられるほどの威信財宝をもっていた。

すでに、これらの現象は、京を舞台にして、ひそかにその前哨《ぜんしょう》戦がおこなわれている証拠かもしれなかった。

(いやそのとおりだ)

才蔵は、相国寺《しょうこくじ》門前の茶店が、ちかごろあたらしく京へ入りこんできた甲賀者の巣であるという話を思いだした。甲賀、伊賀者が、集団で京で仕事をするときは、かならず乱がある。乱を起こそうとする何者かが、かれらを動かすからである。関ケ原の前夜もそうであった。ここ数年のうちに、江戸と大坂が戦端をひらく予兆ではなかろうか。

（これはおもしろくなる）

と才蔵は、西《にし》ノ洞院《とういん》角の廃屋のそばを南にまがりながら、ふっと微笑した。元亀《げんき》、天正のむかしとはちがい、一介の伊賀者が、風雲のなかに出る機会は、この好機をおいてないであろう。

菊亭大納言の屋敷から才蔵が去ったあと、青子はしばらく茫然《ぼうぜん》としていた。

才蔵の目からすれば、青子はいかにも落ちついているようにみえたが、本心ではない。かの女らしい瘦《や》せ我慢といえた。才蔵が立ち去ったあと、青子は、自分の唇のはしから、血の糸が流れ出ているのに気づいた。奥歯で、口の肉を嚙《か》み切っていたのである。よほど、あの闖入者《ちんにゆうしや》がこわかったのだろうか。

（だけど夜盗ではなかった）

断じて盗賊ではない、とおもった。

その証拠に、あの男は、なにも盗《と》ろうとはしなかった。狼藉《ろうぜき》する気配《けはい》もなかった。

ただ、青子を抱きよせた。

胸をくつろげて、肌を嗅《か》いだ。

青子が、奥歯で口の肉を噛んだのは、そのときだったのかもしれない。

しかし、あの男は、青子にもわかるほどの表情で失望し、青子を冷たくはなした。

(なぜ、離したのかしら)

妙なものだ。

曲者《くせもの》に抱かれ、時によっては凌辱《りようじよく》されるかも知れないというのに、青子は、かれが彼女をつき離したことに、ひどく失望に似たものをおぼえている。不満でさえあった。

こういう自分に、青子はひそかにおどろき、あきれもした。

(あたくしには、遊《あそ》び女《め》の血が流れているのだろう)

青子は、菊亭大納言が五十五歳のときにできた子である。母は、京の遊び女だったという。青子は、ただそれだけをきいているだけで、母を恋う気もおこらないが、このときはじめて、自分の血のなかにある淫蕩《いんとう》なまぐささを知って、ひそかに苦笑した。

年があければ、青子は二十三になる。

青子は、文禄二年八月三日、日本中の武士の大半が海をこえて高麗《こうらい》ノ陣に出役《しゆつえき》しているときにうまれた。

その同日に、大坂城内で、行くすえは豊臣の天下を継ぐべき秀頼がうまれている。秀吉は、幼名お拾《ひろい》といった秀頼の生誕に狂喜し、やがて菊亭大納言晴季の末女も同日に誕生したことを知ると、菊亭家におびただしい金銀の贈りものをした。晴季が礼に伺候《しこう》すると、

「奇縁じゃ。そこもとの娘が丈夫に育ってもらわぬと、お拾までがわざわいされるかもしれぬ。ときどき、法印（医師）を京にさしむけて機嫌《きげん》をうかがわせよう。姫がすこやかに成人すれば、豊臣家の養女にしてもよいぞ」

こういう無邪気な秀吉を、晴季は愛している。

しかし、養女の件だけは、閉口した。

晴季にすれば、秀吉はなるほど天下のぬしではあったが、豊臣家などは、もとを洗えば尾張《おわり》中村の百姓の出にすぎない。大織冠鎌足《たいしょかんかまたり》以来、日本でもっともすぐれた家柄《いえがら》のひとつとされる菊亭大納言藤原晴季の娘を養女にやるといえば、一門の公卿《くげ》は、目をまるくするだろう。公卿とは、そうしたものだ。

秀頼は事もなく成人したが、青子は、どうしたわけか多病で、婚期をさえ逸した。はたちをこせば、もはや女としては闌《た》けたといっていい。しかし、ちかごろになっ

て、ようやく、くすし（医師）の手をわずらわさなくてすむほどに病いから遠のき、からだの肉置《ししお》きも、見ちがえるほどに美しくなっている。

灯の影で、つと、青子は顔をあげた。目もとに、濃く血の色がのぼっている。

（おもう（父）さまに申しあげてみよう。まだ、おやすみでないに相違ない）

青子は、二月堂（机）のそばに駈《か》けよるといそいで卓上の鈴を振った。音をきいて、老女の萩野《はぎの》が顔をだした。

「およびでございますか」

「うん」

青子は二月堂に寄りかかり、頬杖《ほおづえ》をついて思案している。

（どうして、このように、血が甘酸《あまず》っぱくさわぐのかしら）

青子は、童女のころから、このような血の騒ぎを味わったことがない。なにかが、青子の体の奥に誕生しはじめているようだった。

老女は、気ながく青子の言葉を待っていたが、やがて主人の様子に不審をおぼえたのか、

「おひいさま」

と低くよんだ。

「え？」

青子は顔をあげ、萩野がそこに居ることにあらためて気づくと、まっすぐに萩野をみた。老女がおもわずたじろいだほどの強い視線だった。

「あたくし、きれい？」

「ええ」

老女はおどろいて声をのみ、

「おきれいでいらっしゃいますとも」

「持明院《じみょういん》の徳子様よりも？」

中納言持明院兼明の次女徳子は、そのころ、公卿仲間の娘では美貌《びぼう》できこえた女性である。

「左様でございますね。目鼻だちは持明院の姫のほうが、すぐれていらっしゃいますけど、おひいさまのお顔だちのほうが殿方のお心をお魅《ひ》きあそばしましょう」

「それは、殿方の好きごころをさそうという意味？」

「まあ」

老女は、すわりなおして、叱言《こごと》を言おうとした。青子はいち早く察して、

「いい。それはあとで。萩野にたのみがあります。おもうさまが、まだ起きていらっしゃるか、見てきてくれないか」

萩野が立ちかけると、青子は、急に思いなおしたように手で制して、

「やはり、あたくしがいく。萩野は、もう、お寝間におさがり」

(今夜は、どうかしていらっしゃる)

父の晴季は、まだ起きていた。

先帝の御遺品だという金蒔絵《きんまきえ》の書見台に、若いころに朱註《しゅちゅう》を入れた韓非子《かんぴし》を置いて読んでいる。

「どうかしたのか」

書物を閉じ、青子をみた。

もう七十を過ぎている。

髪が白く、眉《まゆ》が黒い。痩せているくせに顔のつやが異様にいいのは、この老人が、まだ俗事に執念を捨てきっていない証拠だった。

「おもうさま、お驚きにならずに」

青子は、さきほどの一件を話すと、

「姫は夢でもみていたのではないか」

「いいえ」

「夢ではないのじゃな」

「はい」

「たしかに、その男は、姫の肌のにおいを嗅いで、これは人違いじゃと申したか」

なにか思いあたることがあったらしく、晴季の顔から血の気が、しずかにひきはじめた。

父の晴季の顔がかわったのをみて、青子は、内心、わくわくした。もともと、恐怖心よりも好奇心のほうが数倍もつよい娘なのだ。

「おもうさまは、あの男をごぞんじなのでございますね」

「知らぬ」

(ではなぜ顔色を変えたのだろう)

青子は、疑いぶかそうに父をみたが、どうやら、真実、知らない様子だった。

「青子はわかりませぬ」

「なにが」

「たったいま、おうろたえになったのは、どういうわけでございましょう」

「うるさいな」

「でも、おもうさま、おもうさまの娘が、あやうく辱《はずか》しめられようとしたのでございますよ。おもうさまとしては、うるさい、ではすまないことではありませぬか」

「すると、男は、そちを凌辱しようとしたのじゃな」

「ちがう」

青子は、つばをのみ、もう一度、

「ちがいます。あの方は、左様なことをなさるお方ではございませぬ」

「はて」

晴季は、娘の顔をまじまじと見た。この娘は、一体なにを云おうとしているのか、見当がつかなくなったのである。

「青子、惚《ほ》れたな」

晴季は、わざと、俗な言葉を使った。

「え？」

青子は、そのことばを知らなかった。晴季は、青子のきょとんとした顔を見つめながら、苦笑して、

「公卿の娘には、えてして、そのようなことがある。春秋の物詣《ものもうで》のほかは屋敷を出ぬゆえ、諸卿《きょう》の公達《きんだち》はおろか、物売りの若者にさえ接することがない。夜盗とはいえ男じゃ。肩をだかれて惑乱したのであろう。すこし気をしずめるがよかろう」

晴季は、話しながらも、どこか、うつろな表情をしていた。

「お気を鎮《しず》めたほうがよいのは、おもうさまこそでございましょう。きっと、菊亭大納言晴季のむすめ青子と名乗る騙《かた》り者が京に出没しているのをお気にしていらっしゃるのではございませぬか。……そのうえ」

「なんじゃ」

「おもうさまは、きっと、その騙り女をごぞんじなのでございますね」

「そうだ、知っている」

老人の顔に、はじめて恐怖がうかんだ。

「たれ？」

青子の好奇心は、父にうそをつかせない。

「女の名は、いえぬ」

晴季のこぶしがふるえている。

「あたくしにも？」

「いえぬ」

声がかん高くなった。内心の恐怖をおさえることができなくなってきたのだろう。

「その女の名と正体が、もし徳川方に知れることになれば、この晴季の命はない。家門もつぶされてしまう。わかるか。云えぬ」

「もしかしたら……」

青子は考えた。

「神楽《かぐら》ケ岡《おか》の別墅《べっしょ》（別邸）を、おもうさまがお貸しになった、あの大坂の隠岐殿《おきどの》とか申す女性《にょしょう》ではないかしら」

「しっ」

晴季は、あわてて青子の口をおさえた。

青子は、おぼえている。

三月ばかりまえのある午後のことである。この菊亭屋敷に見なれぬ女乗物が、しのびやかに入ったことがある。

その乗物のぬしは、一刻ほど晴季と密談して、屋敷を去った。

青子は、例によってその訪問客に好奇心をもった。ただ残念なことに、姿をみていない。

女が去ったあと、父を部屋にたずねてみた。

「おもうさま」

とよんだ。晴季はふりむきもせず、床ノ間の軸を茫然《ぼうぜん》と見つめていた。

青子は、思わず声をあげた。

「どうかなさいましたの」

「なんでもない」

晴季の唇《くちびる》が土色になっていた。

「いまのかたは、どなたでございましたか」

「隠岐殿じゃ」

と、晴季は、不用意にもらした。

「あのかたが。……」

青子でさえ、その名を聞き知っている。

大坂の淀殿《よどどの》の侍女で、秀頼の家老大野修理《しゅり》治長《はるなが》の妹にあたるという。城内ではかくれた権勢をもつといわれていたが、京の公卿にまで名がひびいているのは、そのまれなほどの美貌のためだった。

「その隠岐殿が、おもうさまにどういうご用があったのでございましょう」

「知らぬ」

青子がはっとするほど、晴季は不機嫌になった。

「女が世のことをしりたがるのは、たしなみのよいことではない。さがって、すごろくでもするがよい」

「すごろく、いやなこと」

青子は内心不承知だったが、父が相手になってくれないので、自分の部屋にさがった。

それからひと月ばかりして、京の内外の楓《かえで》がさまざまに色づきはじめた。洛西《らくせい》の高尾、栂《とが》ノ尾《お》、槇《まき》ノ尾《お》では、すでに盛りであるという。

(そうだ、神楽ケ岡で十日ほどすごそう)

青子はきめた。

菊亭家の神楽ケ岡の別邸は、公卿の仲間から紅葉《もみじ》屋敷とよばれているほど、庭に楓の種類が多い。ことに、唐錦《からにしき》、夕霧、若葉といった品種では、洛中の諸邸、諸寺のなかで、この庭ほどみごとなものはなかった。

青子は、毎年紅葉の季節になると、この屋敷ですごすのを習慣にしていたから、当然、父の晴季はゆるすものとして、何の気もなく許可を求めた。

が、案に相違して、晴季は顔色をかえたのである。

「あの屋敷へまいることはならぬ」

青子はむしろ、父の顔色のほうに興味を持った。

「なぜ？」

「隠岐殿がいる」

「お貸しあそばしたの」

「貸した。が、このことは、屋敷の者のたれにも口外はしてはならぬぞ」

隠岐殿という大坂の女性が、京で、よほど重大な事件の中心人物になりつつあるらしいということを青子が感付いたのは、このときであった。

京の雨

その日、才蔵は、分銅屋《ふんどうや》の二階から、所在なげに往来を見おろしていた。

（はて、きょうはどの寺の縁日なのか）

朝から、路上に、物詣《ものもうで》らしい女の往《ゆ》き来《き》が多い。

この日は、すでに、八瀬《やせ》の事件から、一月あまりも経《た》っていた。慶長十九年の年が明け、正月も、すでに十五日になっている。

そのとき孫八がうしろから下の往来をのぞきこんで、

「きょうは、おんな正月でござるな」

といった。

「なんだ、そのおんな正月とは」

京では、暮から松ノ内にかけて女は家事で多忙なため、十五日をとくに女正月ときめ、家事から解放するのがしきたりという。

「終日、物詣に興じたり、里にかえって馳走《ちそう》をうけたりする日でござるよ。ところで、女と申せば、才蔵さまのにおいの君は、その後、いかがになってござるかな」

「まだ正体は知れぬ」

才蔵はあごにのびた不精《ぶしょう》ひげを一本ぬきとり、ふっと往来にむかって吹いた。

「それはご愁傷なことでござるわな」

「なにを申す」

と往来をみながら、

「色恋ではない。あの女と、例の三河者の動きとが、つながりがありそうに思えるゆえ、つい気がかりになる。それをつきとめれば、おれも、かような稼業《よすぎ》をすてて、世に出られるかもしれぬ」

「色と欲でござるな」

「色も欲もない男がいるとすれば、河原の見世物にせねばなるまい」

ふと才蔵は、西の辻《つじ》から出てきた女の一行をみて、孫八をふりかえった。

「あの女をつけてみよ」

孫八は物臭《ものぐさ》そうに立ちあがって階下へおりていった。

才蔵が、もう一度辻を見たとき、すでに、女の一行は、辻を横切って東へ消えていた。

女は、市女笠《いちめがさ》をかぶり、虫ノ垂《た》れ衣《ぎぬ》をつけているために顔はみえない。しかし、足の運びの落ちつきぶりが公卿《くげ》娘のようでなかった。

(公卿の家の者をよそおっているが、武家女じゃな)

さらに不審なのは、供につれている三人の青侍《あおざむらい》だった。なりこそ公家侍《くげざむらい》のまねをしているが、いずれも腰がずしりとすわり、肩のうごきがやわらかで、いかにも武芸のたしなみが深げにみえた。

(ただのねずみどもではない)

それが、菊亭大納言《きくていだいなごん》の娘を偽称したあの女の一行であるとすれば、

(これは、もうけものになる)

才蔵は、ひげをぬいた。抜いてしまってからあわてて鼻に手をやり、指についた鼻のあぶらを、あごにこすりつけた。毛穴に傷がついたのか、ひどく痛みはじめたのである。伊賀の土ぶかい田舎では、即妙の傷手当の法とされていた。

夜になっても、孫八が帰ってこなかった。

(どうしたのかな)

出かけたのは、二刻《ふたとき》(四時間)ほど前である。

分銅屋の娘お妙《たえ》がととのえてくれた夕食の膳部《ぜんぶ》にむかってから、才蔵は、多少気がかりになってきた。

「酒はよい。湯をくれぬか」

「また、よからぬ場所へ夜遊びでございますか」

「まあ、そのようなものじゃな」

苦笑して、立ちあがった。寄食しているこの家の家人には、いつも夜の外出は、そのような理由でつくろってある。

才蔵は、夜の辻へ出た。

(はて、孫八はどこでさがせばよいか)

智恵がうかばぬままに、足どりを北へむけた。

(あの男にかぎって、下手をすることはあるまい)

安心感はあった。

油小路《あぶらのこうじ》に入ると、右側に常徳常院の低い塀《へい》があり、さらに数丁ゆけば、樹木の茂るにまかせた廃邸がある。

むかし、室町最後の将軍義昭の屋敷だったと伝えられているが、義昭が没落してから四十余年もたつこんにちでも、この屋敷地を用いようとする者がない。

建物はくずれ落ち、門もなく、ただ老樹が黒い天をおおっている。この屋敷のぬしが没落してから、天下は、信長、秀吉とつづき、秀吉の死とともに家康に移った。わずか、四十年のあいだの出来ごとである。

ふと、物音がした。

(盗賊でも住むのかな)

才蔵は、樹《き》の暗がりに身を移して、耳をすました。

(たしかに、きこえた)

土塀のくずれから足を入れて、邸内の草の内へ入ろうとしたとき、はっと息をとめた。

目の前を、ひとつの影が、草をわけて通りすぎたのである。

影は、路上に出た。

つづいて、四、五人の影が、先頭の影のあとを追った。

どの男も、忍び装束に身を包んでいる。しかし、その身ごなしからみて、伊賀や甲賀の忍者ではあるまい。

(例の三河者かな)

去年の冬、八瀬街道の暗闇《くらやみ》で才蔵をあやまって襲った三河なまりの一団であるとすれば、今夜のおもわぬ拾いものになるだろう。

(おや、雨か。……)

才蔵は、てのひらで受けた。

見あげると、星がきえている。

才蔵は、唇《くちびる》のはしに落ちた雨しずくを、舌を出して丹念になめながら、路上の影の動きに目をこらした。

そのころ。

おなじ雨が、今出川の菊亭屋敷の瓦《かわら》をぬらしていた。

青子は、老女の萩野《はぎの》を相手に、すごろくに興じていたが、ふと顔をあげて、

「胸がくるしい」

といった。

「帯をゆるめてさしあげましょうか」

「そんなのじゃない。ちかごろ、雨の夜は、手足がつめたくなったりするから、お部屋の湿りがからだによくないのかしら」

「もう、おやすみになれば？」

「うん」

いつになく素直に青子は、さいころを盤の上に投げた。

「萩野、お酒《ささ》。女正月だからいいでしょう？　すこしいただけば、よくやすめるかもしれません。今夜、萩野はこのお部屋で寝《やす》みますように。なんだか青子はこころぼそい」

あわせて、路上の影は六つ。

そのうちの二人は、廃邸のなかから乗物をかつぎだして、前後に背を入れた。乗物が動きだし、影はそのまわりをかこんだ。

(存外、乗物は軽そうじゃな)

乗物のなかには、人がいないのだろう。

(なにをするこんたんかな)

才蔵はうしろについた。

根はのんきなのかもしれない。伊賀者あがりのくせに、闇のなかをかくれもせず、左手をふところに入れて、まるで弥次馬《やじうま》のような風体《ふうてい》でついてゆくのである。ただこの長身の男は、足音だけはたてなかった。もし左右の草のなかで虫の音《ね》のわく季節であったとしても、虫でさえこの男の足音に気づかなかったに相違ない。

(ほう)

影の一行は、妊子院《はらみいん》の南角を、東へまがり、西《にし》ノ洞院《とういん》の辻をすぎ、左近馬場《さこんばば》にまでさしかかったとき、才蔵は、ふと立ちどまって思案した。

このあたりは、公卿屋敷が多かった。

(いずれの公卿に用があるのか)

前をゆく男の肩をたたいて訊《き》いてみたいような気になった。

(これには、公儀が糸をひいているな)

才蔵は、八瀬街道で感じたのとおなじカンを、このときも感じた。

十数年前に江戸で幕府をひらいた徳川家は、おのれの政権のことを庶人に「公儀」とよばせていた。

京には天皇を擁する公卿団がおり、大坂には、秀吉の遺児右大臣秀頼が、天下一の巨城に座しているという複雑な政情をもつ時代である。

江戸にあらたに誕生した政権は、まだ万人の心服を得るまでには安定していなかった。徳川家は、まず「公儀」ということばを流行させた。それによって、天下の公認政権は江戸にあることをなっとくさせようとしていた。

才蔵は、その目あたらしい流行語を、ちょっと使ってみて、

(公儀どのは、あせっている)

とおもった。

大坂の秀頼が成人するにつれて、政情は日ましに不安になりつつある。

その証拠に、京の御所では、秀吉在世のときと同様、年賀には勅使がかならず下向《げこう》していたし、つねの日も、秀頼の機嫌《きげん》をうかがうために大坂へくだる公卿の数が年々多くなっていた。

ばかりか、公卿のなかには、関東と大坂とが開戦したばあい、大坂が勝つとひそかに考えている者が多い。

（江戸のあせりのあらわれかもしれぬな）

影の一行は、左近馬場を東へすぎようとしていた。

才蔵は、あいかわらず、左手をふところに入れて、胸毛のあたりを搔《か》きながら歩いた。

（……公儀が）

秘密工作員を京におくとすれば、当然、大坂城のほうも、京に工作者をひそませているると考えてよかろう。いやむしろ、大坂がそれをしたために、対抗上、江戸が立ちあがったとみてよいのではないか。

（とすれば、おれがさがし求めるにおいの君こそ、大坂側のその者に相違ない）

才蔵は、自分が組みたてた構図に満足した。その構図があたるか、はずれるかに、ひとり賭《かけ》のたのしみを見出して、うずうずと微笑した。

ところが、今出川の菊亭屋敷まできたときに、

（はて）

と首をひねった。

影の一団は、菊亭屋敷の裏門の前で足をとめたのである。

(これは、様子がちがうわい)

才蔵は、内心うろたえた。

菊亭大納言晴季《はるすえ》が、大坂びいきの公卿であることは、京ではわらべでも知らぬ者はないが、

(その菊亭大納言に、公儀の手先が、どんな用があるのか)

あるとすれば、どうせおだやかな用であるまい。げんに、からの乗物を用意している。

(はて、大納言をかどわかすつもりかな)

いやいや、と才蔵はおもった。いくら闇夜とはいえ、江戸の政権が、天子の側近をかどわかしはすまい。

(まず、見物することじゃ)

才蔵は、土塀のそばの石に腰をおろした。

屋敷は、今出川にむかって正門をもち、南は武者小路《むしやのこうじ》、裏口は烏丸《からすま》に面している。

影の者のひとりが、裏門にちかづいて、手をあげコトコトと門をたたいた。

裏門が、内がわから、ひそやかにひらいたのである。屋敷の家来のうちで、内通している者があるのかもしれない。

（おう。……）

影のうちの四人が、ひらいた門のすき間へつぎつぎと吸いこまれた。

そのころである。

菊亭大納言のむすめ青子は、老女に酒《ささ》をあたためてもってくるように命じていた。

「はやくね」

「はい」

老女の萩野がさがった。

（いま、なんどきかしら）

青子は、寝支度をととのえようと立ちあがった。そのときである。背後から忍びよった影のひとりが、不意に、青子の口をおさえた。

「あ、なにを」

声にはならず、そのまま気をうしなった。あて身を加えられたのだろう。

「まだ、女がいたな。もどって来しだい、そちらが片づけよ」

たれかが、低い声でいった。

青子は、遠のく意識のなかで、かすかにその声をきいた。

体が、ちゅうに浮いた。たれかが、抱きあげたのかもしれない。

意識のしだいに暗くなってゆく過程が、ふしぎと青子の粘膜にこころよかった。やがて青子の意識が、かすかな音をたてるようにして、暗い底へ落ちた。

一方、才蔵は、あいかわらず、土塀のそばの石に腰をおろしていた。

（さて、なにがはじまるか）

才蔵にすればまさかとも思うが、同時に菊亭大納言の体が、この裏門に運ばれて来るかもしれないという期待がわずかにあった。もし、大納言が自分の足でここまで歩いてくれれば、かれが江戸がたに変節した証拠であろうし、かつがれてこの裏門を出れば、むろん、江戸がたのかどわかしである。

（おっ）

才蔵は、おもわず立ちあがろうとした。

影のひとりが門から出てきた。その影が背負っている体つきは、大納言ではなく、あきらかに青子だった。

（女をかどわかすのか）

才蔵は、おどろいた。

（さて、おれは、どうすればよい）

才蔵は、事態をあくまでも見きわめるつもりで見物していた。しかし、せっかくの冷やかな方針が、不意にわきあがってきた怒りで混乱した。

才蔵は、のっそりとたちあがった。

影の一団が、青子を乗物のなかへおしこんだとき、才蔵はその背後からのぞきこむような調子で、

「なにをしているのかね」

といった。

「声を出すな」

影のひとりが、叱《しか》った。闇で目がきかないために、才蔵を仲間の一人とみたのだろう。

「ものを訊いているのだ。こたえてもらいたい」

「なに?」

一同が、才蔵を見た。この長身の人影が、仲間のたれでもないことに、はじめて気づいた。

「なに者か」

「当方こそ訊きたい。が、ぬしどもが名乗ってくれねば、わしのほうから申してもよい」

影の群れは、声もなく、才蔵を見つめていた。敵とも味方ともつかぬこのえたいの知れぬ人影が、よほどぶきみだったにちがいない。

が、才蔵には、かれらの敵にまわるつもりは毛頭もなかった。

(江戸に加担するか、大坂に味方するか、このさき、おれ自身が、ゆっくり思案してさだめねばならぬことだ。いま、あわてて一人でも斬《き》れば、江戸を敵にすることになる)

斬れないし、荒事《あらごと》もできるだけ避けねばなるまい。が、荒ごとをせずに青子を救うてだてがあるというのか。

才蔵はなんの成算もなく、とびだしてしまった自分のうかつさが自分でもおかしくなり、

「顔を出してまずかったかな」

むしろ、自分へつぶやいた。

「名を申せ」

「伊賀の霧隠《きりがくれ》才蔵という者だ」

才蔵の本姓は、服部《はっとり》である。しかし、忍びの世界では、霧隠の異名でとおっていた。伊賀者が名乗るということは、その生涯《しょうがい》でもまずないことである。が、才蔵がためらいもなく名乗ったのには理由がある。

いま、京の夜で、つぎつぎとおこっているこの奇妙な事件のなかで、独自の位置を占めたかったのだ。それには、江戸方にも大坂方にも、名を売っておかねばなるまい。

「なに、きりがくれ？」

相手は、むろん知らない。

「ああ」

才蔵は微笑し、

「おのおの殿ばらとは、まったく縁のない男ではない。すぐる日、八瀬街道で討たれかかったのが、この才蔵じゃ。おもいだしたか」

「…………」

かすかな動揺がおこった。

「申しておくが、わしは、おのおのの味方でも敵でもない。ばあいによっては、味方になってもよいとさえ思っている。ただ、いまこの乗物におしこんだおなごが哀れと思うてな」

「うっ」

いきなり左側の男が抜きうちに斬りつけてきた。才蔵はわずかに顔をそらして、相手の利《き》き腕を抱きこみ、

「無用のことじゃ。わしは闇のなかでも目がきく。気の毒だが、おぬしらは、手でさぐらねば闇の中ではうごけまい。昼ならともかく、この闇夜ならわしがその気になれば、おぬしらの四人や五人は、たちどころに斬れる。うそと思うなら、斬ってみせるか」

才蔵の声には、かるい抑揚がある。云うにつれ、ききとれぬほどにひくくなった。

雨は、いつのまにか、やんでいる。

才蔵は、男の刀をもぎとって暗い地上に捨て、

「悪《あ》しゅうはおもうな」

体をつきはなすと、男はころころと地上にころげた。

「べつに、わしはおぬしらの悪事を止めだてはせぬ。いずれはわけがあって娘をかどわかすのであろう。それはおぬしらの勝手になされ。わしは目をつぶってやるかわり

に、すこし無心がある」

「無心。どのようなことか」

首領らしい影が、気弱な声でいった。相手が、気味わるくなってきたのだろうか。

「造作はない。娘だけではなく、ついでにわしをも連れてゆかぬか」

「どこへ」

「知れたこと。おぬしらの館《やかた》ではないか。客人《まろうど》として馳走《ちそう》にあずかりたい」

そのころ、乗物のなかで、すでに青子は意識をとりもどしていた。

(ここはどこかしら)

手でさぐろうとしたが、手足を麻緒《あさお》でしばられ、口にくつわをかまされている。身うごきもできず、声も出ない。

外の物音だけは、きこえる。

声がきこえた。

(そうだ、あのときの男じゃな)

才蔵の声だとわかって、青子はなぜか胸がときめいた。

声のやりとりでは、才蔵は、どうやら、この一味の者とは他人であるらしい様子だった。しかし、青子を救おうとする様子もない。

（いったい、あの男は何者かしら）

才蔵のひくい声がきこえてきた。

「その条件で、折れあわぬか」

あきんどのようなことをいう男なのである。

しばらく、沈黙があった。

相手が、考えているらしい。

突如、するどい声で、

「押しつつんで斬れ」

あっと、青子の血がこごえた。

（あの男が、斬られる）

斬られてもよいではないか、自分になんの縁もないおとこだ、とおもった。しかし、青子のからだは、必死にもだえていた。才蔵のためになにをしようというのだろう。自分でも、自分の気持がわからない。

そのとき、
どさり、
とひびく間のぬけた音がした。

（斬られた）

が、つづいて、人の地にたたきつけられる物音がして、なまぐさい血のにおいが、乗物のなかにまで流れてきた。

才蔵の声が、

「斬りたくなかったが、斬った。八瀬街道のときとおなじじゃ。わしには罪がないぞ。刀をひけ。いずれも、えりすぐった兵法《ひょうほう》達者の様子じゃが、兵法は、陽《ひ》のあたるうちにつかう術じゃ。この闇夜では、死人、けが人が出るばかりであろう」

いいながら、じりじりとあとじさりして、乗物のそばに身をよせた。才蔵はうしろ手でとびらをあけた。やがて指で青子のからだをさぐった。

（まあ）

指に小さな刃物でもはさんでいるらしく、縄《なわ》が、ほろほろと解けたのである。どういう術なのであろうか。

（気味のわるいひと）

青子はおもった。

「手当をしてやれ」

才蔵は、濡《ぬ》れた地上でもがいているふたりのけが人を見ながら、刀の血のりをぬぐった。

「たがいに怨念《おんねん》もないのに、いさかいは無用のことじゃ。そろそろご一同、退散をしてはどうか」

一同は、押しだまっている。

才蔵はかるいせきをして、

「遺恨をもってもらってはこまることだ。理不尽にわしを討とうとするゆえ、討ったまでじゃ。こんど会《お》うたときは、たがいに機嫌なおしに酒を汲《く》もう」

「…………」

「だまっていてはわからぬ。早うひきとってもらいたい。この者、手あてをせねば、血を失うて落命するぞ」

その言葉にうながされたように、影の一団は、無言で、けが人をかつぎあげた。影は一人、ふたり、と声もなく闇へ消えた。最後に、立ち去ろうとした首領らしい男が、

「霧隠才蔵と申したな」

と足をとめた。声に、押しころした感情がある。

「念にはおよばぬ」

うなずきながら、才蔵は、うしろ手で乗物のなかの青子の手を、かるくにぎった。出ろ、という意味である。青子は、そのあたたかい手を、自分の小さな手で、そっと握りかえした。

「おぬし、いずれに住む」

と、影がいった。才蔵はわらって、

「闇討《やみうち》を仕かけるような者に、住いを教えるあほうが、どこにあろうか。わしに用があるならば、六条河原の西岸の南から三本目の杭《くい》の根に、落しぶみをうずめておくがよい」

「杭に。そうか」

首領は、しばらく考えて、

「いずれ、あらためてあいさつに参る」

「あいさつ?」

「ものを頼むことが、あるかもしれぬでな」

にやりとわらった顔が、夜目にも暗くゆがんでみえた。

路上に、最後の影がきえると、青子は、乗物のなかから出てきて、

「才蔵どのとやら」

と、むかいあった。

「青子は、お礼を申しあげるべきでございましょうか」

ずるそうな微笑をうかべた。

青子にすれば、当然なことだろう。才蔵と曲者《くせもの》とのやりとりをきけば、かならずしも自分の味方ではなさそうなのだ。この男がなにをもくろんでいるのか、青子には見当もつかない。

「礼を申してくれるほどの気があるなら、わしにもたのみがある」

「どのような」

「父御《てでご》の菊亭大納言どのに目どおりをさせてもらいたい。あす、午《うま》ノ刻《こく》（正午）にでも参ろうか」

才蔵が、室町の分銅屋の二階にもどると、孫八がいた。うつむいて、才蔵の小袖《こそで》の繕いをしている。

（なんじゃ、この男、もどっていたのか）

気づかってさがしに出た自分が、腹だたしくなった。

「孫八、すぐ酒だ」

才蔵は、ぬれた小袖をぬぎすてた。

「酒ならば、そこのふくべ（瓢箪《ひょうたん》）にござるよ」

立ちあがりもしない。仕方なく才蔵はふくべに手をのばし、

「孫八、いつもどったか」

才蔵は、おのれの下忍《げにん》ながら、この老人がにがてなのである。父の代からつかえて、戦乱の世をくぐってきたこの男は、まるで気むずかしい叔父のようなところがあった。

「ほんの先刻」

「あの女の屋敷をつきとめたか」

「においの君の？……」

「ああ」

「不首尾でござったわ」

孫八が、一行のあとをつけて四条京極《きょうごく》のえのきの下まできたとき、相手が不審をいだいたのか、供の侍のうちの一人があるじの乗物のわきから離れ、つけている孫八の前に立った。

「われらに用があるのか」

そこは孫八だった。うろたえるどころか、こぼれるような愛嬌《あいきよう》をふりまきながら、

「ござりまするとも」

と手をのばして、すりきれた革財布《かわざいふ》ひとつを振ってみせた。なかに銅銭が入っているらしく、音がした。

「どなたさまか、これをお落しになったのではござりませぬか」

「ふむ?」

相手の目は、財布を見ていない。

「ござりませぬか」

相手は、孫八の顔を見つめている。孫八も目をそらしもせず、

(この男、化けたな。公家侍ではあるまい。どこぞで見たことがある。甲賀者じゃな)

「おい」

と、その男は溶けるように微笑した。

年のころは、三十をすぎたばかりだろう。顔が黒く、背がひくい。歯が貝の珠《たま》のように白いのが、孫八の目に印象的だった。

「霧隠は達者か」

「えっ」

口が、あいたままになった。

「そちは、伊賀の霧隠才蔵の下忍であろう」

「あなたさまは」

「名などはない」

「すると、甲賀衆……」

衆、とまでは云いおわらぬうちに、孫八はあっ、と右手首の内がわをおさえた。

男は、すでに刀をおさめていた。

白昼のことだ。

町の人通りも多い。

ゆきかうたれもが気づかなかったほどに、男の抜き打った手わざははやかった。

男の刀は、さやこそ長かったが、みは、一尺五寸ほどしかない。あきらかに、忍びがたなだった。

手首をにぎる孫八の指のまたから、血がふき出しはじめた。薄刃で削《そ》いだように、血の管《くだ》だけを切られていたのである。

忍びがたなには、ふつう、毒がぬられている。

その刀をもって相手の手首か、首すじかの血の脈をねらって薄く切りさえすれば、あとは、毒が相手のいのちを始末してくれる。

孫八は、あやうくそれをまぬがれた。毒をぬってなかったのである。相手の甲賀者は、ただ、おどしをかけたにすぎなかったのだろう。

「そうか。まあ、ぶじで、よかったことだ」

才蔵は、杯をふくみながら、口さきだけでいった。が、目は、燭台《しょくだい》にほのぼのとゆらぐ灯《ひ》を見つめていた。

(その甲賀衆とは。……)

雨がやみ、風がでている。

雨戸の鳴る音がした。

「もう寝るかな」

と、たちあがった。

(あの、においの君が何者であるにせよ、甲賀衆をやとうていることは、これでまちがいないことになった)

才蔵は、相国寺《しょうこくじ》門前の茶店で会った鉄牛《てつぎゅう》という雲水のことばをおもいだしている。

雲水は、

……この茶店には、ちかごろ、甲賀者があつまる。

といった。

(あの男、俗名を塙団右衛門《ばんだんえもん》と申したな)

わざと粗豪にふるまっていたが、どこか、淋《さび》しさをかくしている男だった。

(いずれ、世の風雲を待っている男なのだろう)

いちど、妙心寺の僧堂にたずねて会ってみようともおもいつつ、

「孫八、わしは寝るぞ」

「あすは、どうなさる」

「菊亭大納言に会う。会えば、このえたいの知れぬ動きのひとはしなりも解《ほぐ》れるかもしれぬ」

「孫八は、いかがつかまつる」

「そちは、その甲賀者をさがすことじゃ」

「それは」

孫八は、にがい顔をした。

「ごめんじゃ。なんぞ筋のとおったはたらきならともかく、才蔵さまの色恋のために

命を落しとうはござらぬ」

「色恋ではない」

「しょせんは、色恋でござるよ。才蔵さまは、どうせにおいの君をさがし出して、おとこを遂げられたいのでござろうわい」

「そうと考えてもよかろう。とにかく、その甲賀者の動きをつきとめてもらいたい」

「しかし」

隣室の寝所へ入ろうとする才蔵の背へ、孫八の声が追いすがった。

「あの甲賀者は、なに者でござろうな」

「あれか」

才蔵も、そのことについては、さきほどから思案しぬいていた。

「たしか、まっしろな歯ならびと申したな」

「背はひくうござった」

「顔は」

「しぶ紙のごとく黒うござる」

（おそらく）

才蔵は、枕《まくら》もとで、帯を解いた。

（甲賀の猿飛《さるとび》佐助ではあるまいか）

青子は、この一月というもの、自分の心のうごきが、自分でも解《げ》せなかった。

（まるで、自分でなかったみたい）

と首をかしげるのである。

もともと、臆病《おくびょう》なむすめのくせに、ここ一月ほどは、恐怖の心をどこかへ落してしまったようなのだ。

（どうかしている）

才蔵が深夜にあらわれたときも、昨夜、曲者が忍び入って自分を連れ去ろうとしたときも、べつに、怖《おそ》れはしなかった。

（あたまが、へんなのかしら）

そうなのだろう。

好奇心がつよすぎるのだ、と自分でもおもった。恐怖よりも興味のほうが、さきに走ってしまうようなのである。

公卿の家にうまれ、婚期を逸して毎日を老女を相手にくらしている青子にとっては、退屈にたえることだけが、いままでの生活だった。

「萩野」

と、鈴をふって老女をよんだ。

「午ノ刻はまだ?」

「さあ、いかがでございましょう」

「黒書院の漏刻《ろうこく》（時計）をみてきて」

「ついいましがた、見にいったばかりではございませぬか」

「萩野、見に行きますように」

いらいらしている。

萩野が、もどってきた。

「まだ、四半刻《しはんとき》（三十分）もございますよ」

「そう」

青子は、うなずき、うつろな目で考えた。

（いったい、あの者は、なんのめあてで、あたくしや、お父《もう》さまに近づこうとするのだろう）

伊賀者ときいている。伊賀者などは、天狗《てんぐ》か夜叉《やしゃ》のかたちをしていると想像していたのに、霧隠才蔵は、ちがっていた。

むかしの物語にきく源氏武者のようにりりしい顔だちをしていたし、ものごしも粗野ではない。

ただ、あの夜、青子の胸もとをくつろげて肌《はだ》をかぎ、急に、

(ちがう)

といった表情をして青子をつきはなしたことだけが、おもいだすたびに、腹がたった。

やがて、近所の正法寺《しょうほうじ》の太鼓がひびきわたって、正午になった。

と同時に、青子は、自分のすまいにあてられている小御所ふうの建物のぬれ縁に立ち、庭さきの茂みを通して、玄関のほうをみた。

青侍のさわぐ声がした。やがて、門がひらいた。

(まあ)

玄関からあの男はきた。

霧隠才蔵は、大家につかえる高禄《こうろく》の武士のような風儀をととのえ、どこで傭《やと》ったのか、若党、中間《ちゅうげん》をつれて入ってきた。

遠目で、ちらりと青子のほうをみたが、べつに表情をうごかさない。

すぐ、目をそらした。

(気疎《けうと》いおひと。……)

青子は、腹がたった。

菊亭大納言晴季は書院に待たせてある伊賀者と会うために、直衣《のうし》にかんむりをかぶり、廊下へ出た。

見あげると、叡山《えいざん》の上に、雲があった。

風もないのに、雲は、北にむかって崩れつつ動いてゆく。

晴季は、足をとめ、欄干《らんかん》をつかんだ。しばらく雲をみていたが、やがて長いためいきをついて、

(わが身の破滅がくるかもしれぬ)

晴季は、いまから引見しようとする伊賀者を、えたいの知れぬおとことみている。

昨夜、娘を救ってくれたというが、本心はどうであろう。

晴季は、会いたくなかった。青子に、その男と会ってくれとせがまれたときに、

「まさか、その男とは、先夜、姫のにおいをかぎにきた男とおなじ人物ではあるまいな」

と念をおしてみた。ところが青子は、

「ええ。おなじ。……」

と無心にうなずいた。青子の微笑とは逆に、晴季のほおがこわばった。

（その者、まさか、紅葉屋敷の秘めごとを嗅《か》ぎまわっているときく江戸の隠密《おんみつ》ではあるまいな）

晴季には、弱味がある。

大坂城との縁がふかすぎた。

しかも、大坂城は、江戸の政権を撃ち倒すために、ひそかに戦備をととのえつつある。当然、太閤《たいこう》との旧縁によって、晴季にも、蔭《かげ》の働きをするように強要してきている。

江戸にこのことが知れれば、地位の失脚はおろか、いのちまでがあやうかろう。

（まあよい。何者であるか、会うてみねばわかるまい）

晴季は、書院に入って座についた。

才蔵は、平伏している。

「かしらを、あげてよい。直答《じきとう》をも、さしゆるす」

晴季は、気ぜわしくいった。才蔵は、わずかにかしらをあげ、

「伊賀の服部《はっとり》才蔵と申しまする。異名は霧隠と申す。いや、かみには、かような名は、

縁なきことでござろう」

「姫のこと、礼をいうぞ。して、わしに謁《えっ》を乞《こ》うたのは、ほかに存念があるのか」

「お人を」

才蔵は左右をみた。

「おはらいくだされまするように」

晴季は、まゆをひそめた。

無官の伊賀者づれの身で、謁見をゆるされただけでも喜死すべきことだのに、人ばらいを要求するとはなにごとだろう。

「無用じゃ。ここで申せ」

「いや、おためになりますまい。昨夜、姫御料人をかどわかしたる一味に、おやかたのうちから手びきをした者がござった。おそらくご家来衆か、雑人《ぞうにん》のなかに、江戸の意をうけた者がおるのでござりましょう」

「そうか。まて」

晴季は、あわてて人をさげた。才蔵は、人影がなくなったのを見すましてから、はかまをつかみ、膝《ひざ》をすって、ツツと晴季の膝もとまで近づいた。

「何をする」

「ご一身の一大事でござる。礼など、かもうておれぬ。すなおに申されよ。大納言さまは、大坂に通じて江戸にご謀叛《むほん》をおくわだてでござろう。明かされるぶんには、この霧隠才蔵、お役に立たぬでもない」

晴季は、才蔵をみつめた。追いつめられた小動物のような目をしていた。

「おのれは、何者じゃ」

「なにもの?」

才蔵はわらって、

「何者でもござらぬ。月卿雲客《げっけいうんかく》のおん身からみれば、虫のごとき下郎にすぎませぬ。ただこの虫は、なにものの手にも屈せず、なにもののためにもはたらかぬ。ただひたすらに、おのれのためにのみはたらく。いずれ、大坂城を車軸にして天下が乱れましょう。虫は虫ながら、その風雲に乗じたいと思うている」

「すると大坂方につくのじゃな」

「でもござらぬな」

「江戸方か」

「でもない」

才蔵は、大きく息をすいこみ、やがて吐いた。それ自体が城のような骨組の上体を、ずしりと腰骨におとしながら、

「江戸につくか、大坂につくか、そのいずれかに決めるのは、まだはようござるな。いまは、それを決めるたねをさがして歩いている。大納言さまにお目通り願うたのも、そのたねさがしと思うてくだされればよろしゅうござる」

「妙なおとこじゃな」

「ただの男にすぎぬ。京に群れあつまる牢人《ろうにん》のほとんどは、拙者のような気持でおりましょう。おのれを買うぬしを待っているのじゃ」

「妙な男であるわ」

「左様かな。代々、世禄を食《は》み、血すじのおかげで、生きてきたお公卿様などにはわからぬことじゃ。われら、土くれのごとき人間は、男を売って生きるしか手がござらぬ」

「その男を、わしに買えというのか」

「とは申さぬな」

と、才蔵は、晴季をなぶっている。

「この才蔵が、売りとうなったときには、売ってさしあげてもよい。それまでは、と

くと江戸と大坂の買い手を、見きわめるつもりでござる」

「申しておくが、わしは大坂方ではないぞ」

「お隠しあるな」

才蔵は、見つめた。菊亭大納言はその視線にたえきれなくなり、つい、うろたえて、

「わしは、御所に仕える長袖者《ちようしゆうじや》にすぎぬ。なるほど、かつては太閤と親交があった。が、いまは、大坂の右大臣家（秀頼）となんの縁もない。武家のあらそいには、かかわりとうない」

「その旨《むね》を、京に潜入しているにおいの君に伝えてよろしゅうござるか」

「においの君？」

ぎょっとしたらしい。

「左様。大納言様の姫御料人のおん名を騙《かた》って八瀬で湯治をしていた女でござる」

「そこもとは、あの女を存じておるのか」

「正直なところ、ようは知らぬ。その女のありかを訊《き》くために、いま、大納言様とお会いしておりまする」

「わしは、知らぬぞ。左様な女には、かかわりはない」

晴季は、ふるえながら、それっきり貝のように口を閉じた。

猫《ねこ》の足音

それから数日たったある朝、室町の分銅屋《ふんどうや》の店さきに、黒うるしに金の草木をえがいた文箱《ふばこ》をとどけた女がある。

孫八は、その日、いつものとおり、分銅屋の番頭として帳場にすわっていた。ついでながら、伊賀、甲賀の忍び者というのは、つねに夜陰、黒装束《くろしょうぞく》をつけて歩行するものとはかぎっていない。

商人になったり、旅芸人になったり、ときには生涯僧侶《しょうがいそうりょ》になりすましていたりする。公卿《くげ》屋敷や門跡《もんぜき》寺院に人足を口入れする分銅屋のあるじは、伊賀の出の者で、才蔵の地所のある喰代村《ほおしろむら》の百姓だったおとこである。

もともとこの分銅屋というのは、才蔵の父服部左衛門尉《さえもんのじょう》光春が、もとでを出して京に店を出させたもので、服部家が、諸国の武将にたのまれて京の情勢をさぐるときの足場としてつかっていた。

番頭が、三人いる。

巳六《みろく》、源蔵、孫八である。

いずれも、少年のころから才蔵の家で育った下忍で、それぞれ平素は、商人としてはたらいている。

文箱の女をみるなり、孫八は、けげんな顔をした。

文箱の高貴さとはまるでちがった百姓女なのである。

「そなたは、たれか」

女は、だまったまま微笑し、文箱をわたすと、いそいで立ち去った。

孫八は追おうとして往来まで出たが、すでに女のすがたはなかった。

(不審な)

才蔵は、二階でふせっていた。

「なにごとか」

薄目をあけた。

「ふみでござる」

「まさか、菊亭屋敷に忍び入った例の三河者《みかわもの》の首領からではなかろうな」

「お目ちがいじゃ」

孫八は、すでに中身を読んでいる。「ひとふで、しめし参らせ候《そうろう》」からはじまるうつくしい青蓮院流《しょうれんいんりゅう》の筆蹟《ひっせき》は、その署名どおり青子のものであるらしかった。

「読め」

「読むまでもござらぬ。菊亭家の姫ごぜから、才蔵さまへの呼びだしぶみでござるわ。あす、巳《み》ノ刻《こく》（午前十時）、堀川のもどり橋の西詰めにある菊亭家の菩提寺《ぼだいじ》蓮台院《れんだいいん》にて茶をさしあげたいゆえ、お越しを乞《こ》うとある」

「……これは」

孫八は、つぶれた片目を意味ありげにひきつらせた。

「なんじゃ」

「恋のふみでござるな。恋は男から仕かけるものときいたが、おなごからふみを送るとはめずらかなはなしじゃ」

「しかし」

と才蔵は、手紙に目を落している。

「なぜ、青子が、わしが住いを知ったのであろう」

翌日、才蔵は、示された時刻に蓮台院の門の前に立った。小門をくぐってなかに入ると、足もとから猫がいっぴき走った。

人影がない。

(妙じゃな)

庫裡《くり》に入ってしばらく待つと、やがて中年の僧が足音もなくやってきて、

「委細《いさい》は承知つかまつっている。そこに水桶《みずおけ》がござるゆえ、用いられよ」

才蔵に足をすすがせると、僧は、さきに立って、ひたひたと廊下をふみはじめた。

回廊があり、そのさきは、茶室になっている。僧は、わずかに頭をさげて、

「お入りなされ」

「茶亭のなかにいるのは、たれか」

「ご自分の目でおたしかめなさることじゃ」

(妙な僧じゃな。たしかにこの寺の僧なのか)

うたがううちに、僧は、廊下のむこうへ足音もたてずにたちさってしまった。

才蔵は、茶室の戸をあけ、開けはなしたまま、しばらく、たたずんで、西の空をみた。

(たしかに、青子なのか)

伊賀者のならいで、才蔵は、ひどくうたがいぶかい。

もっとも、疑う理由はあった。

青子が、才蔵のすまいを知っているはずがないのに手紙をよこしたこと。

それにこの寺の様子が、おかしい。寺は、菊亭家の菩提寺のはずなのだ。寺の大檀《おおだん》那《な》の娘がきていれば、もっとその接待にざわめいていていいはずなのである。

(うかつに、茶亭にはいれまいぞ)

なかで人のうごくけはいがした。

ふと才蔵は、目をけわしくした。いつのまにか、風のむきがかわっている。そのために茶室のなかの空気がにわかに動いたのだろう、才蔵の鼻さきに、血をくるわせるようなにおいがただよった。すぐ消えた。が、才蔵には、あきらかな記憶がある。

(あるいは。……)

すばやく身をかがめた。入り口をくぐり、そのまま水屋《みずや》の裏をまわって、紙障子をからりとあけた。

炉を前にして女がいた。

(やはり、八瀬で会《お》うた女じゃな)

才蔵は、腰のものを左手にもって、突っ立った。

女は、横顔をみせたまま、才蔵のほうをふりむこうともしない。

白い絹地に薄紅の小桜をちりばめた目のさめるような小《こ》袖《そで》をきて、ほそい手に茶し、やくをもち、無心な表情で、ひとり茶をたてていた。

年は、二十二、三だろう。

ややまる顔で、目鼻だちは小さく、あごのくびれがめだった。

（うつくしい）

才蔵が、あやうく落ちつきを失いかけたのは、その美しさよりも、部屋にこめるあやしいにおいのせいであったろう。

香ではない。

肉置《ししお》きのゆたかなこの女の肌《はだ》からにおいたっていることは、炉のなかに香をくすべていないことでもわかることである。

（この女、なぜおれをよびだしたのか）

才蔵は、にらみすえたまま、すわろうとはしない。

釜《かま》の湯のたぎる音と、ときどき吹き訪れる風の音のほかは、せまい茶室のなかで、なにひとつきこえない。

才蔵は、息をのみ、やがて吐き、女に声をかけようとしたとき、女の呼吸がその機先を制した。

人のやりとりは、こういう場合の呼吸によってその場の勝負がきまる。女は、ふとふりむいた。微笑をうかべたのである。

「霧隠《きりがくれ》才蔵どのでありまするな」

「そこもとは」

「菊亭大納言のむすめ、青子と申しまする」

ぬけぬけといった。

「青子と申される姫御料人を、もうひとり存じているが、いずれがにせ者なのであろうかな」

「ひとの世で、菊亭大納言の娘青子とは、あたくしひとりしかおりませぬ」

女は、ほそくほほえんだ。

(女狐《めぎつね》め)

とおもいながら、

「たしか、そこもととは、八瀬ノ湯で会うたな」

「あのときは、あなたさまは、阿蘇《あそ》大宮司《だいぐうじ》家の家来斎藤縫《ぬい》殿頼仲というお名前で逗留《とうりゅう》なされていたと、供からうかがいました」

「偽名は、おたがいじゃ」

「あたくしは、偽名などを用いませぬ」

「もうよい」

炉の前にすわって、

「じつは、あの八瀬街道で、わしは闇討《やみうち》に会うた。どうやら、そこもとの一行と見誤られたらしい。相手には、三河なまりがあったが、心あたりがあるか」

「三河なまりとは？」

あきらかに、思いあたるふしがあるらしく、女は狼狽《ろうばい》をつつみかくせぬ様子で、

「それで、あなた様は、どのようになされました」

「一人、斬《き》った。あとは、逃がした。なぜあの者どもが、公卿の娘にすぎぬそこもとを討とうとしたのか、ようわからぬ」

「わからぬほうが、お身のためでござりましょう……才蔵どの」

女は、長いまつ毛を、ゆっくりとあげ、

「お身をおつつしみなされませ」

「なんのことか」

「ちかごろ、あたくしの身のまわりを、下忍にいいつけてお嗅《か》がせなされているように聞きます。そのことは、きょうかぎり、無用になされますように」

「それをいうためにわしを呼んだのか」

「と申してもよい」

「では、こちらから訊《き》こう。わしの名は、世間のたれもが知らぬ。知ろうとすれば、おなじ忍びの仲間である伊賀の者、もしくは甲賀の者のほかはない。それを、雲の上の大納言の娘ともあろうものが、なぜ霧隠才蔵のごとき伊賀者の名を存じているのか。これが第一のふしぎじゃ」

「…………」

「いわねば、わしから申そう。わしが下忍に、そこもとの乗物のあとをつけさせたとき、露顕して、そこもとの供の一人にとらえられた。その供の男はわしの下忍の顔を見知っていたばかりか、下忍のあるじが、わしであることさえ知っていたそうじゃ。あとで下忍からその供の男の人相をきき、どうやら甲賀者の猿飛《さるとび》佐助と申す男ではないかとわしは見た。猿飛の詮索《せんさく》はべつとして、大納言の娘ともあろう女が、なぜ甲賀者などをかかえているのか、これが第二のふしぎじゃ。おそらく、そこもとは、青子ではなく、それに化けた狐であろう。化けの皮を、剝《は》いでやろうか」

「あたくしのばけの皮を？」

女はくびをかしげ、目を、いっそうほそくした。そのぬれたひかりのなかに、男を知りつくしている女のずるい計算がひそんでいる。

「どのように剃がしていいただけますか」

女は、からかうようにいった。

「こう。……」

才蔵は、女の右手をとった。女は、あいかわらず目をほそめ、才蔵のなすがままになっていた。

そのとき、女は、あっ、とのけぞった。

才蔵が、女のからだをひきよせると同時に、胸もとをくつろげたのである。

才蔵は、ゆっくりとあごを引き、青いひげの剃《そ》りあとを、女の肌にうずめた。

「におう」

これほど強烈な体臭をもつ女は、ほかに見聞きしたおぼえがない。

「これでたしかめ得た。まことの菊亭大納言のむすめ青子ならば、このような肌はもたぬはずじゃ」

「才蔵どの」

女は、抱きすくめられながらいった。

「この寺の境内に、二十人の忍びの者を伏せてあるゆえ、手あらなまねは、ゆるしませぬぞ」

「ならば、寺の坊主どもは、いかがしたか」

「蔵に閉じこめ、見張りをつけて、酒肴《しゅこう》をそなえてある。いまごろは、よい機嫌《きげん》でやすんでおりましょう」

「たいそうな仕掛けじゃ。よう招いてくれた。さて、おれをどう料理《りょう》るつもりか」

「お味方にお参じまするように」

「お味方とは、たれの」

「さあ、たれでございましょうか。それは、お気持がわかるまでは、申せませぬ」

「大坂の右大臣家であろうな」

「そうとお気付きなされた以上、もしお味方に参じなさらねば、ここでお命を申し受けねばなりませぬぞ」

「世に、霧隠才蔵の命をとれるほどの者が、いようとは思えぬな」

「増上慢な。いるとすれば、そなたは、いかがしやる」

「命を呉《く》れるまでよ。もはや三十年も生きたゆえ、さまで、惜しいいのちでもない。ところで、殺されてもよいが、死出のみやげに、そのほうのまことの名を聞いておこう」

「右大臣家の中﨟《ちゅうろう》にて、ひとは、隠岐殿《おきどの》と申す。名をみつという。……これで得心《とくしん》しやったか」

「得心した。が、いまひとつ、知りたい」

「なにを」

「しばし、口をきかずに居られよ」

才蔵の手が、いきなり、隠岐殿の膝《ひざ》を割ってそのあいだにうずもれた。

「厭《いや》」

隠岐殿は、意外にも小娘のような声をあげて、身をよじった。

「もうよい。手を離している。ことわっておくが、べつに才蔵がすきごころでしたわけではない。ただ、おぬしのにおいの正体を知りたかったにすぎぬ。さて、殺すなら殺してみよ」

才蔵は隠岐殿のからだを放したとき、にわかに、背後でけものの息づかいを感じた。

はっと畳の上に立ちあがると、

（なんじゃ）

猫であった。

どこから、いつのまにこのものは来たのか、ひそひそと才蔵の足もとを歩いていたのである。

黄毛に白いまだらをもつ猫で、としは五、六歳であろう。

(まぎれもなく、さきほど、山門にいた猫じゃな)

と、才蔵は、用心ぶかくその小動物のきいろい背をみた。

「隠岐殿」

「え?」

と、女は才蔵をみあげた。

すでに身づくろいをして炉のそばにすわりなおしていたものの、隠岐殿の表情は、さきほどとはまるでちがっていた。ほおに血の気がのぼり、才蔵を見る目もとに、意外なはじらいがあるのをおおえない。

才蔵は女を見ず猫を見ながら、

「この猫は、そこもとが飼うているのか」

「猫。……」

女は、はじめてそれに気づいたらしく、部屋のすみずみに目を走らせ、やがて猫の

背中に視線をとめると、

「ああ、この猫」

しずかに、微笑を口もとにわきあがらせた。

「私の飼い猫ではありませぬ。しかし、このねこがここにいるかぎり、才蔵どのに、ふたたびあのような無体はさせぬでありましょう」

「この猫が霊力をもつというのじゃな」

「畜類に、そのようなものがありませぬ。ただ、才蔵どのを封じこめるちからは、この猫の飼いぬしがもっているのじゃ。……ね、おいで」

隠岐殿は、猫にむかって、小さくねずみ鳴きをしてみせた。

猫は、尾を立てて歩き去ろうとしていたが、急にうしろをむいた。

が、この気まぐれな小動物が、隠岐殿のねずみ鳴きでふりむいたのではないことは、その視線が女を見ていないことでわかった。

猫は、茶室の紙障子にうつる影をみていた。才蔵は、はっと障子をあけはなって、座をうつして、叫んだ。

「なにものか」

そこに男がいた。

ぬれ縁に腰をおろし、人なつっこい目を才蔵にむけて、わらっている。背がひくい。色がくろく、歯が白かった。

「おぬしは」

「ああ、甲賀の佐助じゃよ」

と、右手をのばし、みじかい毛ずねを掻《か》きはじめた。顔をななめに伏せた表情は、その猿飛の異名のとおり、子ざるに似ていた。

「霧隠の……」

と佐助は掻きながら、

「伊賀と甲賀の出生のちがいがあるとはもうせ、おなじ忍び仲間のことじゃ。おぬしほどの名人のことなら、こまかいくさぐさまで、拙者はきき伝えて知っている。おぬしも、拙者のことは知っていよう」

ここで余談ながら、甲賀流忍術の名人といわれた猿飛佐助について、多少の解説をこころみておきたい。

猿飛佐助は、明治末期から大正年間にかけて、大阪から刊行されたいわゆる立川文庫の作者たちがつくったという説がある。なかば真実かもしれない。

立川文庫は、明治の末年、大阪の唐物町《からものまち》四丁目で「立川文明堂」のかんばんをあげていた立川熊次郎という青年が、小型講談本の刊行をおもいつき、講釈師加藤玉秀斎に執筆を依頼して、まずてはじめに「一休禅師」をだした。明治四十四年十月五日が、初版刊行の日である。

これがあたって、その後、この文庫の名で数百種の講談本がでたが、そのうち大正六年刊行の「猿飛佐助」におよぶものはない。

この甲賀流忍者の名は、玉秀斎を中心とする執筆グループがつけたといわれている。ではない、という説もある。

大坂城の天守閣主任で大阪史の研究家でもある岡本良一氏の説によると、すでに江戸時代から、猿飛佐助の名は、大坂の庶民のあいだでかたりつがれていた。

幕末の経済不安が、大坂の庶民をくるしめていたころ、かれらは、どの時代のどの国の庶民もそうであったように、江戸体制よりも以前の政治体制を理想国家として想像し、その主宰者であった太閤《たいこう》秀吉を神格化したうえ、秀吉の死後、徳川家に抗して豊臣《とよとみ》家の栄光をまもった英雄たちの事蹟《じせき》をひそかに語りつたえてきた。

その伝説の英雄たちのなかで、もっとも人気のあったひとりは、猿飛佐助であるというのである。

しかし、佐助は伝説の英雄ではなく、実在していた。

甲賀五十三家といわれる近江国《おうみのくに》甲賀郡の郷士のうち、三雲《みくも》氏というのがある。代々、甲賀郡吉永山に城館をかまえ、戦国のなかごろ、三雲新左衛門賢持という人物がでて、近江の守護佐々木家につかえ、間忍《かんにん》（諜報《ちょうほう》）のことをつかさどった。

長享《ちょうきょう》元年、足利義尚《あしかがよしひさ》が京で大軍をあつめて近江の佐々木氏を討ったとき、佐々木方の三雲新左衛門は、他の五十二家の甲賀武士とともに、義尚の本陣のある近江国栗《くり》太郡《もと》鈎《まがり》ノ里に夜霧に乗じて夜襲し、敵軍を潰走《かいそう》させた。

このことは「淡海《おうみ》故録」という古書にある。「世に、甲賀忍び衆の名が高くなったのは、長享元年の鈎ノ陣におけるふしぎな働きがあってこのかたのことである」

その新左衛門賢持の子賢方の代に、主家の佐々木氏が織田《おだ》信長にほろぼされ、賢方は山林にかくれた。三人の子をそだて、兄ふたりは、それぞれ働きある忍者として、上杉、筒井氏などに仕えさせたというが、末子佐助のみは、手もとにおいて、さらに修業をつませた。

「茗渓《めいけい》事蹟」に、「佐助十歳のとき、新太夫（賢方）吉永山の崖《がけ》にのぼらしむ。岩頭に立たせ、足をもって子の腰を蹴《け》る。墜《お》つること十丈、佐助、九たび回転して谷の瀬のうえに立つ。しかも濡《ぬ》れず」とある。猿飛の異名は、その身がるさから出たものだろう。

佐助は、ただしくは、三雲佐助賢春という。父新太夫賢方の死後、甲賀の山をおりて、ってをもとめ、大坂の豊臣家につかえた。大坂の冬・夏ノ陣の前後に神妙の術技をみせた猿飛佐助とは、この三雲賢春のことをいうのである。

才蔵は、佐助の顔をみるうち、いつかはこの甲賀者と、いのちを賭《か》けてあらそわねばならぬ日が来そうな気がした。

「わしにどうせよというのか」

と佐助にいった。

「いまの隠岐殿のおことばどおりじゃ。豊臣右大臣家では、おぬしのわざを買おうと申される。おぬしはすなおに受けてもらえばよい」

「いかほどのあたいで買うのか」

「さて」

と佐助は、隠岐殿をみた。女はうなずいて、

「とりあえず、金二枚では、いかがでありましょう」

「やすいな」

「ならば、三枚ではどうじゃ。のちのち手がらのしだいでは、騎乗の身分にとりたて、さらに働きひとつで一手の大将にせぬでもありませぬ」

「口だけの約束ではつまるまい」

「才蔵、おそれ多いことを申す」

と、佐助は不快そうにいった。

「おぬしは、たかが忍びではないか。強欲をはるものではない」

忍者といえば、水破《すっぱ》、乱破《らっぱ》などと蔑視《べっし》されて、武士のなかまには入れてもらえなかった当時のことだ。

むろん、例外はあった。

天正十年六月、本能寺ノ変の日、おりから堺《さかい》を見物していた家康を、伊賀、甲賀衆が、ぶじ領国の三河まで護衛した功によって、伊賀者二百人、甲賀者百人が徳川家の徒士《かち》として召しかかえられた例がそれだが、ふつう、忍びといえば、諸国の大小名にとって「飼われ者」か、一時のやとわれ者にすぎなかった。

「いったい、隠岐殿は、わしを買うて、なにをさせようと申されるのか」

「それは、いまは申せませぬ」

「ならば、わしも、やみやみとは身売りはすまい。京のちまたの者のうわさでは、いずれ、江戸と大坂とが手切れになって戦乱のおこる日も近いという。乱がちかづくにつれて、わしのような者の値《あたい》は、いよいよ高くなろう。江戸につくか、大坂につくか、そのときにきめればよいことじゃ。佐助、そこをのけ。かえるぞ」

「はてな」

佐助が、猫をだきながら、踏み石のうえに立ちあがった。歯をみせて笑っている。

「まさか、命あってこの寺を出られると思うているのではあるまいな」

才蔵は、ちらりと隠岐殿をみて、一歩近づいた。この女を抱いて立ちのけば、いかに甲賀衆の人数が多かろうと、手が出せまい。

とみた才蔵の思案を、佐助はすばやく読みとったのだろう、

「うごくな」

「動くさ」

才蔵は、女の手をとった。と同時に、するどく光るものが飛んだ。才蔵はとっさに身をしずめ、手もみせず空中をたてに斬《き》りさいた。

火花が散り音が鳴り、小さな鉄片が畳のうえに突きささった。甲賀者が得意とする

十文字の手裏剣《しゆりけん》だった。

才蔵が、佐助の投げた十字手裏剣をたたきおとした瞬間、女は、おどろくほどの身がるさで炉のふちから身をひるがえし、部屋のすみへ身を移した。

同時に、ふすまが倒れ、天井がおち、もうもうたる煙のなかに、いつのまにふりおりたのか、七、八人の忍び装束の者が、手矢《てや》をもって才蔵をかこんでいる。

手矢は、ふつうの武士は使わない。手をもって投じる長大な矢で、鷲《わし》の羽をつけ、矢尻《やじり》は、鑿《のみ》ほどもある大きさのものを柄《え》にすげ、毒をぬってある。甲賀流忍者の得意とする武器だった。

「いかに、才蔵。……」

どこかで、佐助の笑いを含んだ声がきこえた。

才蔵は、沈黙し、ふところのなかで煙玉をにぎった。しかし、効はなかろう。そういう遁法《とんぽう》がある。が、ただの相手なら、煙玉をたたきつけて目をくらませば、この場をにげることはできる。相手が忍びでは、その手も効くまい。

(何人斬れようか)

もともと、死の怖《おそ》れの薄い男だ。才蔵は、死ぬことよりも相手を斬ることを考え、そのひとりひとりの顔を読んだ。

(さしたることもあるまい)

才蔵は、おちついている。

もっとも、甲賀者というのは、兵法がつかえなかった。

伊賀と甲賀の術技をくらべると、忍びの術では、甲賀のほうがすぐれているという定評が、戦国の初期のころからある。

が、甲賀者は、刀を用いてひとを殺傷する技術は、いっさい学ばない。

剣をまなべば、手くびと下膊部《かはくぶ》の筋骨が発達し、いかに雲水や戯芸の徒に変装していてもそのために見やぶられることが多いからだ。

自然、甲賀では毒薬、幻薬をもちいたり、飛び道具を工夫したりした。

伊賀流忍術といわれるものは、これとは反対のものである。

かれらは、忍びの小わざを学ぶよりも、兵法をまなぶことによって身軽さと変幻な体技を練った。

伊賀と国ざかいにある大和柳生《やぎゆう》ノ荘《しよう》から、石舟斎、兵庫助、蓮也斎《れんやさい》、但馬守《たじまのかみ》などの兵法者が世に出たのも、偶然ではなかったのである。

天正年間、武田信玄の忍者として天下に名の高かった知道軒という甲賀者が、同九年に本能寺の織田信長の宿陣に忍びこんだとき、徳川家康子飼いの伊賀者服部半蔵の手で、脳天から肛門《こうもん》までひと太刀で断ち割られたという例は、甲賀、伊賀のふたつの流儀のちがいをしめすよい挿話《そうわ》といっていい。

「才蔵」

佐助の声がした。

「いらざる邪魔だてをするために、かようなことになった。死ぬがよい」

それが仲間へのあいずだったらしい。声がおわらぬうちに、仲間の手がうごこうとした。

「待ちゃれ」

女の必死な声がした。隠岐殿だった。

(待っていた)

と、才蔵は微笑した。

隠岐殿の女としてのこころが、才蔵に傾きはじめていたことを、欲目ではなく気づいていたのである。

隠岐殿にすれば、すでにこの男に裸形《らぎょう》を見られ、肌《はだ》にさえ触れられている。その男が、目の前で殺されるのに堪えられなかったのか。女のこころは、つねに、理のままには動かない。こののち隠岐殿の心が才蔵に対してどう動くか、じつは江戸と大坂のことよりも、才蔵にとっては、そのことのほうが、興がある。

それから数日たったあるあさ、才蔵が、室町の分銅屋《ふんどうや》の二階に寝ていると、未明から出かけていた孫八がもどってきて、

「起きなされ。ござった。これでござりましょう」

ほそいしの竹の筒をみせ、なかから、小さく巻きこんだ紙片をとりだした。

まず、

「来《こ》よ」

と読めた。さらにしわをのばして文字をたどると、

「丑《うし》ノ日、夜あけに、松原の因幡《いなば》薬師の境内のおうちの樹《き》の下まで」

三河衆からの書状である。

才蔵は、三河衆の首領に、「もしわしに用があれば、その旨《むね》を認《したた》めて六条河原の西岸にある杭《くい》の南から三本目の根もとに埋めておくがよい」といったのを首領は実行したのだ。

書状の末尾に、小さく、

と署名されていた。人の名なのか、徒党の呼称なのか、才蔵にも孫八にもわからない。

「黒」

「いよいよ来たな」と才蔵は、呟《つぶや》いた。

「待ちかねていた。どうやら、おれにも運がむいてきたものとみえる」

「なんの運でござる。孫八には、才蔵さまがなにをもくろんでいなさるのか、わからぬ。めあては、金か」

「ではない。伊賀には多少の田畑もある。堺のあきんど衆も、金を仕送ってくれている。食える以上に金銀をのぞむのは、貪《どん》というものじゃ」

「では、くノ一でござるな」

くノ一とは、女という文字を分解した忍者の隠語である。

「おなご」

才蔵はつぶやき、青子の肢体《したい》と隠岐殿のにおいを同時におもいうかべた。

（かもしれぬ）

耳の底に青子のしめりをおびた、粘膜にまつわりつくような声がのこっていた。隠岐殿の細い目には、男を知りつくしている者のすえたひかりがあった。この二人に、欲情を動かされぬ者があるとすれば、それは男ではなかろう。

「女、のみではない。霧隠才蔵は、ふしあわせにも伊賀者の家にうまれた」

「え？」

「まず聞け」

才蔵は、孫八に瓢簞《ふくべ》をもって来させ、みずからの掌《てのひら》に酒をつぎ、ひと息にすすって、

「もしただの侍の家にうまれたならば、しかも、永禄、元亀《げんき》、天正の乱世に人となっておれば、あるいは、おれは一城のあるじになっていたかもしれぬと思うことがある」

「なるほど、そう申せば、忍びには惜しいご器量じゃ。そのご器量が、一介の伊賀者として世をすごす邪魔になっているのかもしれぬ」

「わしには野望がある」

「のぞみとは、いかような」

「自分でもわからぬ。野望とはそうしたものかもしれぬ。しいて申せば、江戸と大坂を手玉にとって、風雲に乗じたい」

「もし落ちれば？」

「死ぬまでよ」

才蔵は、もう一度ふくべを傾け、酒をすすった。

才蔵は、いわれた日時に、烏丸《からすま》松原の因幡薬師の境内に入った。

山門を入ると、ようやく東の空が白みはじめている。

（よい寺じゃな）

門わきにある愛染堂《あいぜんどう》の前にたって境内を見わたした。

諸坊、諸堂の影が、まだ黒い。

この寺は、平安朝のはじめ、因幡の国司　橘　行平《たちばなのゆきひら》という者がたてた。

行平が任地にあるとき、因幡の賀露津《かろのつ》という浜に、夜、光るものがある。漁師に命じてあげさせてみると、六尺二寸の光明さん然たる薬師像があらわれ、その後任期をおえて行平が烏丸高辻《たかつじ》の自邸にもどったとき、薬師は天を飛んであとを慕ってきたという。

この寺の人気が大いにあがったのは、寺僧がそういう伝説をつくってからのことだろう。数百年をへたいまでも、境内の周囲に大小の建物がすきまもなく建っている。

（人もおなじかもしれない。自分の伝説で、損をしたり得をしたりする）

秀吉ととくに親交があつかったという菊亭大納言のばあいは、その伝説で苦しんでいるひとりだろう。
秀吉の死後十六年たったこんにち、幕府からは警戒され、大坂の豊臣家からは、うとましいばかりに利用されている。
(はて、樗《おうち》の樹《き》はないか)
才蔵は、そぞろに歩いた。
十九所社
稲荷《いなり》堂
大黒天堂
不動堂
とながめて歩くうちに、陽《ひ》は、東山をはなれ、にわかにあたりがあかるくなってきた。
(おう、これか)
桃《もも》ノ堂という境内の一院の白塀《しろべい》のそばに、ほんの若木の樗が植えられている。
「お武家」
不意に、背後で声がした。白衣に腰衣を垂らした老僧が、才蔵を白い目で見ている。
「どうやらご様子では、朝詣《あさもうで》でもなさそうじゃが、どの坊にご用があるな」

「そぞろに歩いている。かまわれるな」

「わしの癖じゃ。かまいたい」

胃でもわるいのか、鶴《つる》のようにやせこけた老人である。いきなり指をつきだし、

「相がわるいぞな。剣の難儀にあうぞ。はようここを立ちのきなされ」

「貴僧は、相者《そうじゃ》（人相見）か」

「いかにも、相を見る。この隣りの院の住持の柳坊《やなぎのぼう》俊岳といえば、わしのことじゃ。名ぐらいは、存じておるであろう」

「知らぬな」

「それは、耳遠いお方じゃ。京で相者の俊岳といえば知らぬ者はない」

「ご坊、ぜにでもほしいのかな」

才蔵が、ふところをさぐるしぐさをすると、俊岳はむっとしたらしく、

「あほうめ」

黄色い乱杭歯《らんぐいば》をむきだした。

「わしは、そなたを斬る男の名さえ知っている。宝山流の兵法者沼田源内という者じゃ」

「源内？」

つぶやいた。

才蔵は兵法者ではないが、しかしそのぶきみな名はきき知っている。

兵法宝山流は、足利《あしかが》の初期、下野《しもつけ》のひと堤山城守宝山という神官がひらき、宝山の死後、箱根別当、土肥《どい》相模守《さがみのかみ》、六角堂長尾、宇野勝蔵坊とつたわり、沼田源内にいたっている。

この流派は、宝山の遺志により、伝法をうけた者は、いっさい弟子をとってはならぬことになっており、他流をきわめた者に秘法を伝えて印可《いんか》をあたえるという特殊な伝承法をとっていた。

門弟がないため、とくに流布《るふ》されている流派ではないが、しかし秘太刀が二つあり、兵法なかまのおそれるところになっていた。この秘太刀の伝授をうけようとして源内に試合をいどんだ兵法者で、いのちを全《まっと》うした者がない。

秘太刀は、

雲翔剣《うんしょうけん》

山ノ井

という。

沼田源内が、かつて姫路城下で宮本武蔵《むさし》に会ったとき、

「われと試合われよ。貴殿にこそ、雲翔剣と山ノ井をお伝え申すでござろう」

といった。しかし、武蔵は辞退した。

「兵法は、みずから工夫して自得するものである。いかに神変不思議の秘法なりとも、他人の工夫したものをまなんで、なんの益があろう」

このはなしは諸国の武芸者につたわり、武蔵が、源内を恐れて試合を避けたという悪評さえ出た。

「それが、京に来ているのか」

「来ているどころではない。夜の明ける前から、ここでおぬしを待っていた。おそらく、待ちくたびれて、そのあたりに休息しているのであろう。わるいことはいわぬ。はよう逃げることじゃ」

(なぜ、沼田源内が、わしを待つのか)

呼び出し書状を出したのは、あの正体のさだかでない三河衆の首領ではないか。

(あるいは)

三河衆は、沼田源内に利をくらわせて、才蔵を殺害しようとするのかもしれない。

「ご坊」

と、才蔵は、立ちさりながら、

「なぜ、あんたはわしに好意をもつ」

「いずれ、わかるときがくる」

「わしを、何者と知ったうえでのことか」

「百も」

傒岳は、ぐびりとのどぼとけをうごかした。

「知ったうえでのことじゃ。おぬしは、左様な風体《ふうてい》はしているが、じつは伊賀の忍びで霧隠才蔵という者であろう」

「なぜ、それを」

「こわい顔をするな。世のこと人のことで、この傒岳の知らぬことはない」

才蔵は、境内を出た。正直なところ、沼田源内などには、会いたくはない。

兵法者は、おのれの技倆《ぎりよう》をためし、剣名を世にあげるために勝負をかさねてゆくのが稼業《かぎよう》だが、忍者は、おなじく戦国時代の必要からうまれた戦闘技術者ながら、勝負師ではない。

むしろ、勝負をさけるところに、その職業の本領があった。

（これは、逃げることだ）

あたりは、松が多く、人家はすくない。

才蔵は、因幡薬師の山門を出て、堀にかかっている小橋をわたろうとしたとき、不意にむこうの松の幹が人影を吐き出した。ゆっくりと近づいてくるのである。

（あれが、沼田源内という兵法者じゃな）

ちかごろの兵法は、ひと時代まえからみると、信ぜられないほどの流行ぶりであった。田舎ですこし名がでれば、京か江戸かにやってきて、人目にたつ勝負をする。京では室町に「吉岡兵法所」という栄えた道場があるが、それ以外でも、京に足をとどめている有名無名の剣客は、つねに五十人はくだらなかった。京か江戸で剣名をあげれば、天下にきこえるという便利があるからであろう。

源内も、そのうちのひとりである。

（どうせ三河衆から、仕官の世話をするなどのうまい話をもちかけられて、乗ったのだろう）

見ると、源内は、どの兵法者もそうである、人目をそばだたせるような服装をしていた。

さかやきは剃《そ》らず毛もぞんぶんにのばし、もとどりを朱のひもで束《つか》ねている。白い小袖《こそで》の上に錦《にしき》のそでなしを羽織り、黒のたっつけ袴《ばかま》のようなものをはいていた。が、背は案外ひくい。大きな飴色《あめいろ》の顔に、白い小さな目がついている。

才蔵が小橋のなかほどまできたとき、相手は橋を渡りはじめた。才蔵は、ツと足をとめた。すれちがって、抜きうちを仕掛けられるのもおろかしいとおもったのである。

ところが、相手も足をとめた。意外なことに小腰をかがめ、いやしげとさえいえる微笑までうかべながら、

「きりがくれさいぞうどのと申されるは、お前さまのことでござりまするか」

といったのである。

「お手前は」

「宝山流の兵法者沼田源内と申すものでござる。お見知りおきなされますように」

「なにか、身どもに用がござるのか」

「いかにも」

「そこを動かれるな。さて、申されよ」

「いやいや、それではあまりにも貴殿にご無礼」

源内は、もみ手をするように、するすると擦《す》りよってきた。兵法者といっても、流儀を売る商人のようなものだ。兵法者の型のなかばは無愛想な職人型であり、なかば

は、あきんどそこのけの愛嬌《あいきょう》と商才に富んだ者がいる。沼田源内は、商人型のほうらしかった。

しかし、すぐれた剣客の多くは商人型であるといえる。源内のこぼれるような愛想《あいそ》笑いのなかに、どういうものが隠されているか、ゆだんもすきもならない。

「さるすじからたのまれ、貴殿をさる場所にご案内つかまつる。ここまで参られた以上、まさかご異存はござるまい」

才蔵は、立ったまま、源内を見おろしていたが、ふと、

(こいつ、斬《き》れようか)

思ったとき、源内の笑顔が、一瞬消え、また笑った。

才蔵と源内が立っている道は、西へのびている。

人通りがなかった。

才蔵は、右のはしを歩き、宝山流兵法者沼田源内は、左のはしを歩いてゆく。たがいに抜きうちを警戒しているのである。

「どこまで連れてゆこうというのか」

「臆《おく》されましたかな」

源内の態度は、あいかわらず愛想がいい。しかし、愛想がよくなればなるほど、この男の体にただよっている殺気はいよいよ濃くなった。

(はて、これをどうしたものか)

才蔵は、むこうにみえる堀川の人家をながめながら、なおも相手と自分の力量を心のうちで推しはかっていた。

夜ならば、かならず勝つだろう。伊賀者は、夜の兵法者といっていいのである。しかし、陽のある場所で抜きあわせれば、互角といっていい。双方に傷がつく。

(むだだ。おれには、大望がある)

道が、いよいよ細くなってきた。ふたりの肩はいよいよ接近せざるをえない。

「場所を申せ」

「不安ならば申しあげよう。洛西双ケ岡《らくせいならびおか》のふもとにある黒屋敷と申す場所へご同道つかまつる」

「おれは、臆した」

才蔵が白い歯ならびをみせて笑ったとき、源内は、あっと数間飛びさがった。

「なにをなさる」

「うふ」

才蔵の手に、すでに白刃がにぎられていた。しかも、その刀は才蔵の刀ではなかった。

飛びさがった源内の腰には、刀がなく、さやだけが残されていたのである。

「伊賀にはこういうわざがある、とお見せしたわけじゃ。いずれ、その黒屋敷とか申すところへ、才蔵みずからがまいる。わしは急に、女に用があることを思いだした。また、会う日があろう」

「そのときは、命がないものとお覚悟なされよ」

「ご鄭重《ていちょう》なことじゃ。ところで、お手前を傭《やと》うているのは、その黒屋敷かな」

「その刀をかえしていただこう」

源内は、相変らず微笑をうかべたまま、腰をかがめた。

「お返しする」

才蔵の手が動いて、刀は春の空にむかって飛び、やがて松のこずえに突きささった。

「伊賀には、こういう手わざもある」

くるりと背をみせると、もときた道を足ばやに歩きはじめた。

源内は動かなかった。樹にのぼって刀をとらねばならなかったからである。

しばらく行って、才蔵はふりむいた。

源内の影は、すでに小さい。が、まだ立っていた。

ふりむいた才蔵に、影は、もみ手をするように腰をかがめてみせた。

(気味のわるいおとこだ)

はじめて、背筋に汗が流れた。

(とにかく、いずれ機をみて黒屋敷へ出むこう。でなければ、江戸に接近する法がない)

濡《ぬ》れた夜

才蔵と菊亭の青子とが、四度目にあったのは慶長十九年の三月の暮、洛西御室《らくせいおむろ》の花も散ったころである。

——濡れごとに、いちいち年号が要るか。

と、才蔵は、作者に苦笑するかもしれないが、じつはこののち半歳《はんとし》たって関東と大坂が手切れになり、歴史が大きくかわってゆくことになる。才蔵はそういう時代の中にいる。

時代は、緊張している。いっかいの伊賀者と、公卿《くげ》のむすめの情事もまた、この歴史の前夜祭で、なんらかの役割をはたさざるをえないであろう。

場所は、洛北の雲《くも》ケ畑《はた》であった。

京から三里。

杉《すぎ》の樹林がふかく、人の数よりも猪《いのしし》のかずのほうが多いといわれている山である。

ここは、千年まえ、桓武《かんむ》帝によって平安京が建設されたとき、都のいぬい（北西）の鎮護所として、志明院《しみょういん》という勅願の祈禱所《きとうじょ》がおかれた。寺は全山を境内とし、岩のきり立った峰と深い谷には、数多くの塔、子院、諸仏堂がひしめいている。

その建物のひとつに、石楠花寺《しゃくなげでら》という名の小さな寺がある。渓流《けいりゅう》をのぼって山中に入った才蔵は、ここに泊まった。

「どうも、様子がわからぬ」

なぜ、このような山中の寺にきたかについては、才蔵自身もよくわからないのである。

ある人物が、仲立ちをしている。

とは、因幡《いなば》薬師の御坊にすむ例の俊岳という瘦《や》せこけた老僧のことである。

この僧が、さる日、どういうカンで室町分銅屋《ふんどうや》の才蔵のすみ家を知ったのか、ひょっこりと訪ねてきたのである。

「どなたさまでござりましょうな」

帳場にいる孫八が警戒して前をさえぎったが、

「わしじゃよ。因幡堂のやせ坊主といえば、おぬしのあるじは存じている」

案内もまたずに奥へ通り、

「才蔵どの」

と、その僧はむずとすわった。

「用件をまず申しておこう。この三月二十八日に、洛北雲ケ畑の山中にある石楠花寺と申す所に、足労ありたい、その寺は、わしのあずかり寺ゆえ、遠慮はない」

「なぜ、そこへ行かねばならぬのじゃ」

「おぬしにとって、わるいことではない。ゆけばわかることじゃ」

「わからぬ。俊岳どの、いったい、ご坊は何者か。みれば、こめかみのあたりにカブト擦《ず》れがあるようじゃが、ただの僧ではあるまい」

「いずれ正体はわかる。いまはただ、おぬしを好きな男、と思ってくれればよい。霧隠才蔵の身辺については、よう調べてある」

「なぜ調べるのか」

「好きじゃからよ」

「ほらを吹くな」

「まあ、吹かせておいてもらおう。いまはせいぜいおぬしに恩を売り、あとで存分に取りたてる」

（この男にも三河のなまりがあるな）

伊賀者は、諸国の方言に通じている。

（三河とすれば、あるいはこの僧は、江戸の幕府にゆかりのある者だろうか）

いずれは知れることだ、とおもい、才蔵は、雲ケ畑の石楠花寺に行くことにきめた。

山は、女人禁制という。

この、岩と杉としゃくなげで出来た深山は、全体が、真言《しんごん》密教の修験道場《しゆげんどうじよう》になっている。

谷間で暮らす樵《きこり》の老母でさえ、結界橋という橋から峰へは、足をふみ入れることができなかった。

才蔵は、石楠花寺で、ふた夜をすごした。寺には、老いた小者《こもの》が一人いて、寝床をのべたり、食事の膳《ぜん》を運んでくれたりしたが、そのほかは、人の気配がない。

三日目の夕ぐれ、因幡薬師の俊岳がようやく山へのぼってきた。

「才蔵、待たせたな」

「そうだ、ご坊、三日も待っている」

といってから、才蔵は、俊岳の横で、顔を伏せて長いまつ毛をみせている寺小姓《てらごしよう》のうつくしさに気付いて、

「その寺小姓は？」

小姓は、萌黄《もえぎ》と黄のぼかし染めをした小袖《こそで》に、稚児《ちご》ばかまをはき、総髪に、前髪をつややかに垂れている。

才蔵に声をかけられて、小姓は、つと顔をあげた。

（おお）

青子だった。

「おどろいたかよ」

俊岳は、もう立ちあがりながら、

「わしはあすの昼まで、本坊に用がある。今夜は、ゆるりとなされよ」

俊岳が去ったあと、青子は、唇《くちびる》を閉じたまま、じっと才蔵を見すえたまま動かない。

「姫御料人」

才蔵は、青子のつよい視線にたえきれずに庭を見た。しかし姫のほうは見ず、

「物好きなことをなされたな」

「え？」

青子のほうがおどろいたらしい。

「それは、あなた様のほうではございませぬか。なぜ、あたくしを、夜盗のようにおかどわかしなされました」

「そ、それは知らぬぞ」

才蔵はあわてて視線をもどした。

「わしは、因幡薬師の俊岳という坊主にこの山へ来いといわれただけのことじゃ。すると姫は、先夜のごとく、ひとにかどわかされたと申すのか」

「いいえ、才蔵さまのお手紙をもった者があらわれ、侍女の萩野《はぎの》をつれて因幡薬師に詣《もうで》に来よ、とありましたゆえ、おもう様のおゆるしをもろうて出てきたのでございます。……ではございますが、妙なおはなし。才蔵さまも、あの俊岳とやらいう僧にだまされたのでございますね」

「たがいに不覚だったということになる」

才蔵は立ちあがり、あたりのふすまをほうりあけて、隣室をのぞき、

「たれもおらぬ。しかしおそらく、この山からは逃げられまい。寺をとりまいて、多勢で見張っているにちがいない」

「あの、因幡薬師の俊岳さまとは、どういうかたなのでございましょう」

「あれか」

才蔵はしばらく思案した。

「ひょっとするとあれは、江戸幕府が、大坂方の牢人《ろうにん》集めや公卿工作を封じるために京に潜入させている隠密《おんみつ》どもの大親玉かもしれぬな」

「えっ」

「とおれは見た。頭は円《まる》くしているが、意外に大名の隠居かもしれぬぞ。姫は、菊亭大納言をおどすための人質になったのじゃ。しかし、なぜおれをここへ呼んだのかはわからぬ。おそらく、江戸の味方に引きいれたいためであろうか」

夜がふけた。

才蔵は、語ることがないまま、森にすむふくろうの声に耳を傾けている。

「ねえ」

小姓姿の青子は、才蔵のひざをゆすった。

「なにを考えていらっしゃいますの。あたくしとこうしているのは、たいくつ？」

「たいくつではない」

「そう。青子は、いいむすめだから？」

「でもない。わしは、ひとりでものを考えるのがすきだから退屈をしたことがない」

「まあ」

青子は、指をツボめて、才蔵のひざをつねった。この姫には、ちかごろの公卿の子女の多くがそうであるように、羞恥心《しゅうちしん》というものがまるでなかった。才蔵との初対面のとき、庭の葉かげで小用を足していたほどなのである。

「ああ、姫のような細い指でも、つねられると、痛いようじゃ」

「青子も」

「痛いのかね」

「いいえ、べつのはなしです」

と才蔵の膝《ひざ》にほおをのせて、

「才蔵さまはいい人だとはおもっていません。さきほどから、ずっとそのことを考えていました。なぜあたくしが、いい人でもない才蔵さまに、猫《ねこ》みたいにじゃれてみたくなるのかしら、と」

「答えがでたかな」

「うん」

青子は、ひとり赤くなった。正座している才蔵には見えなかった。

「はやく申されよ」

が、才蔵はほかのことを考えていた。二人をこの石楠花寺に連れてきた因幡薬師の俊岳のことだ。俊岳の正体がわかれば、八瀬ノ里以来、つづいて起こっている事件のすべてが、一挙にわかるだろう、と思った。

「厭《いや》。才蔵さまは、ほかのことを考えていらっしゃる。だから教えてあげない」

「それは、わるかった。いまから、姫のことだけを考えよう」

才蔵は、青子の背へてのひらをのせた。その瞬間、熱いものが触れたように青子のからだは、ぴくりとふるえた。えらそうな口をきいていても、未通女《むすめ》であることはあらそえない。

「あたくしはね。考えましたの。才蔵さまをお慕いしているのではなくて、わたくしの中にある女が女になりたがっているだけ、ではないかしら、と」

「するとわしはどうなる。姫にとってはべつに霧隠才蔵でなくても、男であればよろしいというのじゃな」

「そうなるかしら」

と青子は、首をかしげながら、急に御所ことばで、

「なれど、ほかの殿御《とのご》ではいやじゃな」

「それほど男がほしければ、早う公卿か宮家に、お輿入《こしい》れすればよかろう」

「青子は、お輿入れができませぬ」

「なぜじゃ」

「申しあげたくないはなし」

「では聞かずともよい」

「厭」

青子は才蔵の指をとって、口に入れた。

「つれない申されかた。青子に、わけを訊《き》いてほしい」

青子が才蔵に物語ったところでは、青子には、数年前、京都所司代《しょしだい》を通じて江戸幕府から、将軍家大奥の上臈《じょうろう》になるようにとの内命がきているという。

余談だが、すこしその事情を説明すると、江戸幕府は、まだ新店《しんみせ》なのである。

三河の田舎から興って天下をとった家康の譜代《ふだい》の家来には、礼儀作法がわからない。

そのために、千代田城内の礼儀作法は、輸入によってまかなわれたのである。城中における大名旗本の作法は、前時代の足利《あしかが》幕府の法をとり、その指南役として、足利家の子孫が、ただ子孫であるというだけの理由で、旗本にとりたてられた。こういう儀典係の旗本を、高家《こうけ》とよぶ。のちに、浅野内匠頭《たくみのかみ》といざこざをおこした吉良《きら》上野介義央《こうずけのすけよしなか》の家は、その「高家」の一つである。

男の作法は足利の式をまねたが、女の作法は、京の御所をまね、公卿の姫を招いて、大奥の御台所《みだいどころ》つきの高級女官にした。

上﨟は、女ながらも格式がたかいが、生涯《しょうがい》、結婚はできない。将軍さえも、上﨟のからだに触れられないことになっていた。

「なるほど。しかしその役は、姫にはつとまるまいな」

青子は、行儀をおしえるどころか、これほど行儀のよろしくないむすめは、町家にもめずらしかろう。

「うん」

青子は、すなおにうなずいた。江戸の新政権は、青子そのものを知っているわけではなく、大納言家の娘という資格だけでえらんだにすぎない。

「それで、どうしたのかね」

「いやだから、おもうさまにたのんで病気だとことわってもらったのです。ほんとうに当時は病気ではありましたけれどもね。……ところが、アズマは」

青子は、江戸の政権のことを、アズマとよぶ。鎌倉《かまくら》の頼朝《よりとも》以来、武家政府のことを京の御所言葉ではアズマとよんできた。そういう青子の舌たるい発音が可愛《かわい》らしく、才蔵が口まねをして、

「そのアズマが、青子になにをしたというのかね」

「なにもしない。病気がなおるまで待とうというの。だから、青子は、いまでも表むきは、病人」

江戸から女官として徴募されたのは青子だけではなく、飛鳥井《あすかい》、花町、万里小路《までのこうじ》などの家からも出ている。

「しかし、おそかれ、早かれ、青子もアズマへくだらねばなりませぬ」

「生涯、病気保養中と申したてておけばよいではないか」

「それも、よろしいけれど」

青子は、浮かぬ顔をした。

そう申したてたからには、青子は、表むき病人としての生涯をおくらねばならない。むろん、結婚もできない。いわば、それを封じられているのである。

「人には、さまざまなふしあわせがあるものじゃな」

才蔵は、にわかに青子がいとおしくなってきたらしい。青子をだきよせて、

「ならば、才蔵は、姫の隠し夫《づま》になってやってよいぞ」

「うれしいこと」

青子は、ごく自然に白いあごをあげた。その小さな肉厚い唇は、才蔵に吸われるのを待って、かすかに濡れはじめている。

（そうか）

青子のはなしをききおわったとき、才蔵は義憤をおぼえた。

江戸は、このむすめから、結婚をする自由をうばっているのである。

「因業《いんごう》なはなしじゃな」

「青子のために、才蔵さまは腹をたててくださいます？」

「たてる。しかし、徳川家に対しても、たいそうな勢力になったものよと感心する。公卿のむすめを奴婢《ぬひ》のごとくつかおうというなどは、北条《ほうじょう》も足利も織田《おだ》も豊臣《とよとみ》も考えなんだことじゃ」

「まあ、奴婢ではございませぬ。御台所付の上臈でございますのに」

「上臈といえば、えらそうにきこえる。しかし、不具でもない女をとらえて、男に嫁がせもせぬというなら、どれいの扱いとかわるまい。公卿のむすめをどれいにするなどは、徳川の力が、それほどめざましゅうなったかとわしはおどろいている」

「才蔵さまは、好きませぬ」

「なぜじゃ」

「アズマをほめてばかり。それほど徳川びいきでございますか」

「びいきじゃな」

そのころには、才蔵はふしどの中にあり、青子は、屏風《びょうぶ》のかげで着かえていた。

その屏風のかげから、

「なぜ？」

「そうじゃな。弱い者へ味方をするのもおとこかもしれぬが、江戸の政権のみずみずしい力に惹《ひ》かれるのも男じゃ、とでもいおうか」

それから、四《し》半刻《はんとき》ばかりたった。青子は才蔵のそばに臥《ふ》し、才蔵は、ひとり、ものを考えていた。

（江戸につこうか）

灯《ほ》あかりが、ようやくほの暗くなっている。

「才蔵さま」

「うむ?」

みると、青子は、ふしどで顔をおおうていた。からだが小さくふるえているのは、才蔵の右手が、才蔵自身気づかぬまに、青子のほそい腰を抱いていたためであろう。

「青子は、のどがかわきまする」

「のどか。あいにく水がない」

伊賀者なのだ、仲間にでも時にそうすることを、青子にもしようとして、

「わがつばきを進ぜようか」

「うん」

青子は、唇をひらいた。その唇が、火のようにあつかった。

「これでよいか」

「いいえ。はなさないで。……ほあかりを」

「消すのじゃな」

闇《やみ》になった。

ふくろうの声がきこえた。それが、フトやんだ。

(たれか、庭に来ている)

苔《こけ》を踏むかすかな足音がきこえてくる。

（何者かな）

やがて、青子は、才蔵を自分のなかで迎えるためにしずかにからだをひらいた。

昨夜、ついに夜どおしきこえていた数人の足音は、何者とも知れなかったが、夜のあけるころ、雨戸をたたく者があった。

「起きたか」

と、その者は雨戸ごしにいった。

「はなしがある。邪魔であろうが、むこどののみ、外へ出てもらおうか」

「すでに、出ている」

俊岳は、ぎょっとふりむいた。

いつのまにそこに来ていたのか、朝のひかりをあびて、杉の切株に腰をおろしている才蔵を、俊岳は見た。

その拍子に、才蔵の肩へ、ふと一羽の小鳥がとびおりてとまったのである。

「なんぞ用か」

小鳥を肩であそばせながら、才蔵はいった。

「そこでなにをしている」

「鳥の唄《うた》をきいているまでよ」

「これへ来い」

「用があれば、ご坊から来られよ。わしが立つと鳥がおどろく」

そっと手をのばして、右肩の小鳥を、ひょいとつまんだ。鳥は逃げもしない。

（こいつ、どういう外道《げどう》を心得ているのか）

傻岳は、やむなく、才蔵のそばへきた。

「それへすわれ」

「ことわろう。わしはいまだかつて、人に土下座《どげざ》をするような身分におちたことはない」

「身分？　たかが伊賀者ではないか」

「伊賀者ゆえ、人には仕えたことがなく、ただわが技術を売ってのみ、世を送っている」

「その技術を買おうではないか」

「ご坊。まず買いぬしから身分を明かしてもらわねば、売りもできぬ」

「因幡薬師の傻岳でよい。じつを明かせば、そのほうは、その切株で悠然《ゆうぜん》と腰をおろしておれまい。徳川家譜代のさる大名だとおもうがよい」

(ほほう、江戸は豪儀じゃな)

才蔵は、感心するより、あきれた。対大坂工作の隠密に、大名をひそかに京に駐在させているのである。

「なんと申さるる大名かな」

「左京亮《さきょうのすけ》じゃよ」

(おお)

この男が、いうとおりに鳥居左京亮忠政とすれば、奥州で十万石の城主である。父は彦右衛門元忠といい、家康十六将のひとりとされ、関ケ原の合戦《かっせん》のまえに、伏見城の守将として六十二歳で戦死している。

(信じられぬ)

「名をあかした以上、そのほうが、もし、わが意にそわねば、この境内を生きては出られまいぞ」

「おなじようなことを、きいたことがある」

「たれから」

「大坂の隠密どのによ」

「そのかわり、わが手足になるならば、のちのち高禄でかかえよう。望むならば、ご直参《じきさん》に推挙もする。分別するがよい。一介の伊賀者にとっては稀有《けう》の出世であるぞ」

猿《さる》　飛《とび》

東山のみどりが、いちだんと濃い季節になった。

才蔵の立つ三条大橋に、四月の午後の陽《ひ》ざしがあたっている。

(あれは、たしか)

と、才蔵は、あみ笠《がさ》をあげた。

橋は、旅人の往来の絶えまがない。ちかごろ東海道の宿駅が整備されたために、京と江戸とを上下する旅人がにわかに多くなっていた。

橋のたもとに、擬宝珠《ぎぼし》がある。

その下にむしろを敷き、余念なく彫りもの細工をしている男があった。柿色《かきいろ》の猿投頭巾《さるなげずきん》をかぶり、同色の袖《そで》なし羽織をきて、一見、放下師《ほうかし》のかっこうをしているが、芸は、おどりや手品のたぐいではなく、すこし風変りだった。木に彫刻しては即売しているのである。

まわりに、人が群れているのを幸い、才蔵はうしろからのぞきこんだ。

「さて、こんどは、なにを刻ませていただけますするかな」

「象」

「うけたまわった」

と男は、ほおの木ぎれをつかむと、クルクルと器用に彫りあげてしまうのである。

注文は、ヒヒという者もあり、キリンを頼む者もある。こういう好みも当世らしい。

東国ではまだそうでもなかったが、京大坂では、南蛮風の工芸品が流行し、飾りものの動物の好みまで、見たことのない遠い外国の動物がこのまれていた。

「おれには、ミイラを彫ってくれ」

「よう候《そうろう》」

男は、無造作にミイラを彫る。ミイラという南蛮の「動物」はたれも見た者がない。

植物だと思っている者もある。

オランダ人の商人が、その断片を持ちこんできて、薬用として売っていた。そのひとかけらほどのものを、煎《せん》じてのめば、疲労にもよく、労咳《ろうがい》(結核)にもききめがあるという。

「これが、ミイラかえ」

買った男は、おたまじゃくしのような形をした彫りものを手にして、よろこんで立ち去った。

やがて、人が散った。

才蔵だけが、むっつりと立っている。

「お武家さまは、なにがよろしゅうございましょう」

「佐助」

あみ笠のなかから、

「繁昌《はんじょう》しているようじゃな」

「ああ、これも、道楽のうちでな」

変装して人相まで変えているが、よくみるとこの小男は猿飛佐助にまぎれもなかった。

「佐助、先日来《らい》、さがしていた。話がある」

「そうか」

佐助はうつむいて手長猿をほりながら、

「相国寺の門前茶屋を存じていよう。ひと足先に行って、あの離れで待ってもらおうか」

「できれば、甲賀者の巣でないほうがよいな」

「才蔵も、命が惜しいとみえる」

「甲賀者はゆだんがならぬ」

「ところで、われらの味方に参ずる気になったのか」

「その相談じゃと思うてもらおう。今宵《こよい》、陽が落ちるとともに、上加茂《かみかも》の深泥池《みぞろがいけ》の池の真ン中に舟をうかべて待っている。舟で来るがよい。かならず、一人がよいぞ」

「承知した。ところでこの手長猿は要らぬか」

「要らぬ」

才蔵は、たち去った。

佐助は、橋の上の荷物をかたづけると、いそいで、かれが足場にしている相国寺の門前茶屋にもどった。

陽はまだ高い。

（才蔵め、どういうこんたんで、さそうのであろう）

伊賀者は、ゆだんがならぬ、とおもっている。

佐助は万一のことを考え、日没後、深泥池のまわりに、人数を伏せておこうと思い、その旨《むね》を神楽《かぐら》ケ岡《おか》の隠岐殿《おきどの》にしらせようとしたが、

（いや、手のうちを見られては、甲賀の名折れになる。一人でいこう）

昼の様子では、害意はなさそうにもおもわれる。が、いったんそうは思ったが、

（甲賀者なら、信義をまもる。伊賀者は信じられぬ。やはり、人数を伏せておこう）

何度も考えをあらためたのち、

「おい」

と、手をたたいた。
二、三人の配下が、顔を出した。
「今夜、深泥池に舟を出し、わし一人で伊賀の才蔵とあう。おのれらは、気づかれぬよう、葦《あし》のあいだで息を殺しておれ。異変があればすぐ才蔵を仕止めよ。半弓《はんきゅう》が要る」

刻限を見はからって、たそがれの町へ出た。

（伊賀には、えてして、ああいう心映《こころば》えの男が多い）

才蔵のことである。道を北にとりながら、

（唯我独尊《ゆいがどくそん》なのだ）

佐助の考えは、ほぼ正しい。

甲賀衆と伊賀衆のちがいは、甲賀衆は集団として組織的にうごき、伊賀衆は個人が中心で働くという点にある。

気質にも、両者にちがいがいちじるしい。

甲賀忍者は、武将に仕えて実直であり、忠義の心がふかい。しかし伊賀者は、武将に傭《やと》われても仕えはせず、技術を売る関係だけにとどめ、ときによっては、きのうは武田に傭われ、きょうは上杉にやとわれるということも、平気でする。

あくまでも、伊賀者にあっては自分が中心なのだ。

（しかし甲賀はそうではない）

仕えた主人に殉ずるところがある。佐助が才蔵を信用できないのは、そういう無邪気さがまるでない点だった。

陽がくれた。

佐助は、池のほとりの百姓舟のつなを解いて、池の中央へ漕《こ》いだ。

闇《やみ》の中に声がした。

「佐助か」

「才蔵じゃな」

「わが舟にうつるがよい」

身をうつすと、大男の才蔵は小男の佐助のために席をゆずりながら、

「佐助、今夜にかぎっては、わが申すことを信じてもらわねばならぬ」

「それは難題じゃな。伊賀者の申すことを信じておれば、いつのまにか、首が台から離れるわい」

「ちがいない」

才蔵は、おかしそうに吹きだした。

二人の忍者は、闇の池にうかぶ小舟のうえでむかいあった。

夜風が吹く。

が、池の面には、小波《さざなみ》もたたない。

深泥池の名物のヒシが、水面いっぱいに伸び栄えているせいだろう。

どちらも、声がひくい。

「すると」

佐助はいった。

「おぬしは、江戸方に従うというのじゃな」

「従いはせぬ。霧隠才蔵は、あくまで天下一人の霧隠才蔵じゃ。たれの所有物でもない。ただ江戸のために働いてみよう、ときめただけにすぎぬ」

佐助はまゆをひそめた。

「おなじことではないか」

甲賀そだちの佐助には、伊賀者の才蔵の徹底した個人主義がわからない。

「おなじではない。言葉をくだいていえば、江戸方の連中としばらく遊んでやろうというだけのことじゃよ。おのれを売ったわけではない」

「わからぬ」

「わかるまい。おぬしら甲賀者は、忍者のくせに世間の武士とよう似ている。主家に仕えれば、身も心も、犬同然になって働く」

「それが、忠義というものではないか。ひとたる者が、恩義や節義をわすれては、世が立つまい」

「その忠義屋こそ、人間のくずよ」

「なぜじゃ。わしにはわからぬ」

佐助は、不快になった。佐助は才蔵に対して、男としてかぎりない魅力をおぼえてきたし、だからこそ隠岐殿にも推挙したのだが、いまは後悔する思いになっている。

（この男も、やはり伊賀者じゃな）

甲賀者にとっては、伊賀者は生理的にうけつけぬ何かをもっている。いま才蔵が説く面妖《めんよう》きわまりない思想がそれだ。

「きくがよい、佐助。われわれ忍者には、ただの侍とちごうて、技術がある」

「ある」

「ただの侍にはそれがない。あるとすれば、兵法使いぐらいだろう。なんの技術もない侍が世に立ち、めしを喰《く》わねばならぬと思うとき、主人に犬馬のごとく仕えるしか手があるまい。忠義、義理、恩義などというものは、そういう手に職のない武士どものうたい念仏よ」

「わからぬ」

「されば、きこう。佐助は、京から江戸まで百二十五里を、いく日で走れる」

「三日」

「壁を横につたって天井《てんじょう》に吸いつけるか」

「できるわさ」

「水中に身をしずめて、何日のあいだひそむことができるか」

「二日」

「堅城に忍びこんで大将の寝首を掻《か》けような」

「時と場合では」

「そうであろう。そうでなくては、猿飛佐助ではない。それほどの技術をまなぶのに、われわれは、三歳のときから、死ぬようなくるしみを重ねて、こんにち、猿飛といわれ、霧隠といわれるほどの者になった。これほどの修業を、たれのためにした。主人の犬馬になるためか。ではあるまい。おのれのためじゃ。おのれが、たれの奴婢《ぬひ》になるためではなく、技術だけでのびのびと世をひろやかに生きてゆくためであった。とすれば、猿飛佐助ほどの忍者が、ただのくず侍と同様、忠義、恩義などと念仏をとなえるのは妙ではないか」

「わしにはわからぬ。が……」

佐助は、小あじで単純な男なのだ。

「人には、それぞれ生きかたがある。わしは、おぬしが笑うその忠義というものが好きでな。たれかのために命を捨てようと思うとき、身も心もはずむのじゃ。これも男の一生ではないかと思うている。ところで、才蔵。どういうこんたんがあって、わしをここへ誘いだしたのか。それを早う申せ」

「佐助、わしと手を組まぬか」

「わしに、大坂を捨てて江戸につけというのか。それはならぬぞ」

「おぬしの好きな忠義だな」

「おお、何とでもいえ。じつをいえば、わしは、大坂の豊臣右大臣家に忠義をつくさねばならぬ恩義はなにもないが、さる人にたのまれたがために、生々世々《しょうじょうせぜ》、裏切れぬ」

「ほう、さる人とは、隠岐殿のことか」

「ちがう。男におわす」

「豊臣家の重職か」

「ではない」

「秀頼公か」

「まさか、右大臣家が、やつがれごとき忍びに声をかけられようはずがない」

「では、たれじゃ」

「それが」

それが、いま紀州高野山《こうやさん》のふもとの九度山《くどやま》に隠棲《いんせい》する真田左衛門佐幸村《さなださえもんのすけゆきむら》であるとは、佐助は口が裂けてもいえない。

が、才蔵は、そこまで聞けばカンがはたらく。世上には、うわさが高い。……もし徳川と豊臣のあいだに戦端がひらかれるとすれば、豊臣家が、天下の牢人《ろうにん》のうち真っ先に招くのは、真田幸村であろうと。

いや、幸村は、すでに裏面では豊臣家とむすびつき、打倒徳川のための指揮を紀州九度山からとっているのかもしれない。

「佐助、見えたぞ」

才蔵は笑った。

「おぬしのヒモをにぎっている者は、隠岐殿ではなく、さらにその後ろにいるらしい。後ろは、大坂城からさらに南、紀州九度山であろうが」

佐助は、忍者のくせに正直なところがある。

「だまっているところからみれば、図星か」

「ちがう。おぬしの見はずれじゃ」

声が弱い。

が、ふと思いなおして、

「才蔵。その人のお名はいえぬが、いちど会《お》うて見る気にはならぬか。会えば、かならず男惚《ぼ》れのするお人じゃ。惚れれば、わしのように、このお人と共に世を渡りたいと思うにちがいあるまいぞ。じつをいえば、この佐助も、大坂、江戸のいずれに従うているわけでもなく、いずれにも恩義はない。ただそのお人に男想《おも》いをしているゆえ、命をかけてこうも働いている。霧隠才蔵ほどの男なら、きっとそのお人に惚れよう」

佐助が、隠岐殿をたすけて京に潜入している一つの目的は、力ある牢人を口説《くど》いて大坂入城を約束させるところにある。才蔵を口説くことに、あくまでも望みを捨てていない。

「おぬし」

と佐助はいった。

「さきほどから江戸、江戸というておるが、江戸にどれほど深入りしている」

「深入りはせぬわさ。ただ、京に潜入している大坂方のものを、見つけだしては残らず斬《き》れとたのまれている」

「斬れと？」

「いずれ、おぬしとも命のやりとりをせねばなるまい」

翌日、猿飛佐助は、神楽ケ岡の紅葉《もみじ》屋敷に隠岐殿を訪ねて、

「昨夜、上加茂の深泥池で、例の才蔵ともうす伊賀者に対面つかまつりました」

「いかがでありましたか」

「案じていた以上に面妖な心をもつ者でござる。佐助の手には、あまりまする」

「あの者、お味方には、参じませぬのか」

と、隠岐殿は、ほおを染めた。かの女が才蔵を手もとにおきたいのは、あながち、主家の豊臣家のためとのみは、いえそうにない。

「すると、才蔵は、なにを望むのでありましょう」

「仕官、領地、金銀、と申すような利ではなさそうでござりまするな」

「では、あの者はなにをめあてで生きているのです」

「拙者にもよくわかりませぬが、身をしばられることがきらいらしゅうござりまする。察するところ、江戸と大坂のあいだにおこる風雲に乗じて、いずれにも屈せず、おのれの腕を存分にふるいたいのでござりましょう」

「例えば？　腕をたれのためにどのようにふるいます」

「ようは、理解できませぬ。おそらく、才蔵自身にもよくわからぬことのように存ぜられます」

「それでは、狂人ではありませぬか」

「狂人かもしれませせぬ。ただしく申せば、風狂の者でござりましょう。あの者、才幹もあり、志も大きゅうござるが、そのこころざしの方向が決まっておりませぬ。自然、世に身を置く場所がなく、場所がないままに、世を相手に自在に遊び呆《ほう》けようというのではござりますまいか。男には、まれに、左様な型の者がござりまする。その才は惜しゅうござるが、かような者は、利をくらわしても動ぜず、おどしてもおびえず、他人のたづなで御《ぎょ》する方法がござりませぬ」

「佐助」

隠岐殿は、急に声を小さくして、

「あたくしの口から申すのもはばかられますが、かの者は」

「はは？」

「あたくしと申すおなごに、想いを懸けているのではございませぬか」

「さて、それは存じませぬ」

佐助は、うろたえて、

「生来、風流がわからず、その道には、はなはだ暗うござる」

「佐助は、まさかその年で、おなごを知らぬわけではありますまいな」

「いささか」

「といいますと？」

「存じております。しかしかような愚鈍な拙者では」

利口な男だから、この種の話題から逃げようとしている。

「佐助」

「はい」

「人と申すものは、利をもって動かねば、色をもって動く、ときいております。あたくしが才蔵を動かしてみせますゆえ、佐助は、そのなかだちをいたしますように」

隠岐殿の真意は、単に色恋のためなのか、策略のためなのか、おそらく自分でもわかるまい。

「おやめなされたほうがよろしゅうござる。かの才蔵の心は、すでに江戸方に傾いており、大坂に引き入れるよりも、斬って捨てたほうが、のちの害がござらぬ。色をもって迎えれば、そのために乗ぜられることがござる」

隠岐殿というミイラとりが、かえって才蔵のミイラになりかねない、と暗にいった。

佐助はかならずしも男女の道に暗いようではない。


ところで佐助の毎日はいそがしいのだ。

この日、紅葉屋敷の裏口からそっと出た佐助は、あいかわらず猿投頭巾《さるなげずきん》に柿色《かきいろ》の袖《そで》なし羽織をきて、まるで河原の遊芸人のなりであった。

六条河原のほうへ、いそいで足をむけながら、

(才蔵が手を貸してくれたならば。……)

と、ひしひし思うのである。

忍者には、天才がすくない。

才蔵ほどの者なら、どれほどの金銀を積んでもほしいのだ。

大坂方が、猿飛佐助を得、さらに霧隠才蔵を得ようとしているのは、駿府《すんぷ》(駿河《するが》ノ府中の略称・いまの静岡市)の城に住む徳川家康の命を縮めるためである。

家康の年は、すでに七十を越している。もし家康さえ死ねば、開幕《かいばく》まだ日の浅い江戸幕府は、瞬時で瓦解《がかい》するものと、豊臣家ではみている。

家康をおそれればこそ江戸に臣従をちかっている豊臣恩顧の西国大名は、あらそってもとのふる巣にもどるであろうことは明らかなことだった。

その証拠がある。

芸州五十万石の太守福島左衛門大夫正則《まさのり》は、ひそかに手紙を大坂城の秀頼のもとにやって、「時(家康の死)を気ながに待たれまするように」といってきているし、防長の毛利《もうり》や、肥後の加藤家なども、江戸の目をかくれて、秀頼の機嫌《きげん》をうかがう密使を

出したりしている。

豊臣家では、ひたすらに、家康の死を待ちつづけているのだが、待ちくたびれて、有能な刺客をもとめて駿府へはなとうと考えるのは、当然なことである。

その刺客は、伊賀、甲賀をこぞっても、霧隠才蔵と猿飛佐助のほかにはいないというのは、忍者の仲間での定評だった。

佐助もはじめ、

(伊賀の才蔵と二人でなら、あるいは仕遂げられるかもしれぬ)

とおもったのだが、かといって、これも才蔵しだいなのだ。才蔵に、斜陽に立つ豊臣家へ力を貸す気持がなければ、どうしようもない。

(あの者に固執するのは、危険じゃ)

ひきよせたところで、寝返るかもしれない。

(その危険を押してまで才蔵をひき入れようとする隠岐殿のお気持が知れない)

やっと思案がそこまできたとき、六条河原に出た。

陽《ひ》が、高くのぼりはじめている。

ここ数日来の晴天で、加茂川の水が、目にたつほどに減っている。

河原は、四条から七条にかけて、ムシロ小屋が、押しならんでいた。

遊芸を売る雑人どもの群である。

定住はせず、諸国を流れあるき、あるいは京の生活にやぶれた者が、ここで雨つゆをしのいでいる。かれらのうちで、三条、四条の雑鬧《ざっとう》で芸を見せては、日ぜにをかせぐ者も多い。

このなかでは、もと武士であった者もいるという。多くは、関ケ原の敗戦で主家をうしなった西軍の牢人なのであろう。

佐助のきょうの用は、そういう者のうちの一人に、金をとどけることだった。

佐助は、ムシロがけのかまぼこ小屋の一つに足をとめると、身をかがめて、

「お頼みもうしあげまする」

といった。

あたりをはばからねばならぬために、声がひくい。

「もうし。後藤又兵衛様」

「佐助らしいな。なかは、とりちらかしておる。よければ、入ってもよいぞ」

と、なかから、明るい声がはねかえってきた。

「それへすわれ」

又兵衛がいった。もっとも、佐助がいくら小男でも立っているわけにはいかなかった。中腰になっても、小屋の天井《てんじょう》に頭がつかえるのである。

「さっそくながら、これを」

佐助は、慶長小判五枚をさしだした。

「ああ、そこへ置いておけ」

礼もいわない。

佐助は平身しながら、

「ゆくさき、いよいよご入城ときまれば、ごいり用金はいかようでも整えまする」

「茶でも馳走《ちそう》するかな」

又兵衛は、酒は一滴ものめない。ところが、ひどく茶をこのみ、このかまぼこ小屋のなかに、異様なほど豪華な茶道具が一式そろえられている。

佐助はちらりとそれをみて、

「たいそうなお道具でござりまするな。先月参上しましたときは拝見いたしませなんだが、あれから、お買いあそばしたか」

「乞食《こじき》のぶんざいに不相応かな」

「めっそうもない」

後藤又兵衛基次《もとつぐ》といえば、かつては筑前《ちくぜん》五十二万石の黒田家で一万六千石の知行《ちぎょう》をうけ、国中の小城をあずかっていたほどの男である。陪臣《またもの》ながらも前身は大名といってもよく、武名は天下にかくれもない。主家を退散して牢人になり、ついに乞食にまで身をおとしたとはいえ、これほどの茶道具をもっていても、ふしぎではなかろう。

しかし、

(この茶道具をあがなうだけで、ざっと小判三十枚は要る)

「佐助、なんぞ不審なことがあるのか」

又兵衛は、茶の支度をしながら、おうような微笑をうかべて、こちらを見た。

「立ち入ったことをうかがうようでござりまするが、この道具、いずれでお求めになりました」

「これか。室町の道具屋平野甚兵衛の店よ」

「おかねは?」

「先般そちが持ってきてくれた小判十枚を手付けにして求めた。しかし、あと二十枚は不足じゃ。毎月そちが持ってきてくれる金をわたすつもりでいる」

けろりといった。

「それはそれは」

おどろかざるをえない。

毎月の金というのは、将来開戦のばあい、又兵衛が大坂に入城するという約束で、その契約金を分割ばらいしているのだ。

いまの又兵衛は、具足から刀槍《とうそう》まで売りはらった乞食なのである。その証拠に、あかで光った小袖に縄《なわ》の帯をし、朝夕の米塩《べいえん》にもこまっている。金五枚もあれば、家を借り、夏冬の衣料をととのえ、小女《こおんな》のふたりも置いて、しかも五カ月はぜいたくに食えるだけのことはできるのだ。

「佐助のごとき下賤《げせん》の者には、ご胸中をはかりかねまするが、これはどういうわけでございましょう」

「茶がのみたいからよ」

「それだけのことでございまするか」

「あたりまえのことではないか。茶をのむ以外のことで、茶道具をもとめるばかはない」

（さすがに、大器量なおとこじゃ）

「しかし佐助などの小智恵では、この金ではよう乞食をおやめあそばしたほうが、よろしかろうかと存じます」

「茶もすきじゃが、乞食も好きでな。男というものは、一国一城のあるじになるか、さもなければ、平然と乞食になれるほどの気組の者をいうのじゃ。それ以外の生きかたは、わしにはない」

「おそれ入りまする」

「恐れなくともよい」

と、茶わんをつかんで、佐助の前においた。

「しかし」

と、佐助はくびをかしげた。

どうも、気持がなっとくしない。毎月、又兵衛にとどけてやる金子《きんす》が、又兵衛の衣食のたしにはならず、そのまま道具屋へ右から左に消えているというのでは、金をもってくる佐助に張りあいがないのである。

「まだ、不審かな」

又兵衛は、肩をゆすって、

「すこし、考えればわかる。人間、金などをチリ、アクタに思うている男が、大仕事をするものじゃ。金一枚で何日食えるとこぢんまり考えている男に、天下を動かす才覚が湧《わ》くと思うか。……おれも、好きこのんで、かような乞食をしたわけではないが」

と、ちょっとさびしそうな微笑をうかべ、

「お前もここまで落ちてみればわかる。いかに前身が後藤又兵衛といえども、乞食は、乞食じゃ。ついには、橋のタモトで一椀《わん》のめしを恵まれれば、きょうはこれで餓えをまぬがれたと思い、町家の軒先で一文でも多くもらえば、心をゆさぶるほどにありがたしと思う。そこへ、大金が入った。気も動転するおもいであったが、しかし、ここで心を動かせば、又兵衛という男は乞食になりきって、ふたたび再起できまい」

「で、茶道具を求められたわけでござりまするな」

「べつに茶道具で無うてもよい」

又兵衛は、よく光る白い目をもっていた。しかしそれは、いつも微笑している。

「女でもよい。しかし、又兵衛は、女は要らぬ」

「それほどのお年でもござりませぬのに」

「姫路の実家に、女房殿がおりまするわさ」

「ときどき、会われるのでござりまするか」

「会わぬよ。会いはせぬが、おれが身勝手のために苦労をさせておるゆえ、乞食はしても放らつはせぬ」

「ほう」

又兵衛という男には、あうたびに、どこかしら、あざやかな驚きをおぼえる。これほどの物堅さは、当節の武士にはないし、まして乞食仲間にもあるまい。

佐助の知識にあるかぎりでは、この男は、播州《ばんしゅう》の郷士の家にうまれ、幼時、父に死にわかれた。

父新左衛門基国には、年来ゆるした親友があり、その名を黒田官兵衛孝高《よしたか》といった。のちの如水《じょすい》だが、このころ、まだ西播州の一豪族の執事にすぎなかった。孤児又兵衛をあわれんで、おのれの家にひきとり、同年配の嫡子《ちゃくし》長政の遊び友達にした。

ところが、官兵衛は、早くも又兵衛の将器を見ぬき、わが子よりも愛し、かえって又兵衛が、長政の嫉妬《しっと》をうけるほどだった。

黒田家は、秀吉に随身したために家運一時に栄え、又兵衛は一手の大将となり、朝鮮ノ陣、関ケ原ノ役などで抜群の功をたて、かれの銀の天衝《てんつき》の前だてをうったカブトに黒ホロかけた勇姿がひとたび戦場にあらわれると、敵味方とも鳴りをひそめた。

関ケ原ノ役後、黒田家は筑前五十二万三千石の大大名となり、又兵衛もまた、領内の小城一万六千石の城主となった。ふつうなら、わが身の稀有《けう》な立場をよろこぶべきだが、又兵衛には、奇妙なところがある。

その奇妙さは、黒田家の家祖官兵衛如水を知らなければわからない。

いうまでもなく、黒田家の二代目長政が、筑前五十二万石の大身上をかせいだのは、関ケ原ノ役で東軍に属して大働きをしたためである。

長政が、大禄《たいろく》をもらってその新任地の筑前にむかう途中、父の官兵衛如水に報告して一時も早くよろこんでもらおうと思い、その隠居所である豊前《ぶぜん》中津城に立ちよった。

「およろこびくだされ。内府（家康）には、われらが奮戦をふかくご感賞され、したしく拙者の手をとり、三度まで押しいただかれました」

「ふん」

と、如水は、あざわらったという。

「内府が押しいただいた手は、そちの右手であったか、左手であったか」

「右の手でござりまする」

「よい。しかし、そのとき、そちの左の手は、なにをしていた。内府を殺して天下を奪《と》るだけの気《き》甲《が》斐性《いしょう》が、そちの左手にはなかったのかというのよ」

如水とはそういう男だった。

この男には、同時代の信長、秀吉、家康におとらぬ天下取りの大才があったにもかかわらず、ついに運がかれにめぐらなかった。それだけに、わが子の不肖《ふしょう》が腹だたしかったのであろう。

そういう気骨の如水から、まるで愛弟子《まなでし》のように、いわば英雄教育をうけたのが、又兵衛であった。

英雄の道にも流儀があるとすれば、如水の英雄流は、嫡子長政には伝わらず、又兵衛につたわったといっていい。

関ケ原ノ役後、ほどなく如水が死に、又兵衛の立場が苦しくなったのは、このためである。

もともと又兵衛は長政と不和だったが、それでも黒田家で重臣の位置をたもちえたのは、隠居の如水の庇護《ひご》があったからだ。

又兵衛もわるい。

(おれほどの男が、長政のごとき阿呆《あほう》にあごで使われてたまるか)

という肚《はら》がある。

この主従の仲のわるさは通り一ぺんなものでなかった。朝鮮ノ陣のとき、長政が敵将李応理と水中で一騎討し、ついに両人が組み合ってカブトまで没したさいも、又兵

衛は、水ぎわで扇子をつかいながら助けもせずに見物していた。ようやく李応理を刺して水面にうかびあがったとき、長政が、

「おのれはそこで見物していたのじゃな」

「左様」

（なぜ救《たす》けなんだ）

といおうとしたが、長政も強情な男だから口には出せなかった。のちに、又兵衛は、人にきかれたとき、

「ああ、あの話でござるか。われらの主人は、朝鮮人に負けるような武士ではないゆえ、無用の手だしはせなんだだけでござる」

やがて、又兵衛は、ささいなことから長政と口論し、一族をひきいて勝手に退散した。

「おのれ、臣たる者が、主人を見かぎってよいものではない」

と長政は立腹し、諸大名に通牒《つうちょう》して、又兵衛を「奉公構《かま》い」にした。

つまり、どの大名にも仕官できないようにしてしまったのである。その通牒は、「もし又兵衛をかかえるならば、黒田家と一戦まじえるつもりでおられよ」というものので、又兵衛の黒田家退散ののちあらそって数万石でかかえようとした西国《さいごく》の諸大名

も、このため手を出しかね、ついに十年の流浪《るろう》のすえ、乞食にまで落ちたというわけなのである。

佐助は、後藤又兵衛というおとこが、すきでたまらなかった。

この乞食小屋にくると、今日もそうだが、つい長居して、時をすごしてしまう。

又兵衛は、いわば世の中を踏みはずしてしまった男である。

が、そういうものにありがちな暗さは、この初老の武士にはまるでなかった。又兵衛と話していると、かれを乞食にまで落してしまった「世の中」のほうこそ虚偽のものであり、かれのみが、真の人間であるように思えてくる。

「それはそうと、黒田家から追捕《ついぶ》の者が、その後、来ませぬか」

と、はなしの水をむけた。

これには、おもしろいはなしがある。

黒田長政は執拗《しつよう》な性格で、又兵衛が牢人《ろうにん》してからその評判がいよいよ高くなっているのを憎み、数度、刺客を出した。しかし、いずれも又兵衛の人間的魅力に憑《つ》かれて、討たずに帰った。

その一例として、黒田家で一刀流の使い手で知られた三田村次郎右衛門と佐野佐太夫のふたりの場合がある。

「よいか」

と長政は、あらかじめ云《い》いふくめた。

「おのれら二人をえらんだのは、まだ新付《しんぷ》ゆえ、又兵衛の顔も知らず、その恩もうけておらぬ所を見こんだがためじゃ。ぬかるでないぞ」

「いかに又兵衛どのとて、鬼神ではござりますまい。かならず仕止めまするゆえ、ご安心なしくださりませ」

そのころ、又兵衛は、まだ河原に小屋がけをせず、西ノ洞院《とういん》三条の町家で仮ずまいをしていた。次郎右衛門と佐太夫は、毎日、門前にひそんで、又兵衛の外出するのを待った。

ある日、又兵衛が、ぶらりと門を出てきた。

又兵衛は、ふと足をとどめた。ふりかえった。ふたりを見、隔意のない微笑をうかべた。この動作の一節《ひとふし》々々に、こころよい軽みがあった。

「筑前からわしを討ちにきたか。討てるものなら討つがよいぞ」

それだけいうと、ゆっくりと背をむけ、東山をながめながら歩き去ったという。

又兵衛の影が辻《つじ》のむこうに消えたとき、ふたりはのどがかれ、足がふるえ、追うこともできないでいる自分たちを発見した。

「討てぬ」

ふたりは、同時にうめき、赤面した。どういうものであろう。又兵衛の肩、腰、首すじには、少年のころから命を張って戦場を往来してきた者のみがもつ異様な精気があり、その歩きざまには、春風を踏むような軽さがありながら、討とうとすれば、にわかに山のような威圧をもってのしかかってくるのである。

二人の剣客は、帰城後、切腹をするつもりであったが、長政は首をふった。

「おれがわるかった。又兵衛ほどの男を、わずか小手さきの兵法をなろうただけのそちらに討てるはずがなかったのじゃ。処分を覚悟してもどってきたこと、神妙である」

と、かえって百石ずつ加増したという。

佐助が、はなしの水をむけたのは、そういう手あいが、ちかごろはやって来ないか、ということだった。ところが又兵衛は、

「きた」

世間ばなしをするような口調でいうのである。

「先夜のことじゃ」

又兵衛がいった。

その日、又兵衛がときどき碁をうちにゆく鳥羽《とば》街道の千住院という禅寺に朝から出かけ、もどりは日暮になった。

鴨《かも》川べりを川上にむかって歩いてゆくと、にわかに呼びとめた者がある。足をとめ、

「いかにも、又兵衛であるが、その方どもは、何者か」

「覚悟なし候《そうら》え」

前後から四人の者が、名乗りもせずに斬《き》りかかった。

(これは、筑前の家中ではないな)

策に窮した長政が、ついにあぶれ者をやとったのであろう。

(あぶれ者をやとうなどは、上意討の作法にもないことじゃ。おのれ、そこまで、おれがにくいか)

このときばかりは腹がたち、のこらず斬りすてようと思ったが、不用意にも、やぶれ小袖《こそで》に脇差《わきざし》を差し、竹杖《ちくじょう》を一本もつだけで、どうするすべもない。

「やあ」

斬りかかった男の手もとにとびこみ、小具足のわざで相手の両足をはらい、たおれ

た男の頸《くび》を右足で踏みつけた。首の骨の折れる意外に大きな音が、他の三人の耳にまできこえた。

音をきいて三人が、立ちすくんだすきに、又兵衛が刀をひろおうとした。そのとき、

「又兵衛どの、力をお貸しいたす」

見ると、いつの間にきたのか、あぶれ者の背後に、長身の武士が小者を連れて立っている。

「貸してくれるか」

「お立ちのきくださるように」

「そうさせてもらえれば、ありがたい」

又兵衛は、乞食の境涯《きょうがい》におちたとはいえ、世にかくれもない名士なのである。相手があぶれ者とはいえ、市中で事件をおこして所司代《しょしだい》の調べなどをうければ、面倒なことが多い。

「かような手あいを始末するのは、拙者のごときものがうってつけでござる」

「お手前のお名前は」

「たれでもよろしかろう」

いったときには、男の刀が宙をまわって手近の者の右腕を斬り落していた。ほとん

ど同時に、その横の者が、左腕のつけ根をおさえて、ころがった。

他の一人は、なおも手むかおうとしたが、その男は、ひくく「まだ、こりぬか」といった。

「命はたすけてやるゆえ、二度とかような狼藉《ろうぜき》はするな。伊賀の才蔵じゃ」

「げっ」

男は、その名をきくとのけぞるようにしておどろき、仲間をすてて逃げ出した、と又兵衛はいう。

「たしかに才蔵と申しましたか」

佐助は、容易ならぬ名をきいたような表情で、念を押した。

「左様に申した。名をきくとあぶれ者どもが、ふるえあがった様子から察すれば、おそらくあの者も、似たような仲間なのかも知れぬな」

「素姓《すじょう》は知れてござりまする。伊賀の乱破《らっぱ》でござる」

「忍びか」

「霧隠才蔵と申し、伊賀者ゆえ浮浪の者には顔がござりまする。しかしその才蔵が、その後、こちらに訪ねては参りませなんだか」

「来ぬ」

「もし参りましても、相手になされまするな。あの者は、江戸の諜者《ちようじや》でござるから」

いそがしいことだ。こういういそがしい毎日を送っている男は、京でもすくなかろう。

佐助は、その翌日は、花園の妙心寺僧堂に塙団右衛門《ばんだんえもん》をひそかにたずねた。

さらにその翌々日は、京の北にある柳ノ図子《やなぎずし》の界わいに姿をあらわしている。

この里で、寺子屋の師匠をしているもとの土佐二十二万石の領主長曾我部盛親《ちようそかべもりちか》をたずねるためだった。その翌日には、紫野《むらさきの》に出かけた。仙石《せんごく》宗也というかつての大名の隠居所を見舞うためである。

仙石宗也は、信州小諸《こもろ》の城主秀久の子で、盛親などとともに関ケ原でやぶれたのちは、おなじく紫野で、寺子屋をひらいている。

佐助の用事は、たれに対してもおなじだった。世を踏みはずしたこれらの牢人に日用の金子をとどけるためである。

(いずかたさまにも、わしが行けば、よろこばれている。わるいしごとではない)

佐助は、この仕事がうれしくてならない。

ついでながら、かれが三月に一度は訪問しなければならない者を、このほか数人あ

げると、

大谷大学吉胤《よしたね》

関ケ原における西軍の謀将大谷刑部少輔吉継《ぎょうぶしょうゆうよしつぐ》の子。京に隠遁《いんとん》。

毛利豊前守勝永

もと豊前小倉六万石の城主吉成の長子で、関ケ原の敗将。土佐高知の郊外久万《くま》で、わびずまいをしている。

増田《ました》盛次

もと大和郡山二十万石の領主長盛の子。関ケ原の敗将。京で染物屋をいとなむ。

明石《あかし》掃部《かもん》全登《たけのり》（ジュアニー）

もと宇喜多《うきた》（浮田）秀家の家老で四万石を領し、関ケ原ののちは、大坂の市井《しせい》にかくれ、天主教徒として教界に勢力がある。かれがもし大坂に入城すれば、外国から武器弾薬が入るだけでなく、家康のキリシタン弾圧にあえぐ全国の天主教徒が立ちあがるだろうといわれている。

氏家《うじいえ》内膳正《ないぜんのしょう》行広

もと伊勢桑名二万二千石の城主。関ケ原の敗将。大坂の道具屋梶浦《かじうら》治兵衛かたで寄食。

平塚左馬助

もと美濃で一万二千石を領した為広の子で、関ケ原の敗将。京で浪居。

右にあげたどの男も、かつては万石の大名かその子であったが、いまは、その日の食う糧《かて》にも追われている。その点で、佐助が持参する金子はかれらを救った。しかし、佐助という男はかれらに金をあたえてよろこばせただけではない。

……夢をあたえたのだ。

たれに対しても、かれはこう説いた。

「いまいちど、豊臣右大臣家をたすけて、大坂城にお旗をおあげ遊ばせ。江戸をつぶし、お家を再興なされますように。関ケ原はあれ一度ではござりませぬぞ。男として、もう一度天下をあらそう合戦《かっせん》をなさるおつもりはござりませぬか」

「あるぞ」

たれもがそう答えた。

佐助は、こういう夢を敗残の武将たちにくばり歩いているあいだに、かれ自身が、一介の忍者として稀有《けう》な生き甲斐《がい》をおぼえるようになっていた。

(おれは、男じゃ。男とは、こういう仕事をするものぞ)

（おれは、忍びという、むかしから武士の仲間では賤者《せんじゃ》といわれた者にすぎぬが）

と、佐助は、考える。

（しかし、いまおれのしていることは、不遇の牢人に夢をあたえ、夢をそだてている。その夢がやがて大きく結集したとき、天下をゆるがす力になる。おれは、天下を動かそうとしている。おれの手で天下が動くのだ。伊賀甲賀に古来、おれほどのきらびやかな仕事をした忍者はいまい）

それにくらぶれば、……

（霧隠才蔵などは、チリのような男ではないか）

あれだけの技倆《ぎりょう》をもちながら、自分とおなじ仕事に参加しようとしない才蔵が、人のいい佐助には、惜しまれてならないのである。

ところで、その才蔵に、佐助がひさしぶりに出会ったのは、花園の妙心寺僧堂に塙団右衛門直之をたずねたもどり道だった。

妙心寺は、臨済禅《りんざいぜん》における京都第一の本山で、その門前は小さな町をなし、茶店が数軒ならんでいる。

その一軒を通りすぎようとしたとき、ヨシズのかげから、

「おい」

とよばれた。才蔵の声だったのである。佐助には、この男がにが手だった。

（まずいやつに会ったな）

やむなく、なかへ入ると、

「これへすわれ」

才蔵は、土間の地面を指さした。

客は、ほかにいない。佐助は芸人のかっこうをしているから、武家装束《しょうぞく》の才蔵と一緒にはすわれなかった。やむなく土間にひざをついた。それだけでも腹がたつことである。

「佐助、妙心寺に塙直之をたずねたのか。あいかわらず、まめなことじゃな」

「おぬしこそ、いまどき」

と、佐助は、あごで才蔵を見ながら、

「かような所で、なにをしていた」

「見てのとおり、酒をのんでいる」

「この里へなにをしにきたのかと訊《き》いているのじゃよ」

「おれも、団右衛門に会いにきたわ」

「え？」

佐助は絶句した。

「大坂方のわるい狐《きつね》にたぶらかされるな、と忠告しにきたのよ」

と才蔵は、皮肉そうに佐助をみた。

「わるい狐どもとはたれのことじゃ」

「おぬしや隠岐殿のことよ」

「才蔵よ、なぶるものではない。おれの仕事のじゃまだてをしてもらいたくない」

「せぬ、せぬ」

才蔵は、わざと憎体《にくてい》に肩をゆすって笑いながら、

「ただ、おれにもこれはこれで仕事があるのでな」

「江戸の諜者のしごとであろう」

「左様なものではない。霧隠才蔵ともあろうものが、やすやすと江戸に身売りはせぬわ」

「では、大坂につくというのか」

「でもない」

「おぬしの申すことは、いつもながら、わしにはさっぱりわからぬ。天下は、やがて江戸と大坂にわかれて大きく動こうとしているのに、おぬしのようにその双方をなぶ

っておれば、やがてその双方から命をねらわれることになるぞ」

「むしろ、それを待っている」

(わからぬ)

わからない。佐助には、この男の精神が妖怪《ようかい》のように思えてくるのである。

黒屋敷

初夏が来た。

青子はこの季節がすきで、終日、庭の若葉に映える陽《ひ》をながめていて飽かない。

その日の午後、

(まあ)

のびあがって、門のほうをみた。

青子は朝から予感がしていた。予感のとおり、才蔵が青侍《あおざむらい》に案内されながら、ゆっくりと小門から入ってきたのである。

もっとも、才蔵は、このところ、十日に一度は、かならず、父の菊亭大納言《きくていだいなごん》のもとにやって来ている。

なんの用でやってくるのかは、青子にはわからない。

「おう、姫御料人」

才蔵は、足をとめた。

ふたりのあいだに、若葉の茂みと陽のひかりが、盛りあがっている。

「お達者でござったかな」

(よくもあのようなしらじらしいことを。三日前の夜、忍んできて、あたしを抱いたばかりでありますのに)

「後刻、ごあいさつにあがります」

と、厚顔なくせに、どこかにくめないこの大男は、大またに足を運んで、書院のむこうへ消えて行った。

「才蔵」

菊亭大納言晴季《はるすえ》は、年寄りらしく、いらいらというのである。

「まろは、迷惑をしている。なぜしげしげとこの屋敷に来るのか」

「痛み入りまする」

すこし頭をさげ、にこにこ笑っている。ぬかに釘《くぎ》で、まるでこたえがない。

「いったい、なんの用がある。いつきても、用を申したことがないではないか」

「なんの用も、拙者にはござらぬ」

「用もないのに、なぜ、しげしげと来る」

「じつを申せば、貴人に非礼ながら、拙者は、大納言さまのお顔を見るのが、好きなのでござる」

（こいつ。ぬけぬけと。……）

晴季は、腹がたつのだが、才蔵の笑顔をみていると、不覚なことに、つい気持がなごんでしまう。

（妙に魅力のあるおとこではある）

とも、おもってしまうのである。

「では、きょうこそ訊くが、そちは、この晴季に、悪《あ》しかれと謀《はか》っているのか、良かれと謀っているのか」

「さあ」

あいまいに笑っているが、才蔵には、多少のたくらみがあった。

かれが、菊亭家をしばしば訪問していることは、大坂方でも、江戸方でも、その姿を見かけてよく知っているはずだった。

当然、菊亭大納言と才蔵とが、ひそかに結びついているというかんぐりが、江戸、大坂の双方にうまれよう。才蔵は、かれらに疑わせることによって、この京の裏舞台における第三の地位を自分が占めることができると考えている。

もっとも、訪問の理由は、それだけではなかった。

才蔵には、生来の律義《りちぎ》さがあって、かねがね大納言に「もしおこまりのことがあれば、拙者、いかなることでもお役にたち申す」と、いっている。

「ときどきの訪問は、このお館《やかた》に異変があるかないかの見まわりと心得てくだされば よろしゅうござる」

「そうか」

大納言は、不得要領にうなずくしかない。

書院を出てから、才蔵は、そのまま門へ足をむけず、青子の部屋を訪れようとして、庭に出た。そのとき、

(なるほど、こいつめか)

足をとめて、茂みのなかを見おろした。

この屋敷の青侍のうちの一人が、才蔵に見つけられて、出ることもできず、うずく

まったままでふるえているのである。

菊亭家の家来のうち、江戸方の密偵《みってい》になっている男があるとにらんでいたが、男は、青ぶくれのした、拍子ぬけするほどの小心者のようだった。

「そこで、お前は、殿中の様子をうかがっていたのじゃな」

才蔵は、やさしくたずねてやり、

「さる夜、姫御前《ひめごぜん》が、かどわかされかかったときも、お前さまが手引きをしたのであろう」

男は、答えず、おずおずと、横目をあげた。

「名は、なんと申される」

「米川監物《けんもつ》という」

名をきけば、ただの青侍ではないらしい。位階をもらって執事のような役目をしている家来なのであろう。むろん、正式の場所なら、才蔵などの無位無官の牢人《ろうにん》は、土《ど》下座《げざ》をして声をかけてもらわねばなるまい。

「監物どの、立たれよ」

「このままでよい。人の目がある。ところで、お手前が来れば、伝えよという伝言がある」

「たれの、かね」

「江戸の法師どのじゃよ」

男は、ニヤリと卑屈そうに笑った。

法師とは、因幡《いなば》薬師の俊岳を指している。男の口ぶりでは、いよいよ、あの法師が、江戸方の首領であることはまちがいない。

才蔵は、立って四方をながめながら、

「どういう伝言であろう」

「すぐに、双《ならび》ケ岡《おか》の黒屋敷まで参れと」

「ああ、たしかにきいておこう。しかし念のために申しておくが、おれは、あの瘦《や》せ法師から下知《げち》(命令、指揮)されるおぼえのない男であるぞ」

才蔵のわるいくせだ。命令されることをひどくきらうのである。

「しかし、お手前は、あの法師どのの下で、わしとは相役《あいやく》ではないか」

「たれが、お前さまなどと同僚であろう。この才蔵を見損うてもろうてはこまる。そもそもあの瘦せ法師は……」

「かるがるしゅう申されるな。瘦せ法師などと下賤《げせん》よばわりなさるが、ごぞんじであろう、あのかたは、歴《れっき》とした奥州のお大名でござるぞ」

「将軍、大名であろうが、公卿《くげ》であろうが、武士や公家侍ならともかく、無位無官の伊賀者には、なんのこわいこともない。しかし、伝言はたしかにきいておく」

「では、たしかに参上なさるのじゃな」

「それは当方の勝手よ」

「気ままなお方じゃ」

「あたりまえじゃ。江戸の徳川家とか大坂の豊臣家とかときけばふるえあがる世間のほうが、あたまがどうかしておじゃる」

人が来る気配がしたので、才蔵は、その場を足早に離れた。

青子が、そこに立っていた。

「才蔵さま。すごろくを致しませぬか」

才蔵が青子の部屋へあがると、

「さあ、お支度をしましょう」

青子は、老女の萩野《はぎの》にいいつけて、すごろくをとりださせてきた。才蔵は、迷惑そうに、

「せっかくなもてなしだが、才蔵はこどもではない」

「まあ、青子もこどもではありませぬ」

目をすえてにらんだ。

「では言いなおします。才蔵はすこし所用ができたゆえ、きょうは長居はしておれぬ。こうみえて、存外いそがしいからだじゃ」

「青子も、いそがしゅうございますわ」

才蔵は、おかしくなって、

「姫にも用がござるか」

「ありまする」

「たとえばどのような」

「たとえば、あす粟田《あわた》の青蓮院《しょうれんいん》御所で、さるひとに会わねばなりませぬ」

「さるひととといえば」

「才蔵どのなどには教えてあげませぬ」

「きつう機嫌《きげん》を損じたものじゃ」

才蔵は苦笑して、床ノ間をみた。さきほどから気がついていたのだが、小さな南蛮《なんばん》櫃《びつ》がおかれてある。

それを見ながら、

「めずらしいものでありますな」

「才蔵さまでも、あのようなものがお好きでございますか」

いくらか、機嫌がなおった。

「なかみは、なにかな」

「ギヤマンの手鏡」

青子は、それを取りだしてきて、才蔵にみせた。鏡のふちには、ぶどうとリスが彫刻され、そのぶどうの一つぶずつが、青い宝石でできている。豪華なものである。

「南蛮人と申すのは、かような色つきの石を貴《たつと》ぶときいている。所かわれば、品もかわれば変わるものじゃ。しかし、かようなものをいずれから手に入れられた」

「淀殿《よどどの》と申される、大坂城の右大臣家のおたあ（母）様が、青子にくだされました」

「そう申せば、姫は、右大臣家とおなじ月日におうまれなされたそうじゃな」

「それゆえ、浅井殿（淀殿）も、姫のことをなにかと気づこうてくださるのでありましょう」

「しかし、姫が、わざわざ大坂城へ足を運ばれたわけではあるまい。この品を当館《とうやかた》へ持参したのは、たれでござる」

「神楽《かぐら》ケ岡《おか》の紅葉屋敷にすむ、隠岐殿とか申される淀殿の侍女でございます」

「ほう、それは、いつ」

「きのう。しかし才蔵どの」

「なんじゃ」

「そなたのお目の色が、かわっておりますぞえ」

才蔵は相手にならず、

「あす青蓮院御所でお人に会われるというのは、なんどきであろうか」

「巳《み》ノ刻《こく》（午前十時）」

「わかった。その者が、おそらく隠岐殿じゃな。いったい、なんの用があってのことか」

「べつになにもありませぬ。ただ、お茶をさしあげます、というだけ」

といってから、青子はあわてて、

「才蔵さまは、心のにくい方でございますね。青子に、みんなしゃべらせておしまいになりました」

「いや、重畳《ちょうじょう》であった。いまのところ、才蔵は、姫のほかに味方がないゆえ、たすけてもらわねばなるまい」

「お味方、と申されまするだけ？」

青子は、目を微笑でけむらせて、才蔵を見つめた。青子がこういう表情をするとき、ひどく智恵をもった大人にみえる。才蔵の心底をなにもかも見すかしているような気がするのである。

今出川の菊亭屋敷を出た才蔵は、あみ笠《がさ》のひもを締め、道を西にとった。双ケ岡にむかうためである。

堀川をわたり、紙屋川をわたれば、ひばりの声が、にわかにかまびすしい。目の前に西山の低い連山がうねり、あたりの草深さは、都からわずか半里とはおもえない。

(なんの用があるのか)

才蔵は、あるく。

江戸方の隠密《おんみつ》団の根拠地である黒屋敷にゆくのは、きょうがはじめてなのである。

(まさか、殺しはすまいな)

そのころ、俊岳は、黒屋敷の庭の濡《ぬ》れ縁に寝そべりながら、右手で竹のムチをもてあそんでいたが、やがてコツコツと縁をたたいた。

背後の障子があき、

「およびでござりまするか」

「左門か」

俊岳は、左門という男に背をむけ、庭を見たまま、

「ほどなく、以前話しておいた霧隠才蔵という伊賀者が来る」

「殿、もうよいかげんになされませ」

左門という男が、俊岳のことばをさえぎった。

名を、本多左門という。俊岳におとらぬ老人で、この黒屋敷の使用人たちは、かれを大夫《たゆう》とよんでいる。ありようは、奥州の鳥居家十万石の家老なのである。

「殿」とよばれた俊岳が、幕府の密命をおびて京に駐在するとき、家臣一統のたばねのために随行してきた。

左門はひざをにじらせて、

「殿は、ただ、毎日ひる寝でもなされておればよろしいのでござる。手をよごして左様な下知《げち》をするために、あまたの物頭《ものがしら》（小部隊の隊長）のなかから、腕もたち目はしもきく徳永源兵衛を首領にえらんであるではござりませぬか」

「あの源兵衛めか」

と、コツコツたたきながら、

「源兵衛が役にたつなら、おれがかようにいらいらはせぬ。先にも、八瀬《やせ》で菊亭大納

言のむすめに仕掛けて討ちぞこない、そのあと、屋敷から連れ出そうとしてしくじっている」

「あとになってみれば、それでよかったのではござりますまいかな。京で牢人あつめをしておるのは、淀殿の侍女隠岐殿と申す者であり、その者が、菊亭の姫の名をかたっていることがあとでわかり申した。あのとき、姫を討ちとめておれば、大そうもない失態になったはずでござる。むしろ源兵衛のてがらでござるよ」

「左門も年をとって、人間があもうなった。考えてもみよ。そもそも、淀殿の侍女が青子に化けているということを、なぜ源兵衛やその配下は気づかなんだのか。かように、後手《ごて》にまわってばかりでは、いたずらに日を過ぎるのみじゃ」

「それで、殿はご自分の家来を信ぜず、才蔵とか申す伊賀者をやとわれるのでござりまするな」

左門は、不満そうにいった。

「紺を染めるには、紺屋《こうや》に頼むがよい。かような仕事は、弓矢をとって戦さばたらきをしてきたわが家中の者では手にあわぬ。すぐれた伊賀者をひとり傭《やと》えば、百人の武者よりも役に立つ」

「しかし、殿。伊賀者は、いわば毒物でござる」

本多左門は考えぶかい男だ。

「用うれば、あとあと、ろくなことはござるまい。なしうるかぎり、家中の譜代の家来をお使いくだされ。もし人数が足らぬとおぼしめすなら、本国からいくらでも呼べばよいのじゃ。伊賀者は、武士にして武士ではない。忠誠心なく、狐狸《こり》のさがをもち、いかような寝返りをするかもわかりませぬ」

「左門、毒というが」

俊岳はいった。

「毒でなければ、薬にはならぬ。わしには、あの毒を用いる処方がある」

俊岳は起きあがった。

「ところで宝山流の兵法者沼田源内という者に才蔵を討たせようと計らったのは、そちじゃな」

「ごぞんじでござりましたか。殿が、才蔵にお惚《ほ》れなされておるゆえ、独断でとりはからいました」

「要らざることをする。わしは、その計りごとを源兵衛からきき、因幡薬師で才蔵を待ちうけて、その旨《むね》を教えてつかわしたわ」

「らちもない。殿は、総大将でござるぞ。しょうぎに腰をおろして、高みから見物をなされておればよいのじゃ。こののち、一騎駈《が》けは、かたくおつつしみくだされい」

そのころ才蔵は、双ケ岡のふもとの八幡社のそばまできて、俊岳のむかえの者に出あった。

「霧隠どのでありますな」

「いかにも」

と、才蔵はあみ笠をあげた。

「お手前は」

「名乗るほどの者ではござらぬ。ご案内つかまつろう」

双ケ岡といえば、むかし、兼好《けんこう》法師という歌よみが隠棲《いんせい》していた里である。かつては、京の公卿でこのあたりに別荘や庵室《あんしつ》をつくる者が多かったものだが、戦国百年のあいだに公卿の生活は窮迫し、いまは、それらの礎石《そせき》だけが、あちこちに残っているにすぎない。

草ぶかい山道をのぼってゆくと、池があり、そのそばに、郷士屋敷のようなものがあった。

(ほう、これが黒屋敷か)

長い築地塀《ついじべい》がつづいている。なるほど土に炭の粉でもまぜたものか、真っ黒な色を呈していた。塀の色から、里人が黒屋敷と名づけたものだろう。

建物は、外からみると長く人が住んでいなかったことが一見してわかる。屋根がわらに夏草がはえ、樹木は塀ごしに枝葉をはびこらせていた。

（荒れている）

が、門のなかに入ると、屋敷の様子は一変した。あたらしい棟《むね》がいくつか建っていた。

（はて）

才蔵は、足をとめた。

「どうなされた」

「もう案内《あない》は、いらぬ。ひとりで屋敷うちを見せてもらおう」

「それはこまる」

追おうとする案内者をしりめに、才蔵は、土足のまま、数間さきの濡れ縁にヒラリと飛びあがった。と見るまもない。その姿は、建物のなかに消えてしまっていた。

案内の武士があわてた。

才蔵が、案内の武士から姿をくらましたのは、伊賀者にすれば当然のことだった。屋敷に入って脱《ぬ》け出る法を知らないのは、伊賀者とはいえない。建物の配置、部屋かずなどは、その一角にたてば、ほぼわかる。才蔵は、一瞬ののち、すでに建物からぬけ出ていた。草むらを横切って塀のそばを歩きはじめたのである。

つと、草の中で足をとめた。

草むら一面に、まきびしがまかれている。

まきびしとは、三方にトゲの出たヒシ状の小さな鉄器で、踏めば足を刺す。城館を、忍者の侵入からまもる防御武器のひとつだった。

(用心の堅固なことじゃ)

すばやく、そばの杉枝を切り、それをほうきがわりにして、カラカラと片わきへ掃きよせた。こうしておけば、万一のばあいのにげみちになるだろう。

(ほう)

まゆをあげた。

才蔵をさがしているらしく、しきりと屋敷うちを走りまわる物音がしはじめた。

(さて、どうするか)

むろん、招かれはする。が、まだ、日が高すぎた。できれば、日没より半刻《はんとき》ほど前にこの屋敷のぬしの前に姿をあらわしたいと才蔵は考えていた。

理由は、簡単だった。夜の闇《やみ》だけが、忍者の生命をまもってくれるからである。昼ならば、弓矢鉄砲のえじきにならぬともかぎらない。

（そうよ）

思案したときは、すでに、才蔵は、塀を乗りこえて外にとびおりていた。

幸い、たれも気づかなかった。

すぐ、山の斜面になっている。

草をわけてのぼり、くぼ地をみつけて、才蔵は、草をかぶって寝そべった。

（夜が来るまでしばらく、時をかせぐことじゃ）

すぐ、寝息をたてはじめた。

黒屋敷の詰め侍にとっては、妙な客だったにちがいない。

左門は、

（いわぬことではなかった）

と、徳永源兵衛に命じて、屋敷うちをくまなく捜索させた。

「殿、ご油断でござりましたな。やはり、狐狸でござるよ」

「いずれ来る。一人で、えたいの知れぬ屋敷に来るなどは、ただの侍にはできぬ放胆さじゃ。それだけの用心をしておるのであろう」

俊岳は、片ひざを立て、脇差《わきざし》をぬき、足の爪《つめ》を削《そ》ぎはじめた。十万石の大名とはいえ、家康に従って少年のころから戦場を往来してきたこの老人は、大名らしい行儀を見習ったことがない。

「殿、お爪などは、近習《きんじゅう》の衆にお切らせなされ」

「左門、口がうるさい。これが戦場ぶりというものよ」

「殿も、むかしとはちがい、大御所様（家康）のおかげにて大名になりあそばしたのでござるぞ」

「いやいや。まだ大坂に豊臣家があるかぎり、われわれの貰《もろ》うた大名の手形も、ゆだんすれば反故《ほご》になるかもしれぬ。あれがつぶれるまでは、常住、戦場の心でおらねばなるまいよ」

（やはり、いわぬことではなかったぞ）

左門老人は、いらだった。

才蔵がどこに消えたのか、一刻をすぎても、まだわからないのである。

　左門は、さきほどから、何度も、徳永源兵衛をよびつけては叱《しか》りつけている。

「源兵衛、世に面妖《めんよう》ということはないぞ。たしかに屋敷には入ったのじゃ。幻術でもつかわぬかぎり、屋敷のどこかにいる。瓦《かわら》の一枚ずつをはがし、庭石を抱きおこしてでも、さがすがよい」

「承知つかまつった。で、見つけ次第、殺してしまうご内示には、かわりはござりますまいな」

「殿には、きっと内緒ぞ」

「源兵衛でござる。ぬかりはござりませぬ」

　徳永源兵衛は、この黒屋敷に足場をおく江戸隠密の実際上の指揮者なのである。

　年は、四十二、三。

　代々、鳥居家の家来だが、戦場ではひどく臆病《おくびょう》なくせに、こういうかげのしごとになると、魚が水を得たように勢いづく男だった。

　天性、暗いしごとにむいているのかもしれない。

　小男のわりに頭が大きく、若いころから毛がうすい。顔の血色がよく、よくみがきこんだナメシ皮のようなつやがあった。

　青子を菊亭屋敷からかどわかそうとしたときの首領は、この男だった。

「えいかな、えいかな」

この男の口ぐせである。長い廊下を、この三河なまりのひとりごとをいいながら、うつむいて歩く。

「えいかな、えいかな、源兵衛どのにまかせてもらえば何でも片がつく」

源兵衛は、部屋にもどり、おもだった者をあつめて、もう一度手くばりをしたあと、宝山流の兵法者沼田源内をよんだ。

「もし、きょう、仕止められねば、おぬしあの者をつけねらい、流儀の名誉にかけて討ってもらおう」

「ご念にはおよびませぬ」

「えいかな」

源兵衛が、いそがしく立ちあがった。そのとき、横手のふすまがカラリとひらいた。

(あっ)

ふたりは、そのほうをむいて一瞬ぎょっとしたが、うろたえるような男たちでもなかった。……才蔵が立っていたのである。

才蔵は、ふすまを半開きにしたまま、

「これは霧隠才蔵と申す者じゃ。案内のご仁にはぐれ、屋敷のなかを迷うている。みれば、沼田源内どののおられるようじゃな」

源兵衛がすばやく目くばせをし、源内がたちあがった。

立ちあがると、源内は、例の兵法者らしからぬ微笑を顔いっぱいにうかべて、

「どうぞお入りくだされ。ご遠慮なさることはない」

「いや、遠慮をしよう」

才蔵は、ふすまを締め、姿を消した。

「源内どの、早う追わぬか」

「いや、うかつには追えませぬ。このふすまをあければ、どのような詐術《さじゅつ》をもって才蔵が待ちうけているか知れませぬでな」

「ならば、ふすまを蹴倒《けたお》すことじゃ」

源内はふすまを蹴倒した。源兵衛がおそるおそる廊下へ出てみると、すでに才蔵の姿がなかった。


それから、ほどもない。

才蔵がふたたび姿をあらわしたのは、俊岳の居室の庭先である。

すでに、陽が屋敷を背負う西山の連峰におちようとしていた。

庭さきに人影の近づくのを、最初に気づいたのは、傻岳である。かれは、さわぎたてようとする近習を手でおさえて、

「才蔵、きたか。これへあがるがよい」

「それはこまる。この屋敷うちには、殺気がみなぎっているようじゃ」

「左門をよべ」

やってきた左門を、傻岳は、火の出るほどにしかりつけた。

「あれほど申したのに、主命がきけぬのか。この客人を遇するのに弓矢はいらぬぞ。はよう、酒肴《しゆこう》の支度をせよ」

「殿、それは悪《あ》しきお考えでござる。伏見《ふしみ》のことをお忘れなされたか」

「伏見は伏見。当節は当節じゃ」

傻岳は、いらいらといった。

伏見のこと、というのは、いまを去る十四年前の慶長五年八月、関ケ原ノ役の前の月のことである。

傻岳（実は鳥居忠政）の父鳥居彦右衛門は、家康に命ぜられて、兵二千をひきいて伏見城を守っていた。そこへ、大坂で兵を起こした石田三成《みつなり》が、三万の兵をもって城に攻めよせてきたのである。

本丸には六十二歳の彦右衛門元忠、三ノ丸には松平主殿助《とのものすけ》家忠、松ノ丸には深尾清十郎がそれぞれ守将となって、十日あまりもふせぎたたかったが、松ノ丸に籠城《ろうじょう》していた甲賀者四十余名が、にわかに内応して城に火をかけた。このため城は落ち、彦右衛門は、寄せ手の雑賀《さいか》孫市重朝に首を渡し、首は、大坂の京橋にさらされた。

左門が、

「伏見のこと」

といったのは、そのことだった。このことがあって以来、鳥居家では、いかなることがあっても忍者をつかわないという陣法を、かたくまもってきている。

が、俊岳は、

(このたびだけは、毒を用いるのも、やむをえない)

とおもっていた。素人《しろうと》ばかりでは、家康に命ぜられたこんどの大任をはたすことはできまい。それに、なによりも、ひとりの人間として、霧隠才蔵という男の骨《こつ》がらに惚れこむようになっていたのである。

「そのほうども、しばらくさがっておれ」

と命じ、小姓に酒の支度をさせた。

「才蔵、ぞんぶんにすごせ。わが家の家来ども、忍者ときけば、もののけのようにおそれる。無礼なこともあったであろう。しかし、わしがおるかぎり、手は出させぬ」

「ご用は、なんでござる」

「そちの技術を買うはなしじゃ」

俊岳は、条件を出した。

とりあえず、鳥居家の客分として扶持米《ふちまい》百石を供し、しごとがおわったあとは、身分についてはあらためて才蔵の希望どおりにするというのである。

「役目は」

「とりあえず、わしのお伽衆《とぎしゅう》ということにしよう」

このばあい、私設顧問というほどの意味だった。

そのつぎの日のあさ、才蔵は、粟田《あわた》への坂をひとりでのぼっていた。巳ノ刻に、この上の青蓮院《しょうれんいん》御所で、隠岐殿が青子を茶に招くときいていたからである。

(隠岐殿を斬《き》れ、というのか、それもよかろう)

斬れというのは鳥居左京亮《さきようのすけ》忠政が命ずる最初の仕事なのである。

(それもよかろう)

仕事に、善悪や好悪《こうお》はない。

あの夜、才蔵は、俊岳とのはなしを終えてから、別室で左門とも会った。

「ことわっておくが」

と才蔵はいった。

「わしは俊岳に見こまれたゆえ、お手前とおなじ仕事をする。が、鳥居家に仕えたわけではないから、お手前らのような忠節心はない」

「わかっている。伊賀者とはそうしたものじゃ」

左門は、あらわに軽侮の表情を見せた。

が、才蔵は才蔵で、いちずに主家のためにつくす左門のような宮仕え者の気持が、どうにもわからない。

「仕事の出来がわるければいつでも縁を切ってもらってよい」

「いわれるまでもない。伊賀者や兵法使いなどは、武士にして武士にあらず、請けおい仕事の職人のようなものじゃとわしはみている。では、隠岐とやらいう淀殿の侍女の一件は、そちにまかせるゆえ、広言《こうげん》の手前、ぬかるでないぞ」

「べつに広言は吐いておらぬ。ぬかりもせぬ」

才蔵は、いつのまにか、青蓮院御所の大きな門の前まで出ていた。

あみ笠《がさ》をぬぎながら、

「お頼み申す」

声がない。

右手は、坊官（寺侍）の住む武家ふうの長屋門があるので、石段をのぼって、声をかけてみた。

青蓮院に御所という名がついているのは、皇居が火災の場合、ここを仮御所にするたてまえだったからである。が、平素は、名のとおりの天台の門跡寺院として、僧や寺侍がすんでいる。

「どなたじゃ」

臆病窓から、門番らしい男がのぞいた。

それから四半刻ほどして、才蔵は、青蓮院の坂をおりていた。

（青子はいなかった。……）

門番にたずね、そのあと寺侍をよび出して、どうたずねても、きょうは菊亭家のたれも来ていないし、茶室をたれもつかっていない、というのみなのである。うそをついている様子はなかった。

（これは、なにかある）

夕刻に、今出川の菊亭屋敷へ行ってみた。

「おう、才蔵」

と、大納言晴季が書院の濡《ぬ》れ縁まで出てきて、

「大事が出来《しゅったい》した。青子がまだもどらぬ。行くさきの青蓮院に人をやってみたが、きょうはみえぬという」

「供の衆は」

「米川監物《けんもつ》と萩野じゃ。むろん、これらももどって来ぬ。いま、所司代に報《し》らせようと思っているところであった」

「それは、すこしお待ちなされたがよろしゅうございましょう」

才蔵はにわかにいそがしくなった。室町の分銅屋の二階にもどると、すぐ孫八をよんで、

「おい、孫八、人数七、八人を、町に撒《ま》いておけ」

「ご用はなんでござる」

才蔵は菊亭屋敷でおこった事がらを手短《てみじか》に話し、夕刻までに町のうわさをあつめろ、といいそえた。

「おれか、おれは隠岐殿の紅葉屋敷にいって様子をさぐってみる」

「あぶのうござるぞ」

「いや、おそらく、いまごろはあき家だろう。まだあの屋敷でうろうろしているほど、あの連中はあほうではあるまい」

才蔵は、青子の誘かいを隠岐殿のしわざとみていた。娘を人質にして、父の晴季を大坂方に引き据《す》えておこうというたくらみなのであろう。

（手がふるい）

戦国以来、つかいならされた手である。

（しかし、なぜ、大坂も江戸も、菊亭晴季にそれほどの執着をもたねばならぬのか）

才蔵は、大坂の宮廷工作に晴季が必要なのだ、とみていた。晴季のような公卿《くげ》仲間に勢力のある廷臣をどの側に引きつけるかによって、公卿の世論が、左右どちらにもころぶのである。

（それにしても、大坂の右大臣家はあせっている。公卿の娘を質にとるなどは、下《げ》の下策じゃ）

外へ出た。

（む？）

路上を、ふと横切って、むかいの商家の横にかくれた影があったのだ。うしろ姿が小男のようだった。町人のふうをしている。

（犬か）

鴨川《かもがわ》を三条でわたり、吉田山のあたりまでくると、吉田の森に大小のやしろが押しならんでいるほかは、人家がない。

森を出ようとするとき、不意に才蔵はひきかえし、樹《き》と樹のあいだを縫って、つけてきた男の前へ出た。

「おい」

といった。

「用があるなら望みの所へ連れていってやる」

男のえりでのどを締めあげ、そのまま、ひきずるようにして森の道をあるいた。森を出たとき、急に男が重くなった。力を入れすぎたらしい。

（死んだか）

捨てて、神楽《かぐら》ケ岡《おか》の坂をのぼり紅葉屋敷の前に出た。

小門を手で押すと、造作なくひらいた。なかへ入ってから、才蔵は、急に表情をおだやかなものにした。想像にたがわず、人のけはいがなかったからである。

（やはり、大坂の女狐《めぎつね》どのは、巣を移したらしいな）

一巡して、無人をたしかめおわると、才蔵はゆっくりと表へ出た。

西陽《にしび》が、はるかな銀閣寺の塀にあたっている。

（さて、どこに巣をうつしたかをつきとめねばならぬ。それには、相国寺門前の茶店へ行って、佐助に会うしか手がなかろう）

そのつもりで、帰路、吉田の森を通ると、捨てておいたはずの男の死骸《しがい》がなかった。

（気を失っただけだったのか）

顔をあげた。その拍子に、横びんから右肩をかすめて矢が落ち、足もとの土につきささった。

（どこから……）

矢がくるのか。

才蔵が、すばやくあたりの樹に目を走らせたとき、数間むこうに根を張る杉のこずえで動く影があった。

町人ふうの男が、枝に体をもたせながら、半弓をかまえているのである。

「やめたほうがいい。それではあたるまい」

そのとおりだった。森が深いために、才蔵がそのあたりの樹に姿をひそめさえすれば、矢があたるはずがなかった。

（迂鈍《うどん》なことをする）

才蔵は妙なおとこだった。腹をたてていた。自分がねらわれているくせに、相手のおろかしさがもどかしくなるのである。

才蔵は左手の樹をえらび、ゆっくりと足を運んで、射手の死角に入った。そのとき、不意にむこうの榎《えのき》の根もとで、人がかくれた。

「たれかな」

相手は、見つけられたと思ったのだろう。臆面《おくめん》もなく出てきて、小腰をかがめ、大きな顔を愛想わらいでくずした。

「拙者でござるよ。おわすれかな」

宝山流の兵法者沼田源内なのである。むろん、あとを尾行した男も、矢を射た男も、源内がどこかでやとった町のあぶれ者、とみてよかろう。

「源内どの」

才蔵は、相手の微笑にこたえてやるために言葉やさしくよびかけてやった。

「すこし横道《おうどう》ではないかな。わしはすでに左京亮から扶持《ふち》をうけている。おなじ旗の下にいる味方を害することはあるまい」

「ところが、これにはさまざまと事情がござってな」

「左門、か。そのさしがねは」

「それは申せぬ。しかし、わが兵法の意地にかけても、そこもとを討ちとめねばならぬ仕儀にたちいたっております る」

「兵法の意地ではなく、仕官の都合ではあるまいか」

才蔵は、わらっていた。が、源内は、ますますいんぎんに、

「どちらでもおなじことでござる。拙者にすればなんのうらみもありませぬが、お手前を仕止めねば、世の暮らしがたちませぬ」

「たがいに」

と才蔵はいいかけて、源内にむかって足をふみだした。兵法者と忍者とのあいだには、ただの武士にはわからぬ職業上の共感があるといっていい。どちらも、技術だけで世に立っている人間なのである。

「たがいに稼業《かぎよう》ゆえ、やむをえまい」

「おことば、なかなか痛み入る」

いいつつも、源内はあとじさりしている。その身がまえには、いつでも才蔵の仕掛けを待ちうけて両断できる気魄《きはく》がかくされていた。そのくせ、源内は才蔵を見つめた

まま微笑をたやさない。

才蔵は、斬るつもりである。

一歩ふみ出した。

そのとき、背後の空気が裂ける音がした。才蔵は、身をかがめた。その上を、矢が走った。

源内という男は、口かずが多いだけでなく、こういう急場にたちいたっても、微笑をくずさず、いんぎんに手をあげて、

「霧隠どの、悪《あ》しゅうはいわぬ。この源内に太刀うちはおやめなされ。むだでござる」

が、才蔵は答えず、背後の射手の死角をえらびながら、にじり寄った。

源内はあとじさりした。が、その後退は十分に計算されていて、射手の見通しのきく広い場所へ才蔵をおびき出そうとしているらしい。

「そら、矢じゃ。右手からきまするぞ」

そう教えるのも、源内の手らしい。が、矢は、才蔵の手もとで、真っ二つに斬りおとされていた。源内は、いっそう相好《そうごう》を崩し、

「ご苦労でありましたな」

「うるさい」

「これはご機嫌《きげん》がわるい。しかし、きょうのところは、お引きとりなされたほうがよろしかろう。源内の剣に矢が加われば、いかにお手前でも歯がたちますまい。当方も、一ノ矢をしくじったゆえ、これにて引き取ってもよい。いずれ、お命は源内が頂戴《ちょうだい》せねばならぬが、それまでは、ご機嫌ようおくらしなさることじゃ」

「口兵法《くちびょうほう》じゃな。手がふるい」

「なかなか。源内のまごころでござる」

云いおわってから、源内は、ハタと足をとめた。

距離《まあい》は、四間ほどしかない。

「霧隠どの、矢じゃ」

云うとおり、右の足もとに刺さった。

「そら、もう一筋」

こんどは、左足もとに落ちた。源内は一段と声をはげまし、

「つぎは、胸板でござるぞ」

あっと、才蔵は横にとびのいた。しかし、矢は来なかった。

源内は、その動揺を待っていたのだろう。

瞬間、疾風のように突進してきて、才蔵の横を駈《か》けすぎた。

(あっ)

すれちがうとき、キラリと源内の長刀が旋回し、才蔵の胴を横なぎに薙《な》いだ。

才蔵は、はねあがった。そのまま草の中にからだを横ざまになげつけ、その勢いで、すばやくころがった。

(斬られなんだか)

小袖《こそで》の右脇腹《わきばら》が、三寸ばかり裂かれ、皮膚に薄手を負ったらしく、さけ口から血がにじみ出ている。

「さあ、お立ちなされ。尋常に勝負じゃ。待ちまするぞ」

これは親切ではない。ちかごろの兵法者が考えだした狡猾《こうかつ》な手なのである。

才蔵は、ちかごろ、室町の吉岡兵法所のあるじ源左衛門直綱の従弟《いとこ》で吉岡清次郎重賢という若い兵法者が、御所で猿楽《さるがく》の催しがあったとき、群衆のなかで乱心し、刀をぬいた事件を、京のうわさできいている。

清次郎の乱心には、原因がある。群衆を整理していた所司代の役人只見《ただみ》弥五左衛門がよくなかった。

弥五左衛門は、もともと、清次郎と仲がわるかったらしく、群衆のなかで見物中の吉岡清次郎をみつけ、

「頭《ず》が高い。かしこんで拝見せい」

と警杖《けいじょう》でかるく頭をたたいたのである。

吉岡清次郎は、目の前がくらくなるほどに腹がたったが、かろうじて自分をおさえた。

（場所がわるい）

市民に開放された猿楽興行とはいえ、ここは禁裡《きんり》の庭なのである。

ところが、そういう清次郎の態度をあましとみたのであろう、只見弥五左衛門は調子に乗り、一巡してきて、もう一度頭をたたいた。

「まだ頭が高い」

それも、こらえた。三度目にたたかれたとき、清次郎はそっと場所を去り、脇差を小袖の下にかくして再び入りこみ、群衆の中を只見をさがしあてると、

「おのれ、先刻の返報知ったか」

とまっこうから両断し、猿楽の舞台のうえにひらりととびあがった。

たちまち場内は混乱した。警備の所司代役人が群衆を門のあたりまで退避させると、むらがって清次郎ひとりに殺到した。

「心得のある者は、とくと見よ。吉岡の秘太刀をみせてやるぞ」

さすがに、西国一の兵法道場をもって知られた吉岡家の血族のひとりなのだ。

たちまち七人が斬り伏せられ、十四、五人が手傷を負い、進んで討とうとする者がいなくなった。

遠見で捕殺を指揮していた所司代板倉伊賀守勝重がたまりかね、人を走らせて、非番の太田忠兵衛という家来を役宅からよびよせ、

「きょうは、そちの兵法をみようわい」

「かしこまって候《そうろう》」

太田は、小栗《おぐり》流の開祖小栗仁右衛門から皆伝をうけ、京ではきこえた使い手であった。

御所のうちだから帯刀はしていない。伊賀守から長刀を借り、ぬきはなって鞘《さや》を同僚にあずけると、

「さて、清次郎、おりよ」

「忠兵衛か。そちが呼ばれるであろうと思うた。待ちかねたぞ」

双方、玉砂利の上で闘争したが、どうしたはずみか、清次郎がつまずいて横ざまにころんだ。

すばやく、太田忠兵衛が刀をひき、

「倒れた者を討つのは侍の恥じゃ。ゆるりと待とうゆえ、立ちあがられよ」

清次郎は安堵《あんど》したのか、起きあがろうとした。そのスキに忠兵衛の刀が目もとまらぬ早さで落下し、清次郎は血をふいて絶命した。

あとで板倉伊賀守が、

「よき勝負であった。が、なぜ、倒れてスキを見せたところを斬らなんだのか」

「倒れるのにも虚実があり、清次郎ほどの兵法者が急に倒れるなどは、わざとスキをみせて惹《ひ》き入らせようとのうそでござる。が、こちらが好意をみせて立ちあがらせようとするとき、いかなる名人達人でも、毛ほどのスキができるものでござる。拙者は、そのスキをたち割ったにすぎませぬ」

この時期の兵法ほどたばかりの多いものはない。が、忠兵衛のこの術はたちまち兵法者のなかまにひろまり、賞讃《しょうさん》をうけた。

才蔵は、その話をきいていた。ころがりながら、源内の微笑をみて、

(兵法者は食えぬ)

とおかしくなった。

才蔵は、うごかない。

源内は、無視されたかたちになった。草の中の才蔵を、どちらかといえば、ぼう然とした目でながめている。

相手は、寝ころんだままなのだ。左手でひじまくらをし、悠長《ゆうちょう》にひる寝をしているすがたとかわらない。

「どうなされたのじゃ」

「思案をしている」

こんな立ちあいは、ながい兵法者としての世すぎのなかで、源内はきいたこともなければ、みたこともなかった。

「お立ちなされ」

と同時に、才蔵は、ごろりと寝返りをうった。源内は、びくりとして半歩しりぞいたが、たんに寝返りにすぎなかったと知って、一歩足をすすめると、

「霧隠どの」

「すこし、だまっていてくれまいか」

と、二度、寝返りをうった。

（やっと、来た、な）

才蔵はおもった。

きた、というのは、才蔵のあたらしい位置から、むこうの杉の枝で半弓をかまえている射手の位置まで、一直線でむすばれる所まで来た、ということである。

が、才蔵は、なおも寝そべっている。

射手は、すかさず矢をつがえた。

射手が弓をしぼったのと、才蔵がはねるように起きあがったのと同時だった。才蔵のからだが、かるがると後方へ跳んだ。

同時に矢がつるをはなれ、青い空にむかって、飛んだ。いや、射手が、うめき声《こ》をあげて地上に落下したほうが、さきだったかもしれない。起きあがる瞬間、才蔵の小柄《づか》が、射手ののどを縫っていたからである。

才蔵は、もの憂《う》く刀を地上に垂れたまま、

「源内、のぞみどおり起きたぞ」

「………」

源内は、微笑を消し、沈黙した。立ちあいに射手を用意して、才蔵の注意を分散させようと考えた計画が、くずれてしまっていた。

そのとき、才蔵の顔色が、かすかにこわばった。

背後に、人の足音がしたのである。

「もうし」

才蔵は、ふりむかない。見なくても、声の調子で、その声のぬしが、吉田の社の神主であることがわかった。

源内は、ほっとした声で、

「お人がみえた。いずれ、また会う」

そのまま背をひるがえし、吉田山への小道を歩きはじめた。才蔵も、同時に京の町へ出る森の出口へ足をむけた。

「もうし、おふたかた」

神主の声が、ふるえている。足がすくんだのか、二人のどちらをも追おうともせず、

「それに死人《しびと》がいる。伴《ともの》うて行ってくだされ」

「あれは犬よ。人ではない」

才蔵は、背中でいった。

源内は、遠くはなれてから、ふとたちどまり、神主のほうに小腰をかがめ、

「いかさま、犬でござるゆえ、よしなに始末してくだされ」

と、銀の粒を一枚出して、道に捨てた。

青姫さがし

はやいものだ。

隠岐殿《おきどの》が京から消え、青子がかどわかされてから、すでにひと月になる。

この間、才蔵は無為にすごしていたのではなかった。

相国寺《しょうこくじ》門前の茶店に佐助を何度もたずねてもみた。しかし佐助もともどもに姿をくらましているらしく、なんの消息もつかめなかった。

(はて、大坂方は、京をひきあげたのであろうか)

とおもってみたが、しかし京でのかれらのしごとは、まだ緒《ちょ》についたばかりなのである。かれらが、やすやすとひきあげることは考えられないことだ。

才蔵は、念のために孫八を大坂へ下向《げこう》させた。用というのは、諸家につかえている同郷の伊賀者を歴訪させ、うわさをあつめさせるためである。

伊賀者の世界では、こういうしごとを「市《いち》」といった。

「大坂へ行って、市をたてよ」

そう才蔵は命じたのである。市とは、「うわさの市」である。情報交換会といってもよいであろう。そういうしきたりが、伊賀者の仲間にある。

孫八は、大坂につくと、諸家にやとわれている伊賀者たちに回状をまわし、

「市の場所は、本町の霊元寺」

とあき寺を指定し、日時をきめた。

当夜、二十人の伊賀者が参集した。

ゆらい、伊賀者は、諸大名のうごきからちまたの色恋沙汰《ざた》にいたるまで知っておらねばならぬものだが、かれらはさらに「市」をたてて、たがいの知っていることを交換しあうのである。

「才蔵は、達者かな」

たれしもが、きいてくれた。かれらのあいだで、才蔵がひどく人気があったのは、才蔵こそ伊賀流忍術のもっともすぐれた代表者であるとみとめていたからだ。

「達者じゃ。しかし、例によってあのお人はなにをたくらもうとなされておるのか、わしなどにはわからぬ」

と孫八は不平をいいながら、

「さて、菊亭の姫のうわさをきかぬか」

「きいている」

さすがに伊賀者らしく耳さとい男ばかりだったが「では、どこにいる」ときくと、一様にくびをかしげた。たれも知らない。そのうちでただ一人、耳よりなことをいった。

「甲賀者の猿飛《さるとび》佐助が、女乗物一挺《ちょう》をまもりながら高野《こうや》街道を南にくだっている姿を見たという者がある」

「ほう、高野街道を。とすれば、紀州九度山《くどやま》に隠棲《いんせい》する真田左衛門佐幸村《さなださえもんのすけゆきむら》のもとに行ったのではあるまいか。それだけきけば、よい」

孫八は京へもどって、才蔵に復命した。

「女乗物……」

才蔵はつぶやき、

「その中身は、菊亭の姫か、隠岐殿か」

「そこまではわかりませぬ。知りたいならば、才蔵様が、じかに乗物の引き戸をあけてみなさることじゃ」

「よい。九度山の幸村の本拠にゆく」

才蔵は、旅装をととのえ、その夜のうちに京を発《た》ち、大坂にむかった。

才蔵は、京街道を大坂にむかってくだりながら、まだ見たことのないひとりの男のことを思いつづけていた。

（あの男については、いつか、佐助がいったことがあるなあ）

京の深泥池《みぞろがいけ》の水のうえで、佐助と才蔵が舟をうかべたとき、佐助は、

「才蔵。その人の名はいえぬが、いちど会《お》うてみる気にはならぬか。会えば、かならず男惚《ぼ》れのするお人じゃ。惚れれば、この佐助のように、このお人とともに世を渡りたいと思うにちがいあるまいぞ」

その人というのは、いまから紀州九度山に訪ねてゆこうとする真田幸村なのである。

（なに、幸村ごとき）

と、佐助のことばをきいた当座は、才蔵のこころに反撥《はんぱつ》するものがあった。

（かつては信濃《しなの》で勢威を張った名族かもしれぬが、石田三成《みつなり》の乱で西軍にくみして封地をうばわれ、いまは流人《るにん》の身じゃ。ながく世を離れてくらせば、賢者も愚者になるという。なにほどのことがあろうかい）

才蔵には、亡《な》き父から教えられた信条があった。

「おなごには惚れよ」

ということだ。

「が、男には惚れてはならぬ。身をほろぼすもとになろう」

(佐助はあほうよ。あれほどのうでをもちながら、なぜ幸村ごときに惚れたのであろう。おとこは、諸天諸菩《しょぼ》薩《さつ》にも惚れぬというはがねのごとき心があってこそ、男と申すべきものであるわ)

大坂についたのは、日暮前である。やどは、船場《せんば》伏見町にとった。旅籠《はたご》の井戸ばたへ出て、水で汗をぬぐっていると、亭主の播磨《はりま》屋与兵衛がやってきて、

「よいおからだをなされておりまするな」

と、ほれぼれと見あげた。

「そのお傷は」

と、興ぶかげに胸と肩さきにある三カ所の古傷を指さし、

「関ケ原のお傷でござりまするな」

「なに。おなごに搔《か》かれたのよ」

「これは、おじゃれごとを。……あなた様は、大坂にまねかれてご入城あそばすご牢《ろう》人《にん》でござりましょう」

「いや、見物じゃ」

「おかくしあそばされますな」

関ケ原このかた、主家をうしなった牢人は全国で二十万に達するという。大坂城が、牢人をまねく意志があるときさつたえて、諸国から大坂入りをする者が、日に何人となくある。亭主の与兵衛は、才蔵もおそらくそのひとりだとみたのであろう。

「これは、心丈夫なことじゃ」

とひとりよろこんで、

「諸国からあつまる牢人衆と申せば、たのもしからぬお人も多いのに、あなた様のようなすぐれたお骨柄《こつがら》のお侍が、大坂をおたすけくださるとあれば、右大臣家もさぞおよろこびなされるでありましょう」

この都会の町人たちは、豊臣右大臣家の武力と財力に、町の興亡を賭《か》けていることが、亭主の態度でも知られることであった。

路上に水をうつ音がきこえはじめると、大坂の夏の日は暮れる。

この夕は、妙にあつかった。土地では、夕凪《ゆうなぎ》という。日暮になると、風がとまるのである。

（みごとじゃな）

夕凪のことではない。

才蔵は、二階の部屋から、いままさに夕陽《ゆうひ》をあびて黒ずもうとしている大坂城の天守閣をながめていたのである。

（あの金色の城が、豊臣家にとって、地獄の門になるか、極楽の門になるか）

海内《かいだい》第一の巨城といわれるこの秀吉の遺産は、まるで天空をついて立ちはだかるいっぴきの怪獣のように、いま刻々と、その色を変じつつあった。

（この城が、天下の牢人を魅了するのも、むりはないかもしれぬ。城と右大臣家の金銀があれば、天下をむこうにまわしても、十年の戦さはできよう）

日が暮れると、才蔵は、旅籠の下男に心付けをやって、めしを炊《た》かせた。

このころの旅籠は、食事をつけない。投宿人が自炊し、マキだけは宿から買うのである。マキ代のことを、木賃《きちん》といった。

めしを食いおわると、亭主がやってきて、

「おササを召しあがりまするか」

「ほう」

と才蔵はおどろいてみせた。

「さすがにあきないの都じゃな。旅籠で酒をすすめるのか」

「いや、おとなりの部屋のご牢人が、酒を買うて召しあがっていらせられまするが、ひとりでは退屈ゆえよければ飲んでくださらぬかという口上でございます」

「その者の名は」

「越前牢人御宿《みしゆく》勘兵衛様ともうされまする」

（おう）

才蔵はおどろいた。御宿勘兵衛政友といえば、関ケ原以前までは、天下にかくれない名士であった。

（まだ、生きていたのか）

御宿氏はもともと駿河《するが》の名族であったらしい。勘兵衛ははじめ小田原の北条《ほうじよう》家につかえ、小部隊の駈《か》け引きでは、名人といわれた男である。

天正十八年、北条氏が秀吉にほろぼされたとき、大量に牢人が出た。

おりしも徳川家康は、秀吉によって関東八州二百五十五万余石の大大名になったばかりだったから、大量の家来を新規に必要としていた。家康は多くの北条牢人を採用

したが、そのときまっさきに、

「勘兵衛をさがせ」

といったのは、有名なはなしである。

のち、勘兵衛を越前守に任官させ、一万石をあたえて、徳川家の第二子越前中納言《ちゅうなごん》結城《ゆうき》秀康の重臣としたが、秀康の死後、勘兵衛は、

「もはや、越前家に用はない」

と禄《ろく》を投げて退散した。

「俺《おれ》は、若い中納言を気に入っていた」

と、のちに勘兵衛は、ひとにその理由を語った。

「しかし、中納言が死ねば、もはやおれの武功を見せてやるあるじがない。あとにのこった越前家の家中の俗輩やその妻子を安堵《あんど》させるために、おれが命をすてて槍《やり》をふるわねばならぬ義理はどこにあろう」

ふしぎな理くつだが、要は、宮仕えのきらいな男なのであろう。

才蔵がふすまをあけたとき、勘兵衛は、部屋のまんなかで、ぽつりと置きわすれられたようなかっこうで酒をのんでいた。

「おう、まいられたか」

勘兵衛は、むきなおって敷きものをすすめ、さっそく徳利をとりあげた。

意外な小男である。

しかし、目がするどくあごが大きく張った顔は、ひと目で尋常の男でないことがわかる。

「さいぜん、貴殿が井戸ばたで水あびをなされているのを、非礼ながら拙者はこの窓から拝見していた。そのご様子、身ぶり、口のききよう、男とはかかるものじゃと、感服いたしした。ぜひ、お近づきに、いっこん、つかまつりたいと思い、亭主に口上《こうじょう》申させたしだいでござる。拙者は、越前牢人、御宿勘兵衛と申す者であるが、お手前は、なんと申される」

「名は、ござらぬ」

「左様か。ならばききますまい」

勘兵衛はこだわりもせず、才蔵に酒をすすめ、自分も飲み、

「うまい。これは法楽じゃ。酒は、みごとな男とのむとき、いちだんと味良うなる。ところで、お手前は、なんの用で大坂にみえられた」

「見物でござるよ」

うそとわかりきっているが、勘兵衛はふかく詮索《せんさく》せず、

「拙者は、あの城に身を売りにきた。旅籠の軒下にかかげられた宿札をごらんなされたであろう」

「拝見した」

旅籠の入口に「越前牢人御宿勘兵衛様御宿」と、まるで大名の宿陣のような、ぎょうぎょうしい看板が、かけられていた。

「あれをかけて、拙者は、ただ、ひねもす酒を飲みくろうている。宿札をみて、たれかが買いに来るであろうと思うてな」

「きましたか」

才蔵は、おかしくなってきた。

「来たわさ。豊臣右大臣家のさる重臣が、二千石でどうであろう、と来た。むろん、値があわぬゆえことわると、別の重臣がきて、四千石でおいでくださらぬか、ときた。これもことわった」

「それは惜しいことをなされましたな。たとえ二千石が千石でも、いまの無一物のご境涯《きょうがい》からみれば、過分でござろう」

「わしは、御宿勘兵衛じゃよ」

杯をひと息にのみほし、

「むさぼりはせぬ。しかし、すこしは世に知れた勘兵衛が、二千、四千の石高で身を売ったとあれば、天下の物笑いじゃ。石高は、武士の器量をはかる目盛りゆえ、安うは売れぬわ」

「いかほどで、手をうちなさる」

「やはり、万石以上じゃな」

と勘兵衛は、塗りのはげた杯の底を、急にさびしげに見つめて、

「万石以上で話がきまらねば、わしは、野山に隠れて、世をすてるつもりでいる」

「男でござるな」

「いかにも。男とは、そうしたものよ」

翌朝、才蔵は大坂を発《た》ち、いったん堺《さかい》の町に出たあと、高野街道を紀州九度山にむかった。

ときどき茶店などに立ち寄っては、

「数日前、この街道を紀州にむかって女乗物の一行が通らなんだか」

ときいた。たいていは、

「たしかに通った」

とうなずいた。もともと、旅人のゆききのすくない街道なのである。乗物を使っての旅姿が、めだつのであろう。

しかし、この街道の宿場のある泉州の百舌鳥《もず》八幡のあたりまでくると、一行の足どりが消えた。たれもが、

「見かけなんだ」

という。

（妙じゃな）

消えたか、と失望したが、あるいは、百舌鳥八幡につくまでのあいだに一行は乗物をすて、旅装をかえてしまったのかもしれない、とおもいなおして、

「さすれば、女づれの四、五人の者を見かけたであろう」

街道の馬子《まご》たちは、

「左様な者なら、日に何組も通る。いちいちおぼえられぬわい」

「そうか」

しかたがない。

そろそろ、日が暮れはじめていた。

(今夜は、夜をこめて歩きつづけるか)

見まわすと、このあたりは、丘陵が多い。

多くは、大むかしの天子や土豪たちの陵墓《りょうぼ》であったという。そのそれぞれには、樹《き》が生いしげり、小さな密林の体《てい》をなしている。

ほんの数十年前までは、そういう天子の陵墓に、土地の武士がトリデをきずいたり、盗賊が洞穴《ほらあな》をほってすみ家にしていた土地なのである。

もっとも、いまも治安はよくない。

すでに徳川の天下とはいえ、このあたりは幕府の威権がおよばないのだ。なぜなら、摂津《せっつ》、河内《かわち》、和泉《いずみ》の三国は豊臣秀頼の領地であり、いわば幕府の治外法権の土地だった。

自然、諸国で犯罪をおかした兇徒《きょうと》、盗賊のたぐいが、この土地に入りこんで息をついている。

街道すじの民家が、日ぐれ前から戸を閉めきっているのは、そのせいであろう。

(追いはぎでも出そうな道じゃな)

ところが、才蔵が古墳《こふん》と古墳のあいだを通りぬけて、山坂にさしかかったとき、案のじょう、

「おい」

とよびとめる数個の人影があった。

「なにかな」

「関銭《せきぜに》銀一枚を置いてゆけ」

「ほう、ここに関所でもあるのか」

「あほうなことをいうやつじゃ。昼間ならいざしらず、日が暮れれば、街道筋はわいらの領国よ。どこに関所をおこうと、勝手であるわい」

「すると、おのれらは盗賊じゃな」

「いま、気づいたかよ」

ひとりが、ゆっくりと近づいてきて、にくにくしげにあごをあげた。

その瞬間、

「ぎゃっ」

とそのあごが鳴いた。それが首もろともに吹きとんで薄暮の路上に落ちたのは、一瞬のあいだでしかない。

「見たか」

才蔵は、ひく云って、刀をぬぐった。

「どうだ、苦情があるなら仲間の仇を討て」

才蔵は、ころがった盗賊の首をつまさきで蹴《け》って、ぐるりとねめまわした。

三人いる。

どの男も、気をのまれて、ばかのようになっていた。けんかは、相手の出鼻をどうくじくかで、勝ちがきまる。

「どうした。あだを討たぬのかえ?」

才蔵はつっ立っている男たちのほおを、抜き身の腹でぴちゃぴちゃとたたいて、

「順に、名を申すがよい」

「へい、銀助」

と青くなって答えた。

「そちは」

「耳次《みみじ》というんで」

「いまひとりは」

「さぶ、と呼ばれていやす」

「よい名ばかりじゃ。ついでに、棟梁《とうりょう》の名もきいておこう」

「へい」

と耳次という男が、愛想わらいをうかべて、

「もずノ太郎助と申しやす」

「いまどこにいる」

「そこのふたご塚という塚穴のなかで住もうていやす」

「よし、それできめたぞ」

才蔵は、歯をみせて、

「棟梁のもとに案内《あない》せい」

「どうなさるんで」

「いまから棟梁を斬《き》る。盗み貯《た》めた金銀があればわしが召しあげよう。その金はのこらず分配してやるゆえ、道案内せよ。それともいやか」

「め、めっそうもない」

と、三人は先に立って坂をのぼり、草の道をわけた。

やがて大きな塚の前にまで出た。

田舟をうかべて堀をわたると、入り口は岩をかさねて岩室《むろ》のようになっており、才蔵はなかをのぞいてみた。内部に、ほのかに光がある。

「耳次よ」

「へい」

「棟梁に山火事だといえ」

「承知」

耳次は叫び声をあげた。やがて、肥えふとった大男が、這《は》い出てきた。才蔵はその横面を力まかせに蹴って、

「もずノ太郎助とは、そちのことか」

「うぬっ」

太郎助はころがりながらも、意外なほどのすばやさで、いきなり大刀をぬき、足を薙《な》ぎはらった。野盗ながら刀法の心得がある。が、その刹那《せつな》、才蔵は、三間うえの松の枝にとびあがっていた。

「ここにいる」

腰をおろして下を見、

「どうじゃ。おれはこれから紀州の九度山という所にゆくが、おれの手下になるならば、命はたすけてやろう」

「痴《し》れたことを。おのれは、お国《くに》の身よりじゃな」

「お国の……」

たれのことだ。わからない。

もずノ太郎助は、つぶてを拾うと、目にもとまらぬ早さで才蔵に投げた。あやうく顔をそらしはしたものの、石は左の耳たぶをわずかに切りさき、やがて薄闇《うすやみ》の空に飛んで、堀のなかに落ちた。

それが太郎助の芸らしく、矢つぎばやに石が飛び、さすがの才蔵もかわしきれなくなって、

「いそがしいわざじゃ。これは降りねばなるまい」

「おう、みごと降りられるならば、おりてみよ」

太郎助は刀をかまえて待った。

そのとき才蔵の刀が天空で一閃《いっせん》し、松の上枝が音もなく断ち切られ、まっすぐに太郎助の頭上へ落ちた。

（あっ）

太郎助は、枝を避けようとして位置をかえた瞬間、脳天がふたつに割られた。才蔵は、すでに地上におり立っている。

首領の死骸《しがい》を御陵の堀に蹴こむと、才蔵はむきなおって、

「おのれら」

と、どなった。

「まだ、かくしているな。中にもう一人いる気配がする」

「へい。そ、それが」

「たれが、いるのか」

「つい先刻、街道筋からかどわかしてきた女巡礼で、名はお国と申すらしいんで」

「すると、おのれらは娘盗《むすめと》りまでしていたのじゃな」

「棟梁のいいつけでござえやす」

「叱《しか》っているわけではない。娘盗りとはずいぶんとおもしろかろう。その娘をこれへ出せ」

「棟梁……」

耳次が、愛想わらいをうかべていった。この男は、いつのまにか才蔵を棟梁とよんでいる。この腕のたつ牢人《ろうにん》を、あたらしい首領に立てて仕えるつもりらしく、

「その娘を、今夜のお伽《とぎ》にしなさるおつもりなら、ここから半丁ばかりさきにもう一つ塚穴がござえやす。寝わらも敷いて支度をしておきやすゆえ、そこでおやすみなさ

れまし」

「よう気のまわる男じゃな」

　と才蔵は苦笑して、

「それはしばらく考えておこう」

「左様でござえやすか。では、娘をここへ引きずり出してまいりやしょう」

　耳次は、いそいそと穴のなかへ入った。

　不意のことだ。耳次が消えるのを待ちかねたようにして、銀助とさぶが、左右から同時に斬りかかった。才蔵はあやうく身をかわした。

「ばかめ」

　左手の指を二本立てて、さぶの両眼を突きえぐった。

　わっ、とさぶは顔をおさえ、体をたたきつけるようにして地にころがった。そのまずるずると斜面をすべって堀へ落ちてゆく。

　才蔵は残った銀助のほうへむきなおると、

「刀をすてい。盗み貯めた金銀をすべてくれてやるというのに、なぜさからう」

「女がほしいのよ。あれは、おのれが奪《と》るつもりであろ。男とうまれて、あれほどの上物をむざむざと奪られとうはない」

「それほどよい女か」

「おのれ、これでも食らえ」

銀助は、横なぐりに斬りつけてきた。才蔵はわざとあおむけざまに転倒した。その勢いで相手のふぐりを蹴りあげると、ぎゃっ、と銀助は悶絶《もんぜつ》した。

その銀助も水音をたてて堀に吸いこまれたとき、耳次がふるえながらはい出してきた。

「あっ、棟梁、見やした」

地にはいつくばって、

「わたしは銀助やさぶのような悪心をおこしませぬゆえ、このさきあなた様の手下にしてくだされまし」

「可愛《かわゆ》いことをいう。まず、その女の装束《しょうぞく》のよごれをはらってやれ」

一見、歩き巫女《みこ》のような装束をした女が、うなだれてすわっていた。まだ、齢《とし》ごろは二十二、三であろう。

顔を伏せていた。才蔵は、

「女」

といってから、だまった。女は、チラリとうわ目で才蔵をみた。才蔵は、声が出ず、身のうちがふるえた。それほど、女はうつくしかったのである。

(ただの巡礼ではあるまい。武家女じゃな)

「とくと、顔をみせよ」

胸に、うずきが走った。女をひと目みて、これほどの思いをもったのは、はじめてであった。

(また、か)

雨のことである。

(降りはじめたな)

才蔵は、山の旅籠《はたご》の部屋の障子にもたれ、庭のあじさいの茂みをたたく雨脚《あまあし》をみながら、まゆをひそめた。もう二日もふりつづけている。

杯をふくんで、ふりむいた。そこに女がいる。その女のかげの重さが、才蔵の心の負担になっているのだ。

「お国」

とよんだ。例の、百舌鳥《もず》のふたご塚でたすけた巡礼女である。

「そのように固く押しだまっておられるとおれの心が重うてかなわぬわ。酒でも飲んだらどうじゃ」

「…………」

「あいかわらず、オウシ（啞）か」

まる二日、この女は口をきかない。

「こまったおひとじゃな」

才蔵は、ひと息にのみほすと、それを合図のように日が暮れはじめた。

旅籠の屋号を、貝塚屋治兵衛という。高野《こうや》街道に面した、岩室《いわむろ》というさびれた宿場のやどである。

「そちは、雨女じゃな」

からかった。

「そなたをたすけたときから、ずっと雨がふっている。八大竜王と親戚《しんせき》づきあいでもあるのか」

「…………」

そのとき、ふすまが細くひらいて、耳次が首を出した。

「棟梁、お酒はまだございますか」

「いささか、とぼしくなっているな」

「ちょっと里まで走って求めてまいりやしょう」

「金はあるのか」

「ご冗談をおっしゃられます。耳次は、こうみえても、うまれてこのかた、ぜにを出して物を買うたことはござりませぬ」

「妙な自慢じゃな」

「京大坂は知らず、泉州の盗賊仲間では、けむりの耳次といえば、すこしは通った名前でございます」

「けむり、とは」

「へい。相手の気づかぬまにヒョイと盗みますゆえ、人は左様に申しますので」

「どうせ、茶店のまんじゅうぐらいを盗むのが、せいいっぱいではないか」

「棟梁、せっかくご酒興の最中なれど」

「その棟梁はよせ。おれまで盗賊の親玉のような気がしてくる」

「なかなかもって。よい折りゆえ申しまするが、棟梁は、お見かけしまするところ、ただのお武家ではありますまいな」

「なんとみる」

「伊賀者」

「なに」

才蔵が、ぎょろりと大きな目を光らせたのは、耳次に対してではない。伊賀者、という言葉をきいたとたん、いままでうなだれていたお国が、はっと顔をあげて才蔵をじっと見つめたからである。

「そこで、この耳次は、ぜひとも棟梁のお弟子《でし》になり、伊賀流忍術を身につけたいのでございます」

才蔵は相手にならず、

「耳次、はよう酒を求めて来い。ぜにはここにある。ひとしずくでも盗むと命はないぞ」

鳥目《ちようもく》を投げ、耳次が出てゆくのを見すますと、

「お国、正体が知れた。かくさぬほうが身のためじゃ」

お国は、だまっている。

「いわぬか」

才蔵はたちあがった。

「いわねば、不本意ながら痛い目にあわするぞ」

お国は、ちらりと才蔵を見あげ、かなしげな目もとをした。その表情をみて、

(これは、ならぬ)

才蔵は狼狽《ろうばい》した。どうしたことか、お国への愛《いと》おしさが、才蔵の胸をつきあげてきたのである。

「これへ来《こ》よ。来ぬか」

声が、この男に似あわずあわてていた。

「はい」

はじめてお国は、かぼそい返事をし、才蔵の前へにじりよってきた。その意外な従順さがわるかったかもしれない。才蔵の中に、奥歯で歯ぎしりするような残虐《ざんぎやく》な男が誕生していた。その残忍な衝動が、お国へのはげしい愛おしさのあらわれであるとは、才蔵も気づいていない。

「どうじゃ、お国、すなおに正体をのべたてよ」

「…………」

「わしの見るところ、このわしが何者であるかを、そちは知っている。ではないか」

「…………」

「しぶといおなごじゃな」

「…………」

「こうしてくれねばならぬ」

刀の鞘《さや》をお国のほそい左の首すじにあて、右の腰を蹴った。あっ、と、お国はたおれ、すそが割れた。白いはぎが出た。

「うつ伏せに」

と才蔵は、見まいと目をつぶり、

「伏せい」

「いやでございます」

「きかぬと、こうする」

鞘でこじると、お国のからだは、苦もなくうつ伏せになり、長い髪がみだれて、たたみのうえにさらさらと散った。

「厭《いや》」

かなしいほどに、お国はかわいい悲鳴をあげた。一瞬、才蔵も、悲しげな表情をした。

「ならば、もうせ。正体をあかすのがいやなら、なぜわしの名を存じているか、それを明かすだけでもよい」

「わたくしは、あなた様のお名前など存じてはおりませぬ。ただの巡礼でございますのに、折檻《せっかん》をなされるのは、理不尽でございます」

「うそを申すでない」

才蔵は、お国の背のなかほどに刀のコジリをあて、ぐいと力を入れた。

「………」

お国は、くちびるを嚙《か》んで、その痛みをこらえた。

「高野山は、女人《にょにん》は禁制であるのに、なぜ巡礼などに姿をやつした。あさはかな智恵であったな」

「ちがいまする。高野山の女人堂に詣《まい》るのでございます」

「そのあとは」

「大和の女人高野（室生寺《むろうじ》）に詣りまする」

「生国は、どこじゃ。どこから来た」

「加賀の金沢」

「また、へたなうそをつく」

才蔵は、コジリに力を入れ、

「金沢のなまりがない。それに、金沢からはるばるときたにしては、日焼けをしておらぬ。ありようは大坂の隠岐殿の手下の者であろう」

そのあと、お国は貝のように唇《くちびる》をとざして、しばらく口をきかなかった。

才蔵は、ずけりと、

「隠岐殿の侍女なのか」

「…………」

お国は、うなだれたまま、小指のツメで、たたみのふちを、小さく掻《か》いている。

「それとも、妹なのか。そう申せば、おもざしがどこか似ているな」

「…………」

と、小指が、とまった。

「なるほど、妹ときまった」

しかし、小指が、ふたたび動きはじめた。

「ちがうのか」

小指が、とまった。

「だまっていてはわからぬ」

ちらりと、お国の切れながの目が才蔵をみて、すぐ伏せた。くすり、と吹きだした

いような表情が、そのホオにうかんだ。才蔵も、つい、つりこまれて、

「おかしいのか」

「ん……」

といったような目で、お国は見あげた。

「おれの云いかたが、か」

「いいえ」

含み笑いをしている。ひどく才蔵に好意をもちはじめているような微笑だった。しかしその微笑が、あいかわらずなぞであることはかわりがない。

「いや、よそう」

才蔵も、われながら、つまらない問答のくりかえしだと思いなおした。

「わしは、こう思うのだが、話をきいてくれるか」

(どういう?)

といいたげな表情をしてお国は首をかしげた。

「ここに隠岐殿という者がいる。それが、青姫という公卿《くげ》むすめをつれ、供まわりをそろえて、紀州九度山《くどやま》にいる真田幸村のもとに出かけた。途中、紀州領は浅野家ゆえ、服装のめだつことをおそれ、巡礼のふうに着かえた。その中に、そちも入っていたの

であろう。ところが、百舌鳥《もず》のあたりまできたとき、そちだけは所用があって一行と離れたところを、盗賊にかどわかされた。ではないか」

「…………」

「返事をせぬならば、そうと決めた。東海道や京街道のごとき天下の本道なら知らず、かような高野街道で、そちのような武家女が歩いていることからして、そもそもあやしい」

「ただの巡礼でございます」

「またぬけぬけという」

「もし、そのとおりと致しますれば、どうなされますか」

「どうしようと、わしの勝手じゃ。やはり、わしの推測のとおりじゃな」

「隠岐殿などという女性《によしよう》は、わたくしは存じも寄りませぬ」

「それ、語るに落ちた。隠岐殿が、女性であるとはなぜわかるのか」

さすがにお国は、はっと顔をこわばらせたが、すぐ、微笑に隠した。あるいは、度胸をきめてしまったのかもしれない。

「さきほど、あなた様はおなごとおっしゃられました。ではございませぬか、霧隠《きりがくれ》さま」

才蔵のほうが、顔色をかえる番だった。

「存じておりますわ」

お国が、いった。どこか開きなおってしまった態度である。その意外にあかるい声は、才蔵をひどくあわてさせた。

才蔵は、われながらおろかな問いだと思いながら、

「するとそちはやはり隠岐殿の手の者であるのじゃな」

「左様なことは、どちらでもよいではありませぬか」

低い声だが、云いおわってふっと微笑《ほほえ》んだ女の表情は、おもわず引きよせて抱きしめてくれようかと思うほどに可愛かった。

「どういう意味だ」

「お国は、才蔵さまがおっしゃられるとおり、隠岐殿の一行からはぐれてしまい、盗賊に狼藉《ろうぜき》されました。あやういところを救《たす》けていただいたご恩は、わすれませぬ。しかし、あなた様とわたくしとの関係は、それだけでございましょう」

「それだけ、とは?」

いう意味がわからない。

「お国にとって才蔵さまは、だいじな恩人」

「恩をきせるわけではない。そちが、何者かときいている」

「おんな、でございますわ」

「女？」

「と、申すだけで、よいではございませぬか。お国は、なにもだいそれた身分や役目の者ではありませぬ。ただの女でございます。左様にきびしゅう詮索《せんさく》なされると、お国は悲しゅうなりまする」

（うそじゃ。かように頭のはたらきのよいおなごが、なんの芸もない腰元風情《ふぜい》ではあるまい）

お国の、白くかぼそい頸《くび》すじに、青い静脈がすけてみえる。それをみているうちに、才蔵の心に、追及する張りが消えはじめた。

「ただひとつ訊《き》いておこう」

「もうおやめくださりませ」

「おれが、霧隠才蔵であるとは、なにゆえにわかった」

「耳次どのが、不用意にも伊賀者、と口走りましたゆえ」

「それだけではあるまい」

「お見うけしましたお骨柄《こつがら》が」

「かねてきいていたとおりだったのか」

「はい。ただ、霧隠才蔵という伊賀者は、鬼をもひしぐような男じゃ、とうかがっておりましたのに、意外におなごにやさしいお方でございました」

「おのれ、なぶる気か」

才蔵は、にがっぽく笑った。ここで笑ったことは、才蔵の不覚だったろう。男が女に負けるとき、このような表情をする。

「なるほど鬼よ、伊賀者は。伊賀者には、世の常の人間の心はもたぬ。善も悪もない。必要とあればなにをするかもしれぬぞ」

「いいえ、お国はそのようには思いませぬ。才蔵さまのような殿御《とのご》にたすけられて仕合せに存じます。お国は、お頼り申上げてよろしゅうございましょうか」

「鬼にたよる阿呆《あほう》があろうか」

才蔵の声は、弱い。今夜は、この女のいうとおり、ふたりは、ただの男女になりはてることであろう。

才蔵は、そういう予感で女を見つめた。女も、おなじ予感をふくんだ表情で、才蔵の視線をうけとめていた。

翌朝、ひどくまぶしい旅の空が、才蔵とお国を待ちかまえていた。お国は、才蔵と目をあわせるのを避けるようにして、笠《かさ》を伏せてついてくる。

岩室ノ宿《しゅく》から二里半の坂をあるいて三日市の宿場に入ると、街道わきの茶店に山伏《やまぶし》の一団が群れていた。

「耳次、耳次」

「へい、ここに」

「このあたりに、山伏の行場《ぎょうば》でもあるのか」

「ござる」

才蔵の家来気どりでいるこの男は、いつのまにか武家ことばをつかっていた。耳次は、東の空にそびえる峻峰《しゅんぽう》を指さしながら、

「あれが、河内《かわち》の金剛山《こんごうざん》でござる」

「ほう」

東にむかって目をほそめた。名はきいていたが、はじめて見る山である。

この国に、かつて天子が二人いたことがあった。その天子たちがそれぞれ武士を擁して南朝と北朝にわかれてあらそっていたころ、南朝の天子が流浪《るろう》し、この金剛山に

住むひとりの無名の武士の援助を乞《こ》うた。

武士は、俠気《きょうき》のある男だった。敗残の天子に肩をたたかれたことに意気を感じ、近在の山伏や百姓武者をかきあつめて、天下の軍兵《ぐんぴょう》を相手に、神出鬼没のはたらきをしたうえ、ついには天子を京にもどして政権を回復させたというはなしである。この男が試みた攻防戦の絶妙さは、いまだにそれをしのぐ武将が出ていないほどである。

「あの山には、そういう話が伝わっている」

「男とは、なんという名でございます」

「楠木《くすのき》なにがしと申したそうじゃ」

才蔵も、楠木正成という名まではおぼえていない。

「すると、この近在の地頭（領主）であったのでございまするな」

「地頭という歴《れっき》としたものではなく、山伏、野伏《のぶせり》のたぐいではなかったか。それは昔話と思うたのに、いまだにこの金剛山には、山伏が巣食うておるわけじゃな」

「嶮山《けんざん》でござるゆえ、岩場を行場とし、峰つづきの葛城《かつらぎ》山頂にある金剛山寺《こんごうせんじ》を根城に修験《しゅげん》の妙法をおさめているのでございます」

「しかし、あの山伏どもは、この山の山伏どもではあるまい」

「はて？」

「この山で永年修業するものなら、三日市の茶店のじじいと、ひとりぐらいは親しんで口をきく者があろう。十人が十人とも茶店の前にかたまって、ひどく顔つきが固い。あれは、土地に馴《な》れた者ではあるまい」

お国が、そのとき、山伏のうちのたれかにむかってわずかに笠をあげたのを、才蔵は見のがさなかった。

山伏の群れから離れて、一行は天見川《あまみがわ》の渓流《けいりゅう》に出た。

才蔵らは、その上流の紀ノ見峠をめざして渓流ぞいの道を南へのぼっていった。

「お国、つらいか」

ときどき、才蔵は声をかけてやる。そのつど、お国は杖《つえ》をとめて、汗ばんだ美しい顔に微笑をうかべるのである。

「いいえ」

青葉のしげりがふかい。

ときどき、樹木の茂みに風がこもって、むせるような暑さになる。

「つらければ、背負ってやってもよいぞ」

「いいえ」

「もう遠慮はいるまい。肩へ乗るがよいぞ」

「よろしゅうございます」

「よいのか」

こっくりとうなずいた。

「紀ノ見峠の宿場まで、あと二里じゃ。ゆるゆるとのぼるゆえ、つらくともついて来い」

「はい」

妙なおんなである。いかにも従順な様子でいるのだが、どこかよそよそしい。昨夜、ちぎりをかわしてただならぬ仲になったはずの才蔵を、どういう気持でみているのだろうか。

才蔵は、先に立って歩きながら、

「耳次」

と声をひくめた。

「三日市の茶店の前にいた山伏の群れは、まだのぼって来ぬようじゃな」

「そのようで」

「様子をさぐって来い。おれは、夕刻には紀ノ見峠のいずみ屋という宿にいる」

「心得ました」

「待て、お国には、落しものをしたゆえ探しにゆくと申しておけ」

「へい」

耳次は、元気よく道をくだって行った。

「お国、すこし根《こん》をつめすぎたようじゃ。ひと休みをするか」

「のどが、かわきました」

「その岩間に、清水が滴《したた》っている。汲《く》んでつかわそう」

「お国が汲んで差しあげまする」

「よい。わしのほうが、手が大きい」

「才蔵様は、のどがかわきませぬか」

「三日水をのまずとも、たえられるようにできている」

才蔵は、てのひらに、清水をうけながら、

「唇《くちびる》をつけよ」

お国が、才蔵のてのひらに顔を伏せて、こくこくと水をのんだ。才蔵はお国の唇の意外に生きいきとした感触を楽しいものに思いながら、ふいに、顔を伏せた女の虚をつくことをいった。

「そち。さきほどの山伏のひとりに、会釈《えしやく》をしたな」

「えっ」

顔をあげた。唇がぬれている。その唇を見ているうち、才蔵は、次の言葉を失った。つきあげてくる欲情にたえられなくなったのである。

「お国、このあたりは人が来ぬ。寝よ」

「まあ」

一瞬、才蔵のいう意味がわからなかったのであろう。が、すぐ安堵《あんど》した表情になったのは、才蔵が、山伏の一件を追及しそうにないとみたからに相違ない。

「ここでは、いやでございます」

お国は耳もとまで赤くなって、やっといった。

才蔵は、ゆっくりと手をのばしてお国の腰に触れ、

「これに」

といった。胸にもたれよ、というのだろう。お国はそのとおりにした。いや、しようとした。その瞬間から、お国は身が軽くなってしまっていたのである。かるがると、抱きあげられていた。

「目をつぶっていよ」

あっ、お国はおびえた。目をあけた。空にうかぶ雲が、回転していた。ふたたび目をつぶった。

最後に目をあけたとき、あたりの景色が一変していた。お国はすべてをわすれ、まるで童女のような表情になって、才蔵を見た。

「これは」

「おどろくほどのことはない。さきに居た路上から、すこし上のガケにのぼったまでじゃ」

「才蔵様は」

「なんじゃ」

「天狗《てんぐ》さまですか」

「ではなかろうな。天狗なら、おなごに不覚な惚《ほ》れざまはすまい」

「おなごとは、たれのことでございます」

「そちのことよ」

「わたくしにお情けを致されたことが、それほどに不覚なのでございますか」

「いずれ、不覚な結果になろう」

「お国には、わかりませぬ」

お国は、もとの落ちついた表情にもどっていた。

「帯を解け」

「厭《いや》」

「なぜか」

才蔵は、表情をくずさない。

「かように明るい場所では。……おねがいでございます。紀ノ見峠のお宿まで、待ってくだされませ」

「いやなら、詮《せん》はない。わが手で解くまでじゃ」

「待って」

「どうした」

「解きまする」

お国は、ゆうべも見せた、あの開きなおった態度にかわった。目のさめるほどにあかるい微笑がそのほおにうかんだのをみて、才蔵は小さくおどろいた。

「な」

とお国が小首をかしげた。

「才蔵様は、お国が好きであろうな」

帯をゆるめながらいった。

才蔵は、にがい顔でその微笑をうけとめている。

「好きなどとは男のいうべき言葉ではあるまい」

「もしおきらいならば、かようなことはなさらぬでありましょう。な」

(こいつ、何者だろう)

疑念が、また頭をもたげるのである。

「好きならば、どういうことになる」

「好き、とおおせくだされませ」

才蔵は、だまっている。

お国は、才蔵のひざの上に身をもたせかけ、そっと目をつぶった。

小半刻《こはんとき》たった。

才蔵とお国は、あいかわらず、紀ノ見峠へのぼる道をあるいていた。

日が、ようやく、かげりはじめている。

そのとき、どこかの峰から、ひくい、しかし底ひびきするような山伏の貝笛の音がきこえてきた。

鳴りおわると、それに呼応するように、別の峰からもひびきわたった。

お国が、ちらりと才蔵を盗み見た。才蔵は、意にも介せぬ顔つきで、黙然とあるいている。

紀ノ見峠のやどは、山を背にして杉木立《すぎこだち》の中にあった。

旅籠《はたご》の前の道を南にくだれば、すでに紀州領になっていた。

さすがにここまで来れば、山はよほど高くなっているのであろう、日が暮れたあとは、まるで秋のようなすずしさだった。

「さびれた宿場でございますね」

「高野《こうや》もうでの者以外は、とまる客がないのであろう」

事実、旅籠の客は、才蔵とお国だけだった。

「世話をかけるな」

立ち働くお国にいった。

「ホホ」

とお国は、とりあわずあかるく笑った。旅籠に女中がいないために、煮たきや膳《ぜん》のととのえは、お国が紅《べに》の片《かた》だすきをかけて、かいがいしくはたらかねばならなかった。

「こうしてみると、別人のようであるな」

「なにを申されます。左様にお見つめになってはいけませぬ」

「よいではないか。そちに膳部の支度ができようとは、おもいもかけなんだことよ」

「女でございますもの。出来ねば、おかしゅうございましょう」

みればみるほど、ふしぎな女なのである。その所作や振舞が変わるたびに、才蔵は、この女のあたらしい魅力を発見させられていた。

（いや、お国のせいではない）

とも考える。

（お国を見るおれの目がゆがみはじめたのじゃ。公卿《くげ》言葉でいう恋とは、このことであるかもしれぬ）

そう思った瞬間、才蔵は、にわかにいやな顔をした。

（伊賀者に恋はないはずじゃ）

恋をすれば精神の自由をうしなう。心がとらわれるために、通力をうしなうといってもよい。幾多のすぐれた伊賀者が、恋のために命を落した。

伊賀者の隠語で、女をくノ一とよんでいる。女という字を分解したものである。

（女とは、ただ、それだけの存在にすぎぬ）

才蔵は、おもった。それが伊賀者の伝統的な女性観でもあった。

お国は膳部のうえに酒肴《しゆこう》をととのえながら、

「なにをご思案なされております」

「そちが、人か狐《きつね》かと考えている」

「まあ、きつい申されようではありませぬか。お国のどこがきつねなのでございましょう」

「いや、人よりも狐のほうがおもしろい。化《ば》かされる楽しみがある」

(それにしても)

才蔵は別のことを考えていた。

(耳次のもどりが遅いな)

さきほどから、気になっていたことだ。山伏の様子をさぐりにやらせてから、もう五時間はたつのである。

(あの男には、むりな仕事だったかもしれぬな)

その夜、ふけてから、寝所の雨戸をたたく者があり、お国が目をさまして、

「わたくしが見て参りましょう」

「よい。おれが行く」

暗やみの中でいそいで装束をつけ、刀の鯉口《こいぐち》をきってから、一挙に雨戸をはずした。

そとの杉木立は、すごいほどの月明である。

縁側から見おろすと、男がたおれていた。月あかりの地上でうごめいている。

「耳次ではないか」

気をうしなっていた。才蔵はだきあげ、部屋にかつぎ入れた。

「お国」

才蔵は、お国をふりかえった。どういうわけか、お国の目に落ちつきがなかった。

「焼酎《しょうちゅう》とサラシを持って来い」

「おけがでございますね」

「さいわい、刀きずはない」

刀きずはなかったが、全身を棒でめったうちになぐられたあとがあった。すり傷は、おそらく、なぐったあと、ガケの上から蹴落《けおと》されたためだろうか。

（山伏にだいぶ痛められたな。ここまで、よくのぼって来れたものだ。雨戸をたたいてから、安心して気をうしなったのか）

才蔵は、耳次の全身を焼酎であらい、傷口にあぶらを塗って、手ぎわよくサラシをまいてやった。そのころになって、耳次は、ようやく気をとりもどした。

顔をしかめている。

「痛むか」

「へい」

「山伏にやられたな」

「そのとおりで」

耳次が語ったところでは、山伏たちは、今夜、才蔵をこのやどに取りかこんで、かれを殺そうとしているらしい。その様子を一時も早く報《し》らせようとおもって山坂をはいのぼってきたという。

「そうか」

才蔵は考えた。やがて、

「耳次、立てるか」

「た、たてぬことはありませぬ」

「よし。裏口から山のほうへ逃げていろ」

「お国どのは、ど、どうします」

「お国?」

そんな女がいたか、というような顔を才蔵はして、

「あれなら、もうこのやどにはいまい。いまごろは、山伏のむれの中に逃げこんでいるだろう」

「ほほう、あれは山伏の一味でありましたか。おなごは、あてになりませぬな」

「人間、たれがあてになる。そうじゃ。耳次、お前は伊賀流忍術をまなびたいと申していたな。裏口から逃げろといったが、気が変わった。お前に今夜は、山伏どもを相手にたんのうするまでみせてやろう」

「ありがたし」

耳次が目をつぶって、あけたときは、部屋のどこのすみにも、才蔵の姿はなかったのである。

才蔵は、そのころ足音もなく杉木立の庭の物影をひろいながら歩いていた。

いつのまに着かえたのか、黒い忍び装束に身をかためている。

ふと、月が、雲にかくれた。

峰のほうには、風がつよくなりはじめているらしい。

その風に乗るようにして、旅籠のまわりを取りかこんだ影のむれがあった。

「あれが、才蔵の部屋じゃな」

山伏の一人が、指さした。

「灯《ひ》がともっておるわ」

「まだ、気づかぬとみえる」

「いや、伊賀ではきこえた男じゃ。ゆだんはできぬぞ」

山伏たちの襲撃法は、たくみなものだった。一時に乱入するような下手《へた》はしない。旅籠の三つの出口に弓組を三人ずつ置き、その背後に主な戦力である錫杖《しゃくじょう》組がかため、指揮者のまわりに火術組が、指令をまっている。首領が、

「火をかけよ」

という命令さえくだせば、かれらはあぶらと火薬をふくませたワラに火をつけ、一せいに建物のなかに投げこむのだ。

ほかに、刀術組というのがある。剣の達者をそろえてあることは、いうまでもない。

一団の首領は、山伏の装束をして老杉《ろうさん》の下にいた。

ひどく小ぶりな男である。

この男だけは、顔を茶色の布でつつんでいたが、からだつきからみて、猿飛《さるとび》佐助に相違なかった。

佐助は、木の下の苔《こけ》のうえにヒジをついて寝ころんでいた。夜は、立っているよりも寝ころんでいるほうが、もののかたちが見えやすい。忍者のチエである。

（たしかに、才蔵は部屋にいるな）

佐助は草の間から目をひからせながら、そう見ていた。

それぞれの組の指揮者をよんで、

「まず、刀術組が雨戸をやぶって入れ。才蔵がおれば、おしつつんで必ずひと太刀だけは撃ち、ふた太刀目には逃げよ。あとは弓組が押し出て射すくめ、ひるむところを錫杖組が出るのじゃ。討ち損ずるな」

「承知つかまつった」

まず、刀術組が、風のように走った。

雨戸を蹴やぶると、部屋のあかりが、たばになって外へあふれ出た。

「いない」

山伏のひとりが、拍子抜けしたようにつぶやいた。

膳部や酒器が散乱している。

「にげたか」

もう一人の山伏がいった。

「しかし逃げるならば、灯を消して逃げそうなものじゃ」

三人目の山伏がつぶやいて、燭台《しょくだい》のそばにちかづいた。山伏の目がキラリと光った。

妙な燭台である。

ふとい青竹のすそを三つに割って立て、そのうえに素焼の油皿《あぶらざら》をのせただけのひどくそぼくなものであった。

「これは宿の燭台か」

「ちがう。おれは、あらかじめこの宿を検分したから知っている。粗末ながらも、黒うるしのものであった」

「そうであろう。いくら田舎やどでも、かようなものを座敷に出すまい」

山伏は、おそるおそる燭台をのぞき、やがて、あっといった。

「これは、伊賀で葬儀につかう燭台ではないか。通夜《つや》の夜、棺の前に、これを置くというはなしをきいたことがある」

「才蔵のしわざじゃな」

「ゆだんは、すまいぞ」

そのとき、一同がぱっと飛びさがったのは、その青竹が、まるで生きもののように一すじの白煙をはきはじめたからであった。

「散れ」

と、口々にさけんだ。が、おそかった。青竹がごう然とはじけ、部屋は、一瞬、白煙でみちた。

煙がようやく薄れはじめたころになっても、五人の山伏は、声もたてなかった。山伏は、すでに五つの首になっていたからである。それぞれ、東をむき、西をにらみ、天井《てんじょう》を見すえて、無造作にころがっていた。

その才蔵の秘術を見ながら、佐助は苔の上に寝ころんだまま立とうともせず、にがい顔をしていた。

(やるわ、なかなか。さすが、才蔵ではある。甲賀者には、あれだけの術者はおらぬ)

その腕が、憎くなった。佐助が、才蔵に対しておぼえた最初の憎悪《ぞうお》だった。

(いまにみよ。かならず仕止めてくれるぞ)

この老杉の下の位置から見すかすと、部屋のけむりは、だいぶ薄れているようであった。

しかし、この異変のなかにも、佐助の配下の各部署の山伏は、月の光の下で微動もしていなかった。佐助が、寝ころんだまま、死人のように沈黙しているからである。

(ひこう。きょうは、負けた)

ようやく立ちあがり、

「人を集めよ」

と、物憂《ものう》そうに命じた。

風のように、山伏があつまってきた。修験者《しゅげんじゃ》の装束をしているとはいえ、いずれも甲賀の忍者なのである。進退は、さすがに水際《みずぎわ》だっていた。

「これで、全部か」

佐助は、月明のなかで、一同を見まわし、目でその人数をかぞえた。

(一人、多いな)

佐助は、にやりと笑った。

「一同、印《いん》をみせい」

印とは、忍者が、おのれの心を統一するときに用いる指組《ゆびぐみ》のかたちで、臨、者、裂、兵、皆、在、闘、陣、前の九つの文字であらわされる九種のカタチがある。俗にいう忍者が「九字を切る」とはこのことをさしている。

が、佐助が命じた印は、あらかじめ、あいことばのかわりに定めておいた「臨」の印のことであった。臨の印とは、まず、両手の五指を組めばよい。ついで、両方の人さし指のみ、天につきたてて腹をあわせるのだ。

「印」

といえば、このばあい、「臨」の字をむすばねばならない。もし結べなければ、それは敵とみていい。

案のじょう、右から三人目の山伏だけは、両手をたれたまま、印を結ぼうともしなかった。

(いた)

佐助は、その男をみた。

男は、かすかに笑ったようであった。

佐助は、身をしずめた。男にむかって草の上をなでるように走りはじめた。佐助がとびあがるのと、佐助の戒刀《かいとう》がキラリと月明にきらめくのと同時だった。男は右ゲサに斬《き》りたおされ、両手をあげ、沈黙のまま、どうと地上にころがった。月がしずかに男の死体を照らしている。

(あっ)

一同は、声をのんだ。

「さ、才蔵でござるか」

「なに、わら人形よ」

佐助は、いまいましそうに刀をおさめると、すでに歩きだしていた。

「ひきあげよ」

「しかし」

と、一同は不服そうに佐助を見た。

「人形でいたずらをしたとあれば、才蔵はまだ、われらの周囲におりますぞ」

「いや、それがあの伊賀者のねらいよ。われわれをこの場に足どめするつもりだったのであろう。いまごろは、山麓《さんろく》の九度山《くどやま》にむかって走っているにちがいない」

佐助が山上で見とおしたとおり、霧隠才蔵は、月の下の峠みちを、影のように走り降りていた。

好機、
とおもった。猿飛佐助が甲賀者を率《ひき》いて紀ノ見峠に出ている以上、九度山の真田幸村の屋敷は、あき家同然であろう、とみたのだ。

（いそがねばならぬ）

いまなら、殺そうとおもえば幸村でも殺せる。討って関東の恩賞にあずかるのもよい。また隠岐殿をおどすのもよく、むろん、青姫をとりもどすのも容易だった。

才蔵は、西の空をみた。月が落ちはじめていた。

いちだんと、足をはやめた。おそらく、峠みちをくだるその姿をみた者があるとすれば、ツムジ風が黒く巻いて峠を吹きおろしてゆくとしかおもえなかったであろう。

そのころ……

お国も坂をくだっていた。

紀ノ見峠の宿をにげだしたお国は、佐助の手下の山伏の一人にまもられて、おなじ峠みちをくだっていたのである。

「もうし」

と、お国は、同行の山伏に問いかけた。

「霧隠どのは、もはや殺されたでありましょうか」

「名人佐助どのが指図されていることゆえぬかりはあるまい。まず、仕止めおおせたであろうな。なにか、お気にかかることがござるのか」

「いいえ、べつに」

お国は、そっと首をふった。が、月に照らされたほおが、ひどく青ざめていた。

かの女は、才蔵を色仕掛けで誘殺したような気がしてならないのである。百舌鳥《もず》の古墳で才蔵にすくわれたのは、偶然のことで、けっしてお国の罠《わな》ではなかった。

しかし、最初にふたりでとまった岩室《いわむろ》の旅籠《はたご》から事態がかわった。お国は、その夜異様な体験をした。

夜、厠《かわや》へ行った。

用を足して、ふと天井をみあげた。あっ、と声をのんだ。真っ黒なものがそこに貼《は》りついていた。

「な、なにものじゃ」

「お騒ぎあるな」

黒い者は、トンと板の上へおりると、いきなりお国を抱きすくめた。

「なにをなされます」

「お国どの、おぬしを盗《と》ろうというのではない。耳をお貸しなされというのじゃ。わしは、佐助どのの手の甲賀者で、お味方でござるよ。泉州百舌鳥のあたりでお手前が一行からおはぐれなされたとき、われらは街道すじを縦横にさがしていた。やっとわれらがお国どのをみつけたときは、才蔵と一緒でござったな」

「…………」

「責めているのではない。それを、われわれにとっては、えがたい機会とみた。才蔵は、知らず知らずにワナに入った。首領の佐助どのが申されるには、お国どのは、才蔵にはなれずにいよ。よろしゅうござるな」

お国は、そのときその者に指示されたとおり、紀ノ見峠の旅籠に才蔵をつれこんだのである。

ただそれだけのことであった。しかしそのために、才蔵は死んだ。……

不意に、お国は、自分でもいままで気づかなかった感情がはげしくつきあげてきて、おもわず路上にしゃがみこんだ。

「どうなされた」

山伏が不審をいだき、お国のそばに寄ってきた。

「癪《しゃく》でも病まれたか」

「…………」

お国は、地に右手をつき、肩をおとし、やがて折れくずれた。胸がくるしい。動悸《どうき》がした。貧血なのであろう。が、お国にそういう持病があるわけではなかった。

才蔵の死が、そうさせたのだろう。

お国は、うすれていく意識のなかで、才蔵を恋いはじめていた自分に、はじめて気づかされた。しかし、気付くのはおそかった。才蔵は死んだ。

「服《の》まれよ」

山伏は、気つけ薬をとりだした。が、お国は、白く小さな歯をかみしめた。その唇《くちびる》に、山伏は、自分の顔を伏せた。唇を、吸った。

「お国どの」

山伏の目が、異様にひかった。あたりを見まわし、夜鳥のほかはたれもみていないことをたしかめると、お国のすそに、そっと手をのばした。

「あ、なにをなされます」

お国は、かぼそく叫んだ。が、ことばにならなかった。

「お国どの、よいことをして進ぜるゆえ、おとなしゅう身をまかせていられよ」

抱きあげた。

やがて、道のそばの草原に抱きおろした。月が、お国ののどを、白く照らした。

山伏はゆっくりお国の帯をといた。

お国は、されるままになった。意識がかすかながらもあったが、どうすることもできなかった。骨が溶けたようになっていた。忍びの術のなかに、そういう金縛《かなしば》りの呪《じゅ》法《ほう》でもあるのだろうか。

山伏は、月の光に頬《ほお》をぬらしながら、お国のからだをひらいた。下肢《かし》が出た。かすかに、あまいかおりが、ただよった。山伏がそこを凝視した。黒い小さな隆起が、この男の膝《ひざ》をふるえさせた。

そのとき、ふと、山伏は月をみあげた。

（雲に入ったのか）

影がさしたのである。

が、つぎの瞬間、かれはわきにおいた金剛杖《こんごうづえ》をさらって、うしろへ跳びのいていた。

「な、なに者か」

棒をかまえ、身をかがめて影をみた。影はゆっくりと近づいてきた。

「先刻の才蔵よ」

「げっ」

と声をあげはした。しかしよほどのしたたか者らしく、棒をとりなおして、するどく跳躍していた。ものもいわずに打ちかかった。才蔵は、二歩ひきさがった。

「殺されたいか。おのれは、おれの女を犯そうとした。男として、おのれを生かしておきたくないのは、当然だろう」

「おのれ」

棒が夜気をきり裂いて、男の頭上を舞い、やがて刃物のようなするどさで才蔵の上に落ちてきた。

才蔵は、身を沈めた。それよりも早く、キラリと月明にきらめいた刀が、棒をにぎる山伏の左手首を斬って夜空にはねあげていた。返す刀が山伏の右肩を袈裟《けさ》に斬りおろし、そのまま、みじかくつば音をたてて、サヤにおさまった。

「お国、身を恥じよ」

才蔵は、お国に近づいた。

お国は、すでに小袖《こそで》の前をかきあわせて、ぼう然とすわっていた。

「犯されはすまいな。犯されたのなら、この刀で成敗してやろう」

云いながら、才蔵は、はっとした。自分はなにを云いだしたのか。

さすがに才蔵ほどの男でも、度をうしなった。しばらくだまって「わしは……」と弱々しい声でいった。

「わしは、いま、妙なことをいったようだ。が、あれは本心ではない。わすれてもらわねばならぬ」

「わすれませぬ」

「それはこまる」

「いいえ」

お国は、自分でも、はっとするほど大きな声でいった。必死な目で才蔵を見あげている。そういうお国をみるのは、才蔵ははじめてだった。

「才蔵さま。さきほど山伏に、お国のことを、わが女、と申されましたこと、まことでございますか」

「うそじゃ。山伏をおどすためにいうただけのことよ」

「お国は、まことと信じていとうございます」

「信じたければ勝手に信じるがよい」

才蔵は、月を背にしてゆっくりと、松林のなかの傾斜面をおりはじめた。

「才蔵さま」

お国は身づくろいをして、あとを追った。

が、そこにはすでに才蔵の影はなかった。

お国は、松の下枝をくぐり、草の斜面をおりた。

「才蔵さま」

道へ出た。

お国は歩くことをやめた。道ばたに、そっとしゃがんだ。

涙が、はじめて出た。なぜ涙が出るのか。

（このまま泣いていよう）

泣くことが、ひどく楽しいように思われた。

月が、峰に半ば沈んだ。峰の松が、月の中に入って、その枝ぶりまでがあざやかにうかんだ。

（わたくしは、あの月と峰の松の景色を、一生わすれない。おぼえていよう。おぼえているかぎり、きっと仕合せが来るような気がする）

しかし、山麓の紀州橋本の宿場を通りぬけながら、才蔵は頭のすみで考えていた。

（あの女には、うかつに心をゆるせない）

宿場は、闇《やみ》の中に沈んでいる。

ときどき、犬の遠ぼえの声がした。

（表裏の多い女じゃ）

伊賀の間忍《かんにん》（諜報《ちようほう》）の法のなかに、おのれと情を通じた女を敵中におき、情報をさぐらせるという法がある。伊賀者の隠語で、女を「くノ一」にするという。そのために、伊賀流忍術の中には、女の歓心を得るさまざまな技法があった。お国ならば、ちょうどよい。恰好《かっこう》の「くノ一」になるだろう。

(しかし)

と、才蔵は、足をはやめた。

(おれは、そうはせぬ)

お国に巧言を弄《ろう》して、「くノ一」に使用することは、才蔵の男がゆるさなかった。

(すると)

ふと、人声がした。

(おれは、お国に惚《ほ》れてしまったことになるのだろうか)

人声の方角に耳をすました。雨戸を繰る音がきこえ、提灯《ちょうちん》が二つ路上にうかんだ。声の主は、旅籠の女の様子だった。提灯のぬしは、早発《はやだ》ちの高野《こうや》もうでの旅客なのだろう。

真田《さなだ》屋敷

その翌夜。

紀州九度山《くどやま》の屋敷で、真田幸村《ゆきむら》がひとり茶をたてて時をすごしていた。

……はやいものである。

関ケ原ノ役に西軍に味方した罪で、この地に流されて以来、すでに十三年の歳月がたっていた。

かつて、父安房守昌幸《あわのかみまさゆき》とともに信州上田城にこもり、西進する徳川秀忠の大軍を一城に食いとめて天下に武名をあげたむかしは、もはや夢でしかない。

幸村はことしで四十七歳になっている。

「いつのまにか老いてしまったな」

それを思わぬ日はない。

「このまま、おれほどの男が、あたらこの山中で朽ち果てるのか」

名がほしいわけでもなく、出世の欲もなかった。もともと幸村は大名の子にうまれただけに、そういう世俗の欲はなかった。

「いわば、男の欲というものかな」

と、信州以来の郎党穴山小助に語ったことがある。

「男の欲と申しまするると？」

幸村は、男はたれでも、自分の才能を世に問うてみたい本能をもっている、といった。男が世に生まれて生きる目的は、衣食をかせぐためではなく、その欲を満たしたいがためだ、ともいった。

「むろん、煎《せん》じつめれば、それも屁《へ》のようなものさ。しかし、その屁のようなものも当人にとってみれば、たいそうなことだ。ひらずに死ぬのかと思うと気が狂いそうになる」

そういうやさきだった。

大坂の豊臣《とよとみ》家の家老大野修理《しゆり》治長《はるなが》の密使で、隠岐殿《おきどの》という女性が、しばしば、この九度山の屋敷を訪れるようになったのは。

隠岐殿の用というのは、もし近い将来、徳川を討つ旗をあげるとき、軍師として大坂に入城してくれまいか、ということである。

「天下の軍勢が相手じゃな」

「左衛門佐《さえもんのすけ》（幸村）さまにとってこれほどの楽しみはございませんでしょう」

利口な女である。幸村のもつ男の欲と哀《かな》しみを、よく見ぬいていた。

「それには、天下の良き者を集めることよ」

「ぬかりはございませぬ」

隠岐殿は、すでに京に潜伏して牢人《ろうにん》あつめの工作をしていたからそのことは自信をもって答えた。

幸村は親切に相談に乗ってやり、大坂の牢人工作の援助のために、

「わしの家来に、猿飛《さるとび》佐助という者がある。甲賀流忍術の術者として、隠れもない男ゆえお貸し申しあげよう」

佐助が、隠岐殿をたすけて京大坂に出没するようになったのは、そのころからである。

幸村は、茶をたてていた。

炉の炭がほどよく赤くなり、釜《かま》の湯のたぎりが、しずかな松風の音をたてている。

ふと、

幸村は、目をひからせた。

庭先に、つい今まで鳴きすだいていた草の虫が、はたと鳴きやめたのである。

「たれか。そこにいるのは」

幸村は、ひくい声でいった。縁側に、黒い人影が立った。その者は、だまって幸村をみつめている。

影は才蔵であった。

才蔵は、だまって縁のふちに腰をおろすと、

「伝心月叟《でんしんげっそう》どのでござるな」

幸村が流罪《るざい》になってからのちの法名である。

「ああ、そちのことか、霧隠《きりがくれ》才蔵と申すのは」

幸村は知っている。

「ようご存じじゃ。このお屋敷に、大坂の隠岐殿と申す女性《にょしょう》が滞留しているはずであるが、その者に会いに参った」

「まず、これへあがって茶なりと喫《の》め」

「その前に、隠岐殿に会わせていただきましょう」

「とまれ、茶をのまぬか」

「足がよごれている」

「誰《たれ》かをよんで、すすぎ水を持って来させよう」

「それは、ことわる」

呼ばれてはたまらない。才蔵は草をむしって足をぬぐい、幸村の前にすわった。

幸村は、ふっと笑い、

「猿飛が迎えに行ったはずじゃが、ぶじでよかった」

「手ひどい馳走《ちそう》をうけた」

「この九度山には、紀州浅野家の諜者《ちょうじゃ》や江戸の隠密《おんみつ》がしばしば入りこむが、みつけしだいああいう目にあわせている。命びろいをしたのは、そち一人かも知れぬ。しかし、ぶじにはこの屋敷は出られまいぞ」

「いや、出る」

「関東の諜者にしてはよい度胸じゃ」

「申しておくが、わしは関東の諜者ではない」

「ならば、なにか」

「自分なりの興味でここへきただけよ」

「寝言をいうわ」

幸村は、笑いながら、かたわらの鈴をとりあげて振ろうとしたが、それよりも早く才蔵の脇差《わきざし》がきらめいて、幸村の手の下の鈴は真っ二つになっていた。

「人を呼んでもらってはこまる」

「よい腕じゃ。しかし、人を呼ばねば、隠岐殿をここへ呼ぶ方法があるまい」

なるほど、それもそうである。才蔵はしばらく考えて、

「では、これへ当屋敷の侍一同をよび集めてもらおう。その上で、この才蔵に無用の手出しはするなと申し渡していただきたい」

「おもしろい」

幸村は、そのとおりにした。

まず、あつまったのは、三人である。幸村はいちいち、才蔵に自分の家来の名を教えた。

穴山小助
筧《かけい》十蔵
海野《うんの》六郎
いずれもきわだったツラ魂の男どもであり、それぞれが、目をするどくして、才蔵の様子に不審があれば、一刀のもとに斬《き》りすてるつもりで刀を引きつけている。

すこし遅れて、ひどく老いぼれた僧体《そうてい》の男が肩をいからせて入ってきて、海野六郎

の横にすわった。年は、六十を幾つか越しているだろう。顔に、右のコメカミから鼻の頭にかけてななめに深い刀傷があり、そのために顔が左右に割れてみえるふしぎな老人だった。

「あれは、どなたでござる」

才蔵は、いつのまにか、幸村に鄭重《ていちょう》なことばをつかっていた。幸村のあまりにも大度な態度に、すこしずつ、畏怖《いふ》をおぼえはじめていたのである。

「ああ、あれか。あれは三好晴海《みよしせいかい》という妙な坊主よ」

妙なことだ。

幸村が引きとめるままに、才蔵はその夜から十日以上も真田屋敷に逗留《とうりゅう》してしまったのである。

幸村は才蔵を、

「客」

と呼び、家来にもその扱いをするように命じた。むろん、才蔵が関東の諜報大名鳥居左京亮忠政《さきょうのすけ》の息のかかった者であることを知りぬいたうえでのことだから、才蔵自身、お国も、この屋敷にはもどっていない。隠岐殿も、青姫も、この屋敷にはいなかった。

ただ、ふしぎなことは、その夜以来、猿飛佐助が姿を見せぬことだった。

（幸村はどういうつもりでいるのであろう）

と思った。

（えたいが知れぬ）

（このほかに隠し屋敷があるのだろうか）

いや、そうではない、と思いなおした。

九度山といっても、さして大きな村ではないのだ。しかるべき屋敷があればすぐ目につくはずだった。

それに、幕府は、真田屋敷の監視を紀州浅野家に命じている。浅野家では、九度山の住民に云いつけて、幸村一統の監視を一村の共同責任にしていた。

その状況のもとで、勝手なひかえ屋敷や隠し屋敷をもてるはずがなかった。

（すると、どこかへ姿をけしたのか）

気にはなる。

しかし才蔵がこの屋敷についい長居してしまったのは、その疑惑を忘れるほどに居心地がよかったからである。

(いわば敵中であるというのに、妙な気持になったものだな)

穴山小助は、一名岩千代《いわちよ》ともいい、武田信玄の部将穴山梅雪《ばいせつ》の落胤《らくいん》といわれる男だが、腰のひくい百姓じみた中年男だった。

小助は才蔵には親切で、まるで旅籠《はたご》の手代のようにこまごまと世話をやいてくれるのである。

ある日の午後、屋敷の裏の納屋《なや》に案内しようといって、先に立った。

粗末な黒木造りの建物だが、ひどく大きなもので、入り口から何人もの男女がいそがしく出入りしていた。

なかへ入ると、二十人ばかりの土地者らしい老人や女が、手仕事をしている。

糸をつむぐ者もあり、キヌタで打つ者もあり、手軽なカラクリ(機械)をまわしている者もいた。才蔵は目をみはって、

「なにをしているのかな」

「真田ひもを作っているのでござるよ」

(ああ)

才蔵は、出来あがった紺糸織のひもをとりあげた。

（読めた……）

才蔵のあたまに、ひらめくものがあった。幸村の深い策謀のひとはしをつかんだような気がした。

ついでながら真田ひもというのは、幸村の父昌幸の発明したものといわれるもので、木綿、または山マユの糸を平たく組んでつくる打ちひもである。

その丈夫さのために、ちかごろ世間で珍重され、刀のツカ巻き、下緒《さげお》、茶器など貴重なものの箱の締めひもに用いたりするのが、流行している。

（世の中には、底の知れぬ男もいる）

幸村のことだ。真田ひもの作業場をみながら、才蔵はこの男の智恵の深さにうめく思いだった。

才蔵のみるところ、幸村にとって、真田ひもは、単なるひもではない。まず、自分の監視者である九度山の村民に内職をあたえて暮らしを豊かにさせ、自分に心服させるように仕向けている。それだけではない。

出来あがった真田ひもを、自分の郎党に背負わせて、諸国に行商させているのだ。これが問題であった。

「その行商は、常時、何人ぐらい諸国を歩いておりますか」

「さて、五、六十人はおりましょうか」

穴山小助は、正直に答えてくれた。

「その者どもは、おそらく、猿飛佐助の支配する甲賀忍者でありましょうな」

「それは申せませぬ」

小助はあいまいに微笑したが、むろん才蔵の見込みどおりにちがいない。

とすれば、おそるべき諜報網である。流人《るにん》真田幸村は、紀州高野山麓《さんろく》の九度山の山村に住みながら、座して天下の情勢を、細大もらさず知ることができる。おそらく、これほどの諜報網をもった男は、この国の歴史にかつて登場したことがなかった。

(負けたな)

なんとなく、好意ある微笑が浮かんだ。

才蔵は、少年のころから、ひとよりも智恵ふかくうまれついたと信じていた。事実、なみの武士の家にうまれておれば、おそらく規模の大きな人生を送ったことだろう。

だからこそ、関東と大坂との風雲が急なこんにち、いずれの陣営にも顔出ししながら、いずれにも、おのれを売り渡していないのである。自分の才幹に飛びきり高値がつく日を待っている。しかし、

（負けた）

智恵のふかさと、その規模の大きさでは、はるかにかなわない男が、ここにいた。

（おれは、この男に魅《ひ》きこまれるかもしれぬ）

その夕刻、才蔵のあてがわれている部屋へ不意に顔を出した男がいる。

「お邪魔かな」

徳利を下げていた。例の顔が二つに見える老人だった。たしか、幸村はこの男のことを三好晴海といった。瘦《や》せてはいるが頑丈《がんじょう》そうな老入道である。

ぶきみな顔だった。しばらくじっと才蔵を見すえていたが、やがて、

「どうじゃ、飲まぬか」

はじめて笑った。古傷がひきつれた。傷のために、顔が半分笑い、半分は才蔵をにらみつけていた。才蔵はあきれた。

「手荒いお顔じゃな」

「云うておくが、わしの容貌《ようぼう》のことは仲間のたれにもいわせないことにしている」

「これは済まなかった」

「これでも、むかし、天正、慶長の戦陣はなやかなりしころは女を泣かせたこともある。いまはとんとおなごは寄りつかぬ。九度山の村童までが、わしの顔をみると逃げ

散るようだ」

そのくせ、この老人は、才蔵のきいたところでは、九度山に隠し女をつくり、子供を三人も生ませている。存外、ぬけめのない老人かもしれない。

「今夜はおぬしと底ぬけに飲むべしと思うてきた。伊賀者の名人を、盛りつぶそうと考えている」

「おれは底ぬけには飲めぬ」

「そこがおぬしのわるい所よ。おれは老人ゆえ、さまざまな男を見てきた。おぬしをひと目みたとき、惜しい男じゃが、底ぬけの心がない、とみた」

「おぬしは、伊賀の名人ときくが、いちど忍術というものを見せい」

酔いがまわると、三好晴海入道は、しつこくそれを要求してきた。才蔵は不機嫌《ふきげん》そうにだまっている。どこの集団にも、クズというものはいるものだ。

「忍術なら、猿飛佐助は甲賀の名人ゆえ、おぬしらは存じているにちがいない」

「あれは妖術《ようじゅつ》は使わぬ」

晴海入道のいうとおりであった。

甲賀流忍術は、集団の駈《か》け引きに長じているのに対し、伊賀流忍術はあくまでも個人のわざで、いわゆる隠形《おんぎょう》の術が中心になっている。

隠形には、天地三才三十法があると、かれらの忍術伝書はつたえている。日遁《とん》、月遁、潮遁、雲遁、霧遁、雷遁、電遁、風遁、雪遁、木遁、草遁、火遁、煙遁、土遁、屋遁、金遁、石遁、水遁、湯遁、禽《きん》遁、獣遁、虫遁などがそれだった。

これらの遁法にはさまざまな自然物の忍具が用いられるが、同時に、中世以来、伊賀につたわってきた幻戯《めくらまし》が用いられた。伊賀者は妖術をつかう、というのが、諸国の武士の常識になっているのは、このためであったのだろう。

晴海入道は、それをいった。それを使うてみせよ、と要求したのであるが、幻戯《めくらまし》は妖術ではない。

「やくたいもない。われら伊賀者は、妖術などはならいもおぼえもせぬし、持ちあわせもない」

「うそじゃ」

入道は酔って、目がすわってきた。

「おのれは、妖術を用いてこの屋敷を攪乱《こうらん》せんとするのであろう。殿はおのれをどういうわけか好遇なさるが、この三好晴海入道の目はごまかせぬ。正体をあばいて、この胴田貫《どうたぬき》で斬りきざんで呉《く》れようず」

ぎらりと三尺ちかい大刀をひきぬいた。

胴田貫とは、戦国以来、騎馬武者の好んで用いた刀で、鋭利ではない。しかし、刀身の肉、幅があって、ふりおろせば、重みが加わって具足をつけた敵を両断するのに利がある。

「けがをする。おさめよ」

「怖《おそ》れたか」

しかしおそれているのは、むしろ入道のほうであった。妖術使いだと信じている才蔵の姿がなんとも不気味であった。その自分の脳裏にえがいた不気味さにうちかつために、大刀をひきぬいてしまったのである。

「どうだ」

晴海入道は、にわかに左ひざを立てた。刀をぬいてみると、ひどく血がたかぶってきたのである。剣先をあげ、才蔵の頭上にかまえた。自分が抜いた白刃《はくじん》の光芒《こうぼう》に入道は魅き入れられたのか、入道の目は、しだいに夜走獣のように鋭くなってきた。

「才蔵、この白刃の下で、妖術を使うてみよ」

「ことわる」

才蔵は、さかずきを傾けた。

「よい度胸じゃ。が、三好晴海入道という男を知らぬとみえる。わしが刀をぬいたからには、血をみずには鞘《さや》におさめぬぞ」

「その目つきならそうであろう。左衛門佐どのは、よい家来をもたれた」

「なに」

「みごと刎《は》ねられるなら、おれの首をはねてみい」

「入道、その腰では斬れまい。からだが前にのめりすぎている。もっと腰を落せ」

才蔵は、すわったまま、身じろぎもせずにいった。

入道は、つい吊《つ》りこまれて、腰をおとした。

「まだ足りぬ。もそっと」

「ほざくな。うぬら若僧とちごうて、この晴海は十六の年の加冠から三十年戦場を往来してきた。教えられるまでもない」

「年のカサだけが自慢とは、あわれな男よ。そのざまで、よう戦場働きができたな」

「だまれ」

「おこるな。こんどは、剣先が高すぎる。この部屋は天井《てんじょう》が低いゆえ、つかえる」

はっと、晴海入道は、ツカをにぎるコブシをおろした。が、それも才蔵の気に入らず、

「それ、低すぎた」

といった。

「まるで刀を、愛《いと》し女《おんな》を抱くように抱いているようじゃ。その構えでは、刀に力がはいらぬ。おれの首は落せまい」

「こうか」

「ああ、それもいかぬ。もそっと、左のコブシをアゴの右下に浮かせ」

「こうじゃな」

「まだ剣先が高い。剣先を右へ寝かせ。もっと、それでよし。……しかし」

「なんじゃ」

「かようなせまい室で、胴田貫をつかうことが、そもそも誤っている。心得ある者は、かならず小太刀を使うものじゃ」

太刀をかまえて才蔵の首を刎ねおとそうとしている入道は、すでに才蔵の自家薬籠《やくろう》中《ちゅう》のものになっていた。才蔵の幻戯《めくらまし》の施術は、すでにはじまっていたのである。

読者の興をたすけるために、すこし伊賀の幻戯についてのべておこう。

るものである。

幻戯とは、相手を催眠状態にしておいて、術者の意のままの幻視、幻聴をおこさせるものである。

伊賀流忍術における幻戯は、源流をたずねれば、おそらく中国の仙術と、インドの婆羅門《ばらもん》の幻術になるだろう。このふたつを術者として統合したのが役《えん》ノ行者《ぎょうじゃ》。名は小角《おづぬ》。大和の鴨族《かもぞく》の出身で、七世紀の古代日本に活躍した。はじめ大和葛城山《かつらぎ》で修業し、三十年穴居して山を降りず、ついに仙術をえてから、大峰、二上、高野、牛滝、神峰、箕面《みのお》、富士などを遍歴しつつ術技をみがき、晩年、九州を周遊し、豊前《ぶぜん》の彦山《ひこざん》にのぼったが、以後消息を絶った。霧隠才蔵の時代よりもはるかに後年の寛政十一年、時の天子光格天皇からオクリ名されて、神変大菩薩《だいぼさつ》の勅号をうけた。で、この人物が天智《てんぢ》帝《てい》の御代、フジワラノチカタ（千方）という怪人に術をさずけ、千方が、伊賀の四鬼という四人の人物（金鬼、風鬼、水鬼、隠形鬼）にそれを伝えたということが、太平記巻十六に出ている。それが、源流である。じらい、千年のあいだ、伊賀の山里でその技法はみがかれてきた。

十分ばかりの時がながれた。

いつのほどか、太刀をもつ三好晴海入道の両眼が、すっかりうつろになってしまっていた。

才蔵は、ほとんど聞きとれぬほどの声で、入道にさまざまの命令をあたえていた。入道は、まるでアヤツリ人形に化したように、才蔵の命令にしたがっている。ころを見はからって、才蔵はにわかにするどい声を出した。

「いまぞ」

入道は、はっと目をさました。

「斬《き》れ」

と同時に、入道の胴田貫は、風を巻いて、部屋の空気を両断した。

入道の胴田貫が風を巻いた瞬間、なんと才蔵の首は天井にはねあがり、やがて音をたててタタミの上に落ちた。

「どうだ。お、おぼえたか」

叫んだとき、物音をききつけたのか、部屋のフスマがひらいて、穴山小助、海野六郎らが駈けこんできた。入道は、もう一度刀を旋回させた。

「あっ……」

一番にとびこんだ六郎が、あやうい所でのけぞった。やがて、この場の光景に棒立ちになった。入道は、刀をブスリとタタミに突きたて、

「小助か、この首をみるがよい。おぬしには気の毒をした。おぬしは、この客人を、気味がわるいほど鄭重《ていちょう》に扱うていたからな。しかしおれにはおれの存念があった。おれは、かねてからこの男を関東の諜者《ちょうじゃ》じゃとみていた。じゃによって、成敗をした。殿への申しひらきは、この入道がする。どうだ、このこと異存はあるまい」

「ある」

「ほう、あるか、あるというのか、異存が。……」

「怒るまえに、入道どの、うしろを見ていただこう」

「なに?」

背後をみたとき、晴海入道は、おもわず刀をとり落した。

そこに、斬られたはずの才蔵が、最初からすわっていた場所に端然と背をのばしながら、手酌《てじゃく》で酒をのんでいるのである。

「六郎」

と、穴山小助はうしろをふりむいた。

「すまぬが水桶《みずおけ》をもってきてくれぬか。入道どのの目をさましてさしあげねばならぬ」

ほどなく、海野六郎、筧十蔵のふたりが水桶をもってきて、晴海入道の腕を両わきからかかえてえん側に突き出し、首の根をおさえ、ざぶりと水をあびせかけた。

「な、なにをする」

「入道どの、しばしご辛抱じゃ」

もう一ぱい、あびせた。

入道は、ようやく目がさめたらしく、部屋にもどると、茫然《ぼうぜん》と突っ立った。

「お、おれは、たしかに首をはねたぞ。太刀の手ごたえまでが、まだ手に残っている」

「しかし入道どのが刎ねたのは」

小助は部屋のすみを指さし、

「あれではないか」

そこに、黒光りのした大瓢簞《おおびょうたん》が、胴から真っ二つに断ち切られてころがっていた。

「…………」

晴海入道は、わけのわからぬ悲鳴のような叫びをあげて、へたへたと折れくずれた。

「霧隠どの、ただいまの」

と小助は、あいかわらず人のよさそうな笑顔を才蔵にむけた。

「狼藉《ろうぜき》、お気にさわられたことでありましょう。入道どのになりかわって、おわびいたす」

「いや」

才蔵はさっと杯をおき、顔を赤くした。血がのぼったのは酒のせいばかりではあるまい、この男が赤面するのは、めずらしいことだった。

「よしないことをいたした。いま後悔している所でござる。幻戯《めくらまし》などを用いたことは、もう数年、絶えてござらなんだ。かようなわざをみせると、ひとに、あたかも妖人かと誤解され、かえって身を損《そこな》うもとになります。この場のことは、お忘れくだされ。どうやら酒が」

と才蔵は膳部《ぜんぶ》の上に杯を伏せ、

「すぎたようでござる」

才蔵の九度山滞在は、つい長くなった。この屋敷の連中が、好人物ぞろいで、つい居心地がよくなっていたのである。

十二日目の朝、幸村は才蔵を鉄砲猟にさそった。

「才蔵、ちかごろ、奥の谷で鹿《しか》が繁殖しているそうだ、気晴らしに出かけてみぬか」

「お供いたしましょう」

才蔵は素直にこたえた。

幸村は小者二人に弁当と弾薬をもたせ、才蔵にも鉄砲をあたえた。供は穴山小助ひとりである。鹿狩にしては人数が少なすぎるのに気づいて、

「勢子《せこ》は、どうなされた」

「どうしたというのは？」

「勢子なしの鹿狩でござるか」

鹿狩は、射手だけではできない。射手団と勢子団とがあって、はじめて可能なのである。

射手団は、鹿が常時かよう通路に待ちかまえて鉄砲をかまえ、勢子は奥山からしだいに鹿を追ってきて、通路に追いこむ。しかし、幸村は「勢子か」と微笑した。

「左様な人数を傭《やと》えば、浅野家が肝をつぶすだろう」

幸村は流人なのである。いくら鹿狩とはいえ、村の者を多数やとって山中で動かすことははばかられることだった。

「とはいえ、鹿を追う勢子がおらねば、鹿は容易に射《う》てませぬな」

「そのことはいまにわかるはずだ」

幸村は、話をそらした。

山中を二里ばかり歩いて、一行は、ガケを背負った猟師小屋まで出た。

小屋から老人が出てきて、幸村の姿をみると、平伏した。目がするどい。猟師の風《ふう》体《てい》をこしらえているが、これは武士だな、と才蔵はみた。

「お待ちいたしておりました。支度も手はずも、整うておりまする」

「そうか。とにかく腹をつくろう」

小屋のなかで、老人の支度した猪汁《ししじる》でめしを食った。幸村は、箸《はし》をとりながら、

「山の絵図を出せい」

「はい、これに」

老人は、絵図をひろげてみせ、朱筆をとりだして自分が調査した鹿の道を描《か》き入れた。

「才蔵、小助。ここへきて、絵図をみるがよい」

幸村は箸で絵図の上を突っつきながら、

「ここを、一ノ立目《たちめ》（射撃位置）とする。小助、よいな」

といって、小助を見た。

「かしこまりました」

立目とは、射手の位置である。鹿猟のばあい、立目を決める場所としては、

鹿の通路上にあること、
展望がきくこと、
この二つの条件は、欠かせなかった。しかし幸村は現地もみず、無造作に図面だけできめてしまった。よほど幸村がこの山にあかるい証拠だろう。

「才蔵は、ここじゃ。これを二ノ立目とよぶことにする」

「は」

才蔵は、いつのまにか、軍陣で命をうける家来のような立場になっている。

「わしはこの」

と、ある地点を箸で指し、

「三ノ立目にいる。才蔵は鉄砲はどれほどに使える」

「少々は」

「それは頼もしい。小助は鉄砲の名人ゆえ、獲物を競うてみい」

鹿は、やみくもに山をさまようものではなく、ふつう、尾根をその通路にしており、猟師たちは、糞《ふん》をさがし出して、鹿の通い路《じ》をみつける。

幸村、才蔵、小助の三人は、それぞれ立目にすわった。

このあたりの猟師は、この尾根の名を「馬の背」とよんでいるらしい。

なるほど、両側は削《そ》ぎたった谷になっており、文字どおり馬の背にすわっているような気がした。

才蔵は、きめられた立目にすわってから、しばらく谷から吹きあげてくる風の中で目を細めていたが、ふと気づいて、前後の仲間の位置がひどく近いのにおどろいた。

（ほう。これは。……）

三人の位置は、前から、幸村、才蔵、小助の順で、その間隔は、それぞれ、六十間（約百十メートル）ほどしかないのである。

（撃つのは鹿ではなく、ひょっとすると、おれなのではないか）

まさか、とはおもうが、才蔵の位置は、幸村からも、小助からも、射とうとおもえば射てるのである。

だいたい、種子島《たねがしま》鉄砲の有効射程は、四十間（約七十メートル）とされていた。が、その気になれば、六十間を撃ち通すことができる。硝薬を多く詰めた強薬《つよぐすり》にすればよい。強薬の法さえ用いれば、前後から撃ち倒される位置に才蔵はいた。

「おうい」

小助の声が、こだました。才蔵がのびあがって小助をみた。小助はしきりに天を指さしている。

その指のむこうに、鳶《とび》が舞っていた。

(あれを射てというのか)

才蔵は苦笑した。しかし銃を手にしようともしなかった。子供じみていた。が、小助は岩や若松を飛びこえつつ近づいてきて、

「くらべ射ちをしませぬか」

「いや、小助どのには勝てませぬ」

いつのまにか、幸村が背後の岩に腰をおろして、おだやかな微笑をうかべていた。

「鹿を待つ間の座興にやってみよ。わしはここで見物していよう」

「殿もああ申されている。拙者がまず射ちましょう」

「拝見いたす」

小助は、銃をかまえた。鳶はゆうゆうと舞っていたが、やがて谷間に獲物でもみつけたのか、さっと一文字に降りはじめた瞬間、小助の銃が火をふいて、鳶は空中に一回転し、黒い点となって落ちてきた。

「おみごとでありましたな」

「霧隠どのも、なにか的をとらえて、やってくだされ」

「では、拙者は、鷲《わし》でも仕《つか》ろうか」

「鷲。……」

小助は、不審そうにきいた。

「鷲などはこの山におりませぬが」

「いや、あれにいる」

才蔵は、谷むこうの峰にそびえている老松を指さした。

「はて」

小助にはみえない。

「あの松のこずえに、鷲の巣があり、親鷲が一羽、巣ごもりをしている。目をこらしてよくごらんになれば、への字になった枝のつけ根のあたりに黒いものがみえるはずじゃ」

「左様に申されると、なにやら見えるような気もする」

「あれが鷲の巣じゃ。いまに飛び立ちましょう。あれほどの鷲なら、羽のながさは一間もあるかもしれぬ」

「ほほう」

小助は正直におどろいたが、幸村はだまって微笑していた。才蔵が小助に術をかけようとしているのがわかったのである。

風がしずかに吹きのぼってきた。

才蔵は、目をほそめて谷のむこうの峰の松を見つめながら、

「あの鷲は、いまに飛びたつだろう」

「いまに……」

小助は、復唱した。小助はすでに、才蔵の幻戯《めくらまし》の世界に魅《ひ》き入れられてしまっていた。

「飛びたてば、小助どの、お手前がまず射ちなされ。万一、射ちあやまると、襲いかかって参りますゆえ、用心めされよ」

「承知いたした」

「あ」

鷲を見ながら、才蔵は、小さな声をあげた。

「飛びたつ」

「おお、飛びたつ。みごとな鷲でありますな」

叫んで、小助は、銃をかまえた。

松のこずえをはなれた鷲は、数度羽ばたいてから、谷間の上昇気流に乗り、ゆうゆうとつばさをひろげて舞いはじめた。

「目をお狙《ねら》いなされ。あたりぞこねて手負いになると、どのように狂うかもしれぬ」

「目でござるな」

「目……」

「目でありまするな」

「目……」

小助の銃から火縄《ひなわ》の焦《こ》げるにおいがただよいはじめ、やがて六角筒のなかの火薬がごう然と炸裂《さくれつ》して、三匁玉《もんめだま》が鷲にむかって噴出した。

ぱっ、と鷲の抜け毛が空中に散り、ひだりのつばさが、ぐらりと傾いた。……しかし才蔵は、しずかな声でいった。

「あたらなんだ、目には。……鷲は手負いになっている」

つばさが、血に染まりはじめたのが目でありありと見えた。

鷲は、あわただしく風の中を漕《こ》ぎはじめ、やがて小助の姿を見たのか、谷を一文字につききって、小助にむかってきた。

「あっ」

小助は叫んだ。才蔵は、すばやく、自分の手もとにある火縄を点火した銃を小助にわたした。

小助は腰だめに構え、目の前にまでせまってきた鷲をどんと射ちあげた。

「しまった」

鷲は、小助にするどくせまってきた。

「小助どの、おのきなさい」

才蔵は、一歩踏みだして、ゆっくりと刀のツカに手をかけた。

鷲が小助の頭上を襲おうとした瞬間、才蔵の刀が空中にきらめいた。

ぎゃっ……

声はきこえた。が、そのときは、このひろびろとした眺望《ちようぼう》のどこにも、鷲の影さえなかった。

「わ、鷲は」

小助は、夢から醒《さ》めた者のように、あたりを見まわし、才蔵を見、幸村を見た。幸村はくすくす笑った。

「小助、夢でもみたのではないか。鷲などははじめからどこにもおらなんだぞ」

すぐ才蔵のほうをむき、

「はしなくも伊賀流の忍術というものを見せてもろうた。礼をいおう。しかし、甲賀流の忍術とくらべて、どちらがすぐれているのであろう」

「いずれも一長一短がござる」

「術くらべをしてみぬか」

「相手がおりませぬ」

「猿飛佐助がこの山中のどこかにいる。佐助が仕掛ける術をみごとそちが破れば、隠岐殿にも青姫にも会わせてやろう。破れねば、そちはここで命を落す」


「術くらべ」

と、幸村はいう。

(ばかな)

才蔵は最初おもった。

忍術は、甲賀と伊賀のふたつの流派にわかれて発展してきたが、術くらべなどが行なわれたためしがなかった。名人といわれてきた男たちは、おのれの術をさえ否定し、「形もなくにおいもなく色もない」という奇妙の境地をこの技術の理想としてきた。その本質からいえば第三者が審判するわけにはいかないのである。

(むろん。……)

智将といわれた真田幸村がそれを知らないはずはなかろう。知ってのうえでそういったとすれば、

(おれを殺すつもりだな)

とみた。

幸村が鹿射ちにさそいだして、佐助に殺させようとする企ては、すでに誘う以前から仕組まれていた。ところが、いまたまたま、才蔵の術のふしぎさを見、幸村は、にわかにこの名技が惜しくなったにちがいない。幸村は、それを術くらべという言葉にすりかえた。……

(が。……)

そうでもない、ともいえる。

才蔵は、幸村をみた。まるで、無策、無警戒な表情なのである。

幸村は、つねに才蔵のそばにいたし、才蔵がその気なら、

(いまなら、一発で仕止められる)

と思った瞬間が、なんどかあった。が、幸村は平然としていた。

(ふしぎな男だ)

幸村は、まるで年下の友人に与えるような微笑を、つねに才蔵にむかって絶やさないのである。

（幸村はよほどの策師だが、単なる策師ではなく、策を用いた上で、その策を自分自身でさえ忘れきってしまえる稀有《けう》な心術のもちぬしではないか）

（またも、この男に負けたかな）

才蔵の胸に、この真田屋敷に逗留《とうりゅう》していらい、何度か味わいつづけている敗北感がふと浮かんだ。しかしそれは、ふしぎと不快な感情をともなわなかった。ばかりか、むしろ幸村の肩をたたいて、なにか冗談を云ってみたいほどに、こころよいものであった。

（この男にこそ、おれは仕えたい）

そんな気持が、才蔵の胸に育ちはじめていた。これも、才蔵の敗北かもしれない。

「才蔵。……」

と幸村は岩に腰をおろしたまま、若松のかげから微笑をむけた。

「あと一刻《ひととき》で、陽《ひ》が暮れるな」

「ところが、鹿はいっこうに出ませぬな」

「いずれ、出るだろう」

幸村は、自信をもっていった。

「しかし日が暮れては出ますまい」

「暮れても出るさ」

「鹿を射つつもりではなく、拙者を仕止めるつもりではありませぬかな」

「ほう」

幸村は、正直におどろいた顔をみせた。

「わかっていたのか。そのとおりよ。関東の諜者《ちようじや》というそのほうを幸村がこのまま、だまって九度山から帰せると思うか」

「なるほど」

というしかない。

「そうだろう」

幸村は、無邪気にわらった。えたいの知れぬ男である。

そのとき、ふって湧《わ》いたように東の峰から谷へおりる割れ目に、二十人ほどの男がうごきはじめているのがみえた。

(勢子《せこ》だな)

佐助が指揮をしているのにちがいなかったが、ここからは姿がみえない。

おどろいたことに、すぐそのあと、西の峰の鞍部《あんぶ》からも谷へ降りてゆく一群があらわれ、さらに、南の峰にも、北の峰にも人がうごきはじめているのに、才蔵は気づいた。

あわせて、数はざっと三百人にはなるだろう。

(あれは、土地者ではない)

才蔵は、そうみた。

土地者でないとすれば、あの人数のすべてが甲賀者だろうか。

ただの流人《るにん》の境涯《きょうがい》で、幸村は、三百人もの甲賀者を、山中に湧き出させることができるのである。曲者《くせもの》といえば、よほどの曲者だった。

「佐殿《すけどの》」

と、才蔵は、幸村をよんだ。

「あれは、ただの勢子ではありますまい」

「よう見ぬいた」

「甲賀者でありましょうな」

「うむ」

幸村は、めずらしく云い澱《よど》み、

「甲賀者もいる」

才蔵はすかさず、

「身ごなしの軽さ、骨組のたくましさ、ただの土民ではない。武士とみたが、ひが目でござろうか」

「よい目じゃ。あれは、真田の郎党よ」

（あっ）

と、才蔵は、声をあげたくなった。この流人は、大胆にも江戸の探索の目をかすめ、自分の旧臣を紀州の山中にあつめて鹿狩をしようというのである。

「かような鹿狩は、たびたびなさるのか」

「半年に、一度はする」

「なにゆえに」

「遊びよ」

「そのほかに目的がござろう」

「才蔵ほどの男でも、わからぬか」

「おぼろげには。……」

わかるような気もする。

幸村は、諸国に散っている真田の旧臣を半年に一度あつめて、調練をしているのに相違なかった。いざ出陣にそなえて、幸村のサイハイに馴《な》らせておくつもりなのだろう。

その証拠に、幸村は、いつのまにか岩の上に立っていた。右手に葉のよく栄えた松のナマ枝をもっている。

「才蔵、みるがよい」

幸村が、西の峰にむかってその枝で、まるく大きく円を描くと、西の人数は一せいに散り、さらに東にむかい、松を上下すると、東の人数は、一せいに谷間に固まった。

「わかったかな。もっともこれは、わしにとってただのたいくつしのぎだがな」

「むこうの人数の下知《げち》は、佐助がとっているのでござるか」

「甲賀者だけは、佐助がとる」

「ほかは」

「九度山に常時いる八人の物頭《ものがしら》がとる。つまり、九度山には佐助を入れて九人の侍がいるが、そちが入れば、十人になるな」

「……………」

「むかし、山陰の尼子家《あまこけ》を復興しようとした山中鹿之助をはじめ十人の武士を尼子十勇士といったがそちが入れば、十勇士という数が合う。入ってみるかな。人間、一度しかうまれぬ。大きいことをして死んだほうがましだぞ」

「……………」

才蔵は、にやりと笑ったまま、だまっていた。

そのとき、

「鹿。……」

という声が、背後でした。小助が立ちあがって谷間を指さしたのだ。

幸村と才蔵は、谷をのぞきこんだ。なるほど、西の谷に、勢子に追われて逃げまどうている大鹿が一頭いた。が、すぐ才蔵は鹿から目をはなして、

「殿、ただいまのお話、とにかく、考えてみましょう」

「うむ、考えておくがよい」

鹿は、斜面にむかって稲妻型に駈《か》けのぼりはじめた。こちらの尾根にむかって来るらしい。

小助は、鉄砲をかまえた。

鹿を鉄砲で射とめるには、アバラ骨の三枚目をねらえという。距離は「鼻先七尺」ともいった。七尺の近さにまで引きつけねば、この軽捷《けいしょう》な野獣は射てぬというのだ。

それを才蔵は知っていた。知っていたからこそ、わざと小助にワナをかけた。

「小助どの、あれを二十間で射とめてはどうか」

「二十間」

「真田随一の鉄砲の名人といわれたお手前のことゆえ、むろん出来ようが」

「で、できる」

小助は、気おいこんで銃をかまえたが、自信がないのか、筒さきがふるえていた。

「小助どの、左ヒジをもっと内側に搔《か》いこみなされ。鉄砲がおびえている」

「客人、拙者にご忠言は、無用でありますぞ」

「筒先がさがりすぎた。玉がころがり落ちそうだ」

「だ、だまらっしゃれ」

鹿が、尾根にかけあがろうとしたとき、二十間の距離で小助の銃が、ごう然と鳴りひびいた。

みると、鹿が、六尺跳ねあがり、やがて、どうと地上に体をなげ、動かなくなった。

「どうじゃ」

小助が走り出した。幸村は岩蔭《いわかげ》から動かず、

「待て、小助。そちが行くにおよばぬ」

「なぜでござる」

「才蔵の勝ちじゃ」

「えっ」

小助が駈けよってしらべると、たしかに弾は左のツノを根もとから吹きとばしてはいた。しかし、その程度では、鹿が死ぬはずがない。

「し、しかし、鹿は死んでおりますぞ」

「ツノだけでは死ぬまい」

「これはしたり。才蔵どのが鉄砲を射ったというなら、どこぞに傷がございましょう」

血もながれていないのである。小助は不服で「鹿はツノを撃ち砕かれた衝撃で死んだのだ」と主張した。幸村はくすくすと笑った。

「右のわき腹をしらべてみよ」

小助は、鹿をころばして、こまかく体をしらべた。

「おお。……」

「わかったか」

右わきの三本目のアバラと四本目とのあいだに、かすかに光るものがあった。毛にかくれてほとんどわからなかったが、引きぬいてみると、五寸ほどのズシリと重い銀の忍び針だった。

「あ、やはり才蔵のしわざでございましたな。ところで、あの者はいずれに。……」

「もうその辺には居まい。佐助の勢子の甲賀者をおそれて身をかくしたのであろう。小助。あの者はこの銀針でもわかるとおり、敵にまわせばおそろしい。味方にならぬというなら、殺さねばならぬ。この鹿のように。……」

そのころ才蔵は、暮色の山ひだを、一段ずつ飛猿《ひえん》のようにとびおりながら、ひとり谷間におりはじめていた。

谷川のそばに勢子がひとりいた。才蔵は無造作に当て身を食わせ、素早くその者の着物を盗んで着更《きが》えおわったときに、不意に雲に乗ったような気分になった。

（……？）

（これはいかぬ）

息をとめた。死人を焼くようなにおいのする煙が、ほのかに風上からただよってくる。必死に足を踏みはろうとしたがつい膝《ひざ》の関節がゆるんでしまうのである。煙からのがれようとして、細い谷川を這《は》うように渡り、わたりおわると、にわかに倒れた。才蔵は、肘《ひじ》に、残った全身の力を集中して、懸命に這った。辛《かろ》うじて、めざす所まできた。そこにどくだみ（蕺草）の群落があった。

才蔵は、そのなかへ夢中で顔を沈めた。

この甲賀流の秘法とされる「軍中煙」の被害からのがれるには、地に顔をつけて糸のような呼吸をもらすか、どくだみの群れに鼻をおしつけて、顔をにじらせるようにして嗅《か》ぎつづけるか、どちらかしかないとされていた。

（佐助めに、してやられたか）

五体から、力が溶けたようになくなっている。どくだみの刺すようなにおいが、才蔵の鼻腔《びこう》から肺腑《はいふ》いっぱいにひろがったが、いったん溶けてしまった力は、容易にもどろうとはしなかった。

才蔵は腰に手をのばして、伊賀忍者が気付けに用いる準胝丹《じゅんていたん》という丸薬をとりだして口中に含もうとしたが、かんじんの手が動こうとはしない。

舌をうって、

(油断をしたわい。……)

吐き気がこみあげてきたが、それだけは必死でこらえた。吐けば、このばあい最後の精気までが抜けてしまうだろう。

「才蔵。……」

含み笑いの声がして、同時にぴたりと白刃が、才蔵の首すじにはりついた。

「佐助だよ」

あいかわらず気さくな声だった。佐助が白刃をもち、二十人ばかりの甲賀の忍び武者が、ぐるりと取りかこんでいる。

「才蔵、おぬしに似あわず油断だったな。おぬしが尾根から降りる所を、わしは見ていた。この谷間にオトリを立てておいたところ、案のじょう、おぬしはそれに当て身を食らわした」

「勝手にするさ」

才蔵は、顔を伏せたまま、それだけいうのが、やっとだった。

「むろん、勝手にさせてもらう」

「殺すかな」

「おぬしも、忍びじゃ。人の知れぬ山中で虫のように殺され、屍《しかばね》を風雨にさらされ、鳥獣の餌食《えじき》になって朽ちはてるのは、もとよりの覚悟のことだろう」

「仏にも墓にもならぬこの道のことだ。甲賀者にわざわざいわれるまでもない」

「よい覚悟よ」

「そのあたりに、佐殿はおられるか」

「すでに九度山へお引きあげなされた。日没までに屋敷にお戻《もど》りにならねば、村の衆が怪しむからな」

「小助は」

「殿のお供よ。なぜいまわのきわになって、小助などのことをたずねる」

「妙に人懐《なつ》っこい親切な仁であったからよ。礼をいいたいと思うた」

「未練じゃな」

「むろん、未練にちがいない」

才蔵の身のうちにようやく力がよみがえりはじめているのを、佐助は気づかない。

才蔵は、獲物の鹿のようにかつがれて山を降り、やがて牢《ろう》に入れられた。

どのくらいの時間がたったのか、ふと薄目をあけると、牢格子《ろうごうし》の間から、朝の陽《ひ》ざしがさしこんでいる。裏に竹林があるらしく、雀《すずめ》がしきりとないていた。

(夜があけたか)

才蔵は起きあがった。才蔵のそばに、細びきの縄が、ほどかれたまま落ちていた。

(はて、たれが解いたのだろう)

と首をひねって考えてみて、不意にくすくすとひとり笑った。たれでもなかった。自分が解いたのである。ねむりながら、夢中で手足を動かして解いてしまったものだろう。

縄抜けの術などは、伊賀者にせよ甲賀者にせよ、術の初歩だった。まず、上体の関節をすべてはずしてしまう。関節がはずれれば、体の容量が小さくなるものだ。縄はひとりでにゆるみ、手を抜いてつぎつぎと結び目を解いてゆけば、それで十分なのである。

むろん、佐助ほどの男が、才蔵に縄を打っても無駄《むだ》とは知りつくしている。しかしかたちだけはそうして、牢内にころがしておいたのだろう。……才蔵は、ことさらに大声をあげた。

「牢番がいるか。湯漬《ゆづけ》をもて」

牢番の甲賀者らしい男が顔を出して、

「しずかにせぬか」

「腹がへっている。とりあえず、ありあわせでよい。すぐ持て」

「糧《かて》を与えることはきいてはおらぬわ」

「ほう、そちは、以前、相国寺《しょうこくじ》の門前の茶屋で会《お》うたことのある男じゃな。あのときの佐助の手下の甲賀者か。それに、深泥池《みぞろがいけ》の葦《あし》の中にも、そちはひそんでいた」

「口数が多すぎる」

「腹がへっている。まさか、おれを干《ひ》ぼしにして殺そうというのではあるまい」

「いま、伺ってくる」

牢番が佐助の居間へききにゆき、ふたたび牢の前に立ちもどるまでに、ものの三分とはかかっていなかったろう。もどったときは、才蔵の姿は、すでに牢の中にはなかった。

「あっ」

叫んだときは、才蔵は台所へ出てあぐらをかきながら、めしを食っていたのである。

警備の甲賀者数人がすぐその姿をみつけてぼう然とした。

(なぜこの男、ここにいるのか)

かれらは、才蔵をとりおさえることもわすれ、しばらくその姿を見ていたが、やがて、

「霧隠どの」

敬語になっていた。かれらはただの武士ではなく、術者だったからだ。才蔵の技術に畏敬《いけい》をおぼえたのだろう。

「あなた様は、どうしてあの牢を抜けられたのか」

才蔵はだまって箸《はし》を動かしながら、

「香の物が足りぬ。たれぞ、持て」

「はっ」

走り寄って差し出すものがあった。

「湯をくれ」

「これにござる」

いつのまにか、佐助が甲賀者の背後にきて才蔵をじっとみている。

土びんをさし出した男が、

「才蔵どの、教えてくだされ。あの牢ぬけはいかなる法でなされたか」

「伊賀の秘術よ。甲賀侍には教えられぬ」

「左様なことを申されずに」

「蟇十《ひきじゆう》」

と背後からその男の名をよんだのは、佐助である。

「その湯漬を食う才蔵を斬《き》ってみい。まことの才蔵かどうかが、あきらかになるぞ」

蟇十は、

「はっ」

と答え、返事と同時にさっと身をしずめて、才蔵のうしろ姿を左袈裟《けさ》の抜き打ちで斬りさげた。

「あっ」

叫んだのは、斬られた才蔵ではなく、蟇十のほうだった。刀は空をきった。勢いあまって切先が板敷にめりこみ、蟇十は刀をすてて、三尺ばかり跳びさがった。才蔵の姿は、すでになかった。

「見たか」

佐助が、高声で笑った。

「才蔵などは、居はせぬ」

事実、佐助の目からみれば最初からそこに才蔵などはいなかった。蟇十をはじめ甲賀者の連中が、同時に、才蔵が湯漬を食う後ろ姿を台所で幻覚したにすぎないのであ

いない益体《やくたい》もない狐狸《こり》のような幻戯《めくらまし》に長じている。牢内で退屈のあまり益体《やくたい》もない
いたずらをしてみせたのであろう。蟇十、うそと思うなら牢へ行ってみよ」

蟇十が青くなって牢へとんでゆくと、佐助のいうとおり、牢内で才蔵が、ヒジ枕《まくら》を
して寝そべっている。

才蔵は横目でちらりと蟇十をみて、

「湯漬は、まだか」

「は、はい。しかし、霧隠どのは、たったいま、台所に」

「いた。しかし、あれはおれの影さ」

「か、影。……とはいえ、拙者が佐助どのの部屋へ伺い立てて戻ったとき、たしかに
お手前は、牢内にはござらなんだぞ」

「いたわ。そちが気づかなんだだけよ」

「こ、この牢内のどこにござらっした」

「そのような種を甲賀者に明かせられるか」

「お明かしくだされ。おねがいでござる。それともいっそ、蟇十を弟子《でし》にしてくださ
いませぬか」

「そちは、佐助の配下ではないか」

「佐助どのは、真田甲賀組の棟梁《とうりょう》なれど、師匠ではござらぬ。拙者は、死力をつくして仕えまするゆえ、お弟子の一人にお加えくださりませ」

この男は、よほど才蔵の術技の魅力にとりつかれてしまったらしい。

「弟子にしてやってもよいが、かような牢におるのは気鬱《きうつ》じゃ。まず、牢をあけい」

「そ、それはなりませぬ」

「ばかをいうな。師匠を牢に入れておく弟子がどこにあろうか」

「な、なれども、棟梁の佐助どのの命がなければなんともできませぬ。しかし、霧隠どのは、牢抜けの秘術をおもちなのではありますまいか」

「あるが……」

ありはしない。

「いまは使えぬ。まず、おれを外へ出せ。牢外で師弟の契《ちぎ》りをむすぼう」

「さ、左様ならば」

と蓑十が、いそいで腰のカギをさぐりはじめたとき、すっと背後に立った佐助が蓑十の耳を力まかせにひっぱった。

「あっ、佐助どの」

「あほうじゃな、お前は。この才蔵の牢ぬけの術とは、このことよ。さきほど幻戯をみせたのは、お前のごとき阿呆《あほう》な弟子入り願いの者があらわれるのを待つためじゃ。な、そうであろうが、才蔵」

「まあ、そうだな」

才蔵も苦笑している。佐助は蟇十からカギをとりあげ、いきなり錠前をあけた。

「さ、おれが出してやろう」

「なんじゃ、佐助まで弟子入りしたいのか」

「ではない。おぬしに折り入って頼みがある」

佐助の折り入っての頼みとは、法外なことであった。

自分と一緒に、遠州へゆき、駿府《すんぷ》城に忍び入って家康の命を縮めようというのである。

「それは、左衛門佐《さえもんのすけ》どのからの頼みか」

「そうじゃ」

「大坂の味方になれ、というのじゃな」

「そこまでいわぬ。真田の味方になるだけでよい」

「おなじことだろう」

と才蔵は、そばにあった干し豆を噛《か》んだ。

「おなじではない。才蔵、おぬしを見るに、どうやら殿に男惚《ぼ》れをしている。であれば、大坂だの江戸だのといわずに、惚れたというただそれだけで一肌《ひとはだ》ぬぐ気にはならぬか。それに、忍者としてこれほどおもしろいことはない。家康の命を縮めれば、天下は一変するぞ」

「ふむ」

そのとおりである。

家康も七十を過ぎた。寿命の常識からいえば、もういくばくも春秋は残っていない。しかし、この老人は気味のわるいほど壮健だった。

若いころからのくせで、米はあまり食わず麦を主食とし、老人のくせに文学、茶道といった風雅の道にはまるで興味がなく、ひまさえあれば、まるで合戦《かっせん》に出かけるほどの陣容をととのえて鷹狩《たかがり》に出るのである。じっと屋敷にこもっていられないたちなのである。

戦術家としては武田信玄、上杉謙信ほどの天才はなく、外交家としても、家康の師匠格であった織田信長ほどの鬼才はなく、人心を攬《と》る技術は豊臣秀吉に劣っているが、なによりも家康のすぐれた点は、それらの英雄とはくらべものにならぬほど長命だったということである。

胴が長く、足のみじかいこの老人は、内臓が丈夫にできていた。信玄、謙信は、天下をとる中道で病没し、信長は、この竜虎《りゅうこ》のような両雄が意外に死んでくれたおかげで、いちはやく京へのぼることができたのだが、かれも、部下のためにころされた。よほど人徳に欠けていたのであろう。

信長が八分どおりまで築きつつあった政権を、内部から興って横取りしようとしたのは明智《あけち》光秀だったが、事実上横取りしたのは、その光秀を討った同僚の秀吉だった。織田家にはすでに成人した男子がいたが、天下の権はそれを素通りして、番頭の一人である秀吉がにぎり、信長の部将たちをそのまま自分の部下にした。

家康はそれを三河から見ていた。信長の子（信雄《のぶかつ》）が泣きついてきたときはじめて立ちあがり、秀吉の大軍を尾張《おわり》に迎えうち、長久手《ながくて》の一戦で大いに破ったが、すでに天下の輿望《よぼう》が秀吉に集まっていることを知って、秀吉のさしだした実母を人質にして講和した。

その日から、三十年。

家康は、ただ、ひたすらに時を待った。

やがて秀吉は病死し、家康は関ケ原の一戦で天下を収め、江戸に幕府をひらいたが、なお大坂には秀吉の遺児がおり、自分の配下の大名のうちの旧豊臣系の武将は、ひそかに、家康が死ねば豊臣に復帰して、天下をもとにもどそうと考えている。

(おれは、生きねばならぬ。せめてあと数年は石にしがみついても生き、生きて大坂を亡《ほろ》ぼさねばならぬ)

家康の思いはそうであったろうし、事実、いま死ねば、ひたすらに自分の番のまわってくるのを待ちつづけたかれの一生は、無に帰してしまうのである。

「だから、家康の命をちぢめるのは、今よ」

佐助は、いった。才蔵は、血のわきあがってくるのをおぼえた。

(世にこれほどの面白いことがあろうか)

「ところで、青姫はどこにいる」

「ああ」

佐助は、笑いだした。

「おぬしは、あの公卿《くげ》のむすめに惚れていたのじゃな。ちゃんと見ぬいていたぞ。惚れて、この九度山《くどやま》くんだりまできたのであろう」

「どうとも申すがよい。縁ある娘が、佐助どもにさらわれたのを、だまって見ているわけにはいかぬゆえ、追うてきた」

「縁とは、どういう縁かな」

と佐助は、まだ笑っている。

「どういう縁でもよかろう。居所を申せ」

「気の毒じゃが、ここにはおらぬわい。大坂のさる場所にいる」

「場所はあとできこう。なぜ、さろうた」

「まだわからぬか。青姫をさらえば、おぬしが九度山に来ると思うたからよ。もう一つは、菊亭大納言《きくていだいなごん》を豊臣家に引きつけておく人質にもなる。あの仏のように無邪気な娘は、われわれのために、この二つの仕事をしてくれた。諸事、うまくいった。おぬしはそれによって九度山にきてくれた。しかも、われわれの味方になってくれた。まことにめでたい」

「隠岐殿はどこにいる」

「青姫をつれだす仕事がすんだゆえ、京へもどったわ」

「要するに、おれを連れだすオトリとして青姫をかどわかしたのじゃな」

真田一統にすれば、青姫がほしいのではなく、才蔵がほしかったのだ。

才蔵とは、妙な男だった。この事情をきくと、にわかに頰《ほお》に血をのぼらせ、目をかっと見ひらいた。この冷静な男にすれば、めずらしいことだった。

「どうした」

佐助は、才蔵の表情の急変に、おもわず身がまえ、あわてて、

「青姫にはたしかに気の毒なことをした。しかし、大坂では疎略《そりやく》にあつかわず、大納言の娘相応の暮らしをしてもろうているゆえ、おこるほどのことはないぞ。おぬし会いたければ、会わせもするわい。怒るでないぞ」

「佐助」

「また、そのような、おそろしげな目をする。乱暴を働くと、また牢へ入れるぞ」

「佐助、おれは、心からきめた。おぬしと手をあわせて大御所の首を斬り取る仕事、いかにもこの才蔵はひきうけた。甲賀と伊賀の術を尽くしてやってみようわい」

「おお、殿もおよろこびであろう。真田の家来になってくれるか」

「いや、家来にはならぬ」

「ならぬ？　おぬしのいうことは、いつもながらわからぬなあ」

「わからぬか。おれの男をそこまで買うてくれたかとおもい、心がついたかぶったのじゃ。うれしゅうなったぞ。それほどまでおれを高く買うてくれるなら、粉骨してむ

くいようという気になった」

「つまり、家来になることではないか」

「すこしちがうな。ただの武士ならば家来になる。身も心も命も、子々孫々をあげて、真田殿につくすのが、世のただの武士じゃ。しかし、おれは伊賀者よ」

「というと？」

「術者よ。武士ではない。術者は術をもって世に立ち、術におのれを賭《か》けている。真田殿は、おれの術を高く買うてくれた。それにむくいようというのじゃ。ただし武士とちがい、家来になって身や心までは売り渡しはせぬ。……では駿府へいつ発《た》つ」

「気が早いのう、おぬしは。……」

佐助は大よろこびで、

「ああ、ふたりで発とう。天下に伊賀の才蔵と甲賀の佐助が組んで立てば、恐るるものはあるまい。これは面白うなってきたぞ」

暗殺行

その翌日、才蔵と佐助は、紀州九度山の奥の佐助の隠れ家を発った。

門を出てみると、牢のあった屋敷は人里はなれた山中の廃寺であることがわかった。

――佐助が、

「むかし、正親町《おおぎまち》天皇の御子《みこ》で親空という宮坊主が、道楽半分にたてた禅室だが、その死後は近在に人家もなく檀徒《だんと》もないので立ち腐れのままになっていた」

「おぬしのような狐狸《こり》には、よいすみ家だな」

「わしが狐狸なものか」

佐助はくすくす笑って、才蔵を見た。才蔵こそ狐狸だという意味だろう。

里へおりて、真田屋敷に立ちより、幸村にあいさつをした。

幸村は才蔵のために茶をたててくれ、

「心をきめてくれたか」

とただそれだけをいっただけで、駿府の家康を暗殺する件については、なにもいわず、罪のない茶のみばなしばかりをした。

ただ、幸村の居間を辞するときに、ふとその件を思いだしたように、

「才蔵。命を惜しめ。様子をみて無理ならば引きあげてくるがよいぞ」

「もし仕損じましたなら」

「あとは野陣で幸村が討ちとめる。そちと佐助は、幸村の代人として、先陣のつもりで行ってもらえばよい」

「へっ。殿の代人とおおせくだされましたか」

佐助は、その言葉に感動したらしく、頰《ほお》を赤くして平伏した。

才蔵は、じっと釜《かま》のたぎりを見つめていたが、いきなり炭火を素手でつまみあげて、ポンと掌《てのひら》の上にのせた。

「な、なにをなさる」

と、人のいい穴山小助が、才蔵の袖《そで》をひいたが、才蔵は、その真っ赤な炭火をポンポンと掌の上で二、三度跳ねさせてから、いきなり五指をそろえて、にぎりしめた。

「あっ」

たれもが、声をあげた。ジリジリと掌の肉の焦《こ》げるにおいが、一座のたれの鼻さきにもただよった。幸村もさすがにおどろいて、

「才蔵、それも化術《けじゅつ》の一つか」

「ではござらぬ」

才蔵は、炭を炉の中に捨て、掌をひろげてみせた。掌の内側が、むごいばかりに焼けただれている。

「伊賀の古い作法として、貴人からなにがしを刺せと頼まれて承知したとき、承知のしるしとしての作法を致します」

「まじないのようなものか」

「理由は拙者もよく知りませぬが、おのれの肉を滅ぼす覚悟がなくては、人を刺せぬということでござろう。殿はさきほど、命を惜しめと申されたが、このしごとは、すでに、承知した瞬間に、おのれの命はむなしくなっている。その覚悟を依頼主に示す作法でござる」

「ははあ。……」

ひどく感心したのは、末座にいた三好晴海入道であった。

「伊賀者とは、武士でも人でもないとわしはかねてから思うていたが、左様な覚悟のいさぎよいものとは思わなんだ。気に入った。才蔵、佐助、ぜひこの晴海も駿府へ連れて行ってくれ」

「素人《しろうと》は邪魔になるだけのことだ」

と佐助はにべもなく断わったが、才蔵は、

「命を捨てるのに、素人も玄人《くろうと》もあるまい。火あぶり、石責め、鋸引《のこぎりび》きにされてなぶり殺される覚悟があるなら、連れて行って進ぜよう」

「あるとも」

「では、即刻、支度をなされ」


奇妙な一行だった。

才蔵は牢人風、佐助は旅の彫りもの師に変装し、晴海入道は雲水、という顔ぶれになった。

「まるで、判じものだな」

才蔵は橋本から峠への道をのぼりながら、ひとり笑った。

しかし東西の手切れが予想されるこんにち、天下にふたたび風雲がただよいはじめている。どの街道にも、サビ槍《やり》と古ぼけた具足をかついで諸方の大名へ自分を売りこみにゆく関ケ原の亡霊のような牢人群がしきりと往来していたから、存外この取りあわせはめだたなかった。

一行が大坂の鰻谷《うなぎだに》の旅籠《はたご》に入ると、佐助は、すぐ、豊臣家の老臣大野修理《しゅり》治長《はるなが》の屋敷へ路用の金銀を受けとるために、才蔵を同行した。

治長は佐助と才蔵を座敷にはあげず、庭の白洲《しらす》で待たせ、自分はぬれ縁まで足を運んできた。

(これが隠岐殿の兄か)

と思うほど、似ていない。四十すぎのこの秀頼の輔佐役《ほさやく》は、気の毒なほどよく肥《ふと》っていた。色が黒く、つやのない皮膚が、ゆるんだ脂肪をつつんでいる。

治長は、二重になったあごをあげ、

「そこもとか、伊賀の才蔵と申すのは」

「左様」

才蔵は、むっとした。いかに身分のひくい忍者とはいえ、豊臣家の浮沈に関する任務を背負っていまから駿府へ立つという者を送るのに、この男の態度はなっていない、と思った。

「様子をみればなかなか頼もしげな男である。しかし、忍びは出来るのか」

「伊賀者でござるゆえ、多少はつかまつる」

「多少では、心細いのう」

才蔵の気性をしっている佐助ははらはらして、

「おそれながら」

と膝《ひざ》をにじらせた。

「この者は、われら忍びの世界では、日本一といわれた男でござります る」

「ならば、ここで使うてみせい」

「ここで?」

才蔵は、頰を微笑でゆがめた。この男が、落日の豊臣家を背負って立っているというのなら、大坂城の将来も、かぼそいものだと思った。

「はて、使うてみせよといわれても、どうすればお気に召すのか、わかりませぬ」

「なんでもよい。やれ」

「あはは。何でもやれと申されるなら、今夜参上して、殿の寝首でも搔《か》きましょうか」

「ば、ばか。……」

「ばかは、殿のほうでござろう。忍び武者をつかまえて何でもやれとおおせられるのは、おれを殺してみよと申されると同じことでござる」

「佐助、この男をとり鎮《しず》めよ」

「待った。べつに乱暴はしておらぬ。しかし、やれと申されれば、いつでも参上して寝首を頂戴《ちょうだい》しますぞ。殿のお首のほうが、内府（家康）の首よりも、掻きやすそうじゃ」

「ぶ、無礼な」

「佐助、退出しよう。おれは、こころようない」

「短気をおこすな」

と佐助は才蔵の袖《そで》をおさえ、治長を見あげて、

「それはそうと、おあずかり願っている菊亭大納言の姫御料人は、お達者でございまするか」

「ああ、あの青子とか申す姫か。あれは昨夜曲者《くせもの》が忍び入って、奪われてしもうた」

「えっ」

それをきいた才蔵はすでに立ちあがっていた。

（相手は京の黒屋敷の者に相違ない）

才蔵は、この足で、京へのぼろうと思った。

大坂から京街道をのぼってゆく道すがら、佐助は才蔵に、しきりといましめた。

「大事の前の小事ということがある。青姫のことは、わしの配下に奪いかえさせるゆえ、捨て駿府へ直行したほうがよいのではないか」

「…………」

才蔵はなにもいわない。編笠《あみがさ》の下の表情はみえなかったが、あきらかに佐助の差し出口を不快に思っている様子だった。

横から三好晴海入道が仲をとってなだめるように、

「才蔵どのは、その公卿《くげ》むすめに懸想《けそう》をしているわけじゃな」

「ああ、惚《ほ》れている」

「うつくしいおなごか」

「可愛《かわゆ》い」

「うらやましいのう」

「べつにうらやまれることはない。むすめの身で、世の権謀のために手毬《てまり》のごとくあつかわれるのが哀れゆえ、わしは救いだしてやろうと思うだけのはなしよ」

「才蔵どのは艶福家《えんぷくか》じゃな。わしは隠岐殿に会うたことがあるが、話の口裏では、あのお局《つぼね》も、才蔵どのに岡惚《おかぼ》れしている様子であった。隠岐殿といい、青姫といい、なんぞ、おなごに惚れられる秘訣《ひけつ》でもあるのか」

「左様なものはないわ」

才蔵は、苦笑した。

「ないはずがあるまい。後学のためにこの入道に教えてくれ」

「まあ、申せば、わしはひと一倍、おなごが愛《かな》しゅうてならぬたちだということだ。それが、おなごにもわかってくれるのであろう」

「おう、おぬしもそうか。わしも同じよ」

才蔵は思わず噴きだし、

「それならばよい」

「そのわりに惚れられはせぬ」

「入道どのの艶福はかねてきいている。げんに、九度山では、そのお年で子まで成したおなごがいるという話ではないか」

「そのお年でだけは余分じゃ。わしはまだまだこれからじゃと思うておるわい」

「いかにも人間そう思わねば暮らせまい」

「これ、年寄りをいたぶるな」

京へついてから才蔵は、その足で室町の分銅屋《ふんどうや》へ入り、自室におちつくと、すぐ孫八をよびつけた。

孫八は懐《なつ》かしそうな顔もみせず、

「ようご無事で。ながいあいだ、どうなされていた。一同、案じておりましたぞ」

「紀州九度山に参っていた。ひょっとするとわしは、真田左衛門佐幸村に仕えることになるかもしれぬ」

「あれは、流人《るにん》ではござらぬか」

「いまは流人ではあるが、東西手切れともなれば、大坂の豊臣家の軍師として入城することになろう」

「おやめなされ」

「なぜか」

「関東と大坂があらそえば、負けは大坂にきまっている。いかに天下の牢人衆をあつめ、名城に拠《よ》って懸命の戦さをしようと、所詮《しょせん》は烏合《うごう》の衆じゃ。才蔵様は、大坂が勝つとでも思うていなさるのか」

「べつに思うてはおらぬ」

「ではなぜ、真田殿にお仕えなさるのじゃ」

「男というものは安穏《あんのん》だけを目的で生きるものではないわい。いかに面白う世を送るかが肝腎《かんじん》よ。負けるにきまった側について、天下を相手におもしろおかしく荒れまわるほど世にたのしみなことはあるまい」

「まあ、論はよい。こんどは、わしどもになにをせよとおおせられる」

「双ケ岡《ならびおか》の黒屋敷をさぐってもらいたい。もし青姫をかくもうておれば、火を掛けてでも奪いかえして来い。人数がたりねば、猿飛佐助の甲賀者も、お前の配下に加えてやろう」

「黒屋敷をさぐるのでござるな」

「今夜にも行け」

数日たって孫八が、もどってきた。

「たしかに、あの黒屋敷に青姫がいました」

孫八が村の者にきくと、数人の武士に護衛された女乗物が、数日前に黒屋敷の門に入ったというのだ。青子に相違なかった。

「わかった。もそっと、さぐれ。救いだす手だてがみつかるまで手配りを油断するでないぞ」

「承知つかまつった」

ひさしぶりの忍び仕事だから、さすがの孫八もその配下たちも目をかがやかせた。

才蔵は、

「事と次第では、火をつけてもよい」

といった。双ケ岡といえば、京の田舎なのである。その田舎の山ふところにあるえたいの知れぬ屋敷が燃えたところで、京の市中にある所司代《しょしだい》まで聞こえるには時間がかかるだろう。才蔵は忍びこんで盗み出すというよりも、合戦をするつもりだった。姑息《こそく》な手段よりも、相手が大名だから、城攻めと同じ方法を用いるのが一番よいと考えている。

「それは面白うござるな」

「飛火筒《とびひづつ》の二十本も作っておくがよい」

「承知、承知」

孫八はいそいでうなずき、他の者も、

「これはひさしぶりの合戦でござりますな。伊賀流の飛火筒を二十本もくらえば、さしもの黒屋敷も、オガラのごとく燃えましょう」

飛火筒とは、ひと握りほどの太さの大矢に火薬を詰め、それを筒に装着して敵城に近づき、火薬に点火してその噴進力で敵の建物の構内に送りこむ放火道具の一つである。

矢の長さは、四尺二寸。ほとんど手槍ほどの長さがある。

矢のなかに、焔硝《えんしよう》二十匁《もんめ》、硫黄《いおう》五匁、桐灰《きりばい》六匁、ネズミのフンを四分、樟脳《しようのう》三分、鉄粉二匁を調合して詰め、点火は導火線をもちいる。

（おそらく）

才蔵は、考えている。

（黒屋敷では、青子を江戸へ送るつもりだろう。かつて青子に、そういうことをきいたことがある。菊亭大納言に対する人質をかねて将軍家の御台所《みだいどころ》つきの上臈《じようろう》にするという。これは、悠長《ゆうちよう》にはしておれぬ）

ところが、その日の夕、才蔵がとまっている室町の分銅屋の軒さきにいかにも貴人のそれと思われる乗物がとまった。やがて、女が降りた。

おどろいたのは分銅屋の帳場の者であった。

「あなた様はどなたさまで」

「伊賀の才蔵どのはおられますか」

「いや」

店の者は、むろんここが才蔵の巣であることはオクビにも出さない。

「左様なお名前のかたは、当分銅屋にはおりませぬ」

しかし、女は唇《くちびる》のはしに微笑を溜《た》まらせたまま、

「隠岐殿の使いと取次いでくだされぼわかりまする」

「しばしお待ちを」

やがて、才蔵は、離れ屋で、女と会った。

女は、お国である。

「才蔵さま」

お国は、目もとを細めた。才蔵がはっとするほど、お国は艶《あで》やかな微笑をうかびあがらせた。しかし、すぐ目を伏せた。それっきりでだまった。才蔵も、お国の言葉を待って、じっと紙障子にうつる梅の枝をながめている。

「なんの用できたのかな」

才蔵はいった。お国はちょっと微笑して、

「…………」

ふたたびだまった。

からだのつながりのできた男女というものは、ことばの要らないものかもしれない。

黙っていることで、お国は、十分おしゃべりをしていた。

お国は、自分の指をそろえて、ちょっとながめてみたり、かと思うと、すぐ庭に目をうつして、黄ばみはじめたカエデを見たり、その目をすぐツクバイのあたりにうつして、

「まあ、小鳥」

と、小さくはしゃいだりした。灰色の体に白いのど輪をもった小柄《こがら》な鳥が、ツクバイの水をのみに来ている。

「なんという鳥でございましょう」

「京ではかずねというそうだが、伊賀ではさちどりという。しかし東国にはおらぬようだ」

「さちどりとは幸鳥と書くのでございましょうか」

「字は知らぬ。鳥の名などは、文字にくらい猟師の名づけるものゆえ、文字をあてはめようというのが、おこ（おろか）なことだ」

「幸鳥にちがいありませぬ」

「文字が気に入ったか」

「いいえ、お国には縁のない文字。……」

「そなたは、何の用できた」

「まあ、あのようなことを。ご用がなければ参っていけないのでございましょうか」

と、お国は、わざとこわい顔をした。

「用があるはずじゃ。察するところ、隠岐殿が菊亭大納言の娘について、わしに頼みがあるに相違ない。青子が、大坂の大野修理（治長）の屋敷から関東の手に奪われたことは存じているか」

「佐助どのからうかがいました」

「黒屋敷にいることも？」

「はい。まだ、もうひとつ存じていることがございます」

「どのようなことか」

才蔵は思わず膝をのりだしかけたが、お国は、ふと体を引くような表情で、

「才蔵様が、あの姫御料人に懸想あそばされているということも」

「あはは、そのことか。いかに才蔵でも、あのような心の幼い姫に懸想はせぬ。ただ貴人の姫の身で、関東大坂の権謀術数の犠牲になっているのが哀れゆえ、命をかけても救いだしたいと思うている」

「いっそ、お殺しあそばしては？……」

「えっ」

さすがの才蔵も、絶句した。お国は、しらじらと微笑している。

「それが、理の当然でございましょう。青姫はやがて所司代の手に移され、板倉伊賀守殿の人数に護《まも》られて江戸へくだるのは必定《ひつじょう》でございます。そうなれば、救いだす手だては容易ではございませぬ。救いだすよりも、殺すほうが、たやすうございましょう。江戸に奪われるよりも、あの姫を殺し、それを江戸が殺したごとくに擬装すれば、京の宮廷のすべての公卿は江戸に恨みをもつに相違ございませぬ。ぜひ、そうなされますように。……」

「それは、たれの指しがねか」

「大坂の大野修理様のおさしずでございます。とりもなおさず、わたくしの主人隠岐殿のお指図。……」

「お国、そちは、むごい話とは思わぬか」

「やむをえませぬ」

「やめた」

才蔵は、首すじを怒りで赤くして、

「おれは大坂に味方するのをやめた。関東にも味方せぬ。どちらもむごすぎるわ。命をかけてでも、あのあわれなおなごを救い出そう。邪魔をする者があれば甲賀者であれ、関東者であれ、この霧隠才蔵の刀のサビになる。戻《もど》って、隠岐殿にそう伝えよ」

「しかしお国。……」

と才蔵はのぞきこむような表情で笑った。

「なるほど、こうしてみれば虫も殺さぬような美しい顔をしている。しかしそちの心は夜叉《やしゃ》も同然じゃな」

「ち、ちがいます。才蔵様こそ鬼ではございませぬか。お国とあのようなことになりながら、一方では青姫さまがお好きなのでございましょう。お国は、それが悲しゅうございます」

「はて、そちは、左様な悋気《りんき》を病んだゆえに、青姫を殺せと申したのか」

「左様ではありませぬ。あくまでも、隠岐殿のお指図でございます」

「まあどちらでもよい。才蔵は、男の一分で青子をすくい出してやる。いうておくが、これは色恋の沙汰《さた》ではない。そちを、泉州百舌鳥《もず》で盗賊の手から救うてやったのと同じことじゃ」

「ならば、お国はただひとつだけ伺いとうございます。才蔵様は、お国を愛《いと》しゅうお想《おも》いくだされておりまするか」

「知らぬな」

才蔵はわざと冷たく笑った。笑うしか仕方がなかった。少年のころから、異性への情におぼれるなと教えられ、そういうことで自分を作りあげてきた。女を愛しても、そのすべを知らない男なのである。

「それならそれでよろしゅうございます。隠岐殿やわたくしにとっては、才蔵様は敵でございます。ゆくさき、お覚悟あそばしますように。むろん、佐助どのも……」

「佐助は敵ではないわさ。あの男は、いかなることがあってもわしに害すまい。あれは友垣《ともがき》として心やさしき男よ。それにふたりで今度遠い旅をする」

才蔵は、駿河《するが》へくだって家康を討つ件については、佐助と違約するつもりはなかった。

というのは、普通の武士にはない心情だろう。青子については佐助の甲賀者を斬《き》ってでも護るつもりでいるが、駿府の件は別だ、と考えていた。伊賀者である才蔵はただの武士のように敵味方で他人を区別することができなかった。あくまでも、仕事本位なのだ。気に入った仕事があれば、たれとでも手をにぎるのである。

「わかるかな」

「あなた様のような狐狸《こり》のような忍者の気持などわかりませぬ」

「わからぬはずよ。おれのような男からみれば、関東だの大坂だのとさわいでいる忠義ヅラをしたそちらの心情こそわからぬ。……お国、また会う時があるだろう」

「もうお会いすることもございませぬ」

　お国が去ったあと、孫八が入ってきて、

「討ち入りは明夜、丑《うし》ノ刻《こく》（午前二時）でござるぞ」

「決めたか」

「その刻限が、いろいろ考えあわせてよろしかろうと存じまする。青姫を奪いかえせば、とりあえず、一同諸国へ散りまする」

「青子は、どこへ避難させる」

「すぐ菊亭大納言家にもどすのが至当でござろうが、しかしそれではこの夜討に大納言が関係しているように誤解され、大納言家がご迷惑でござろうゆえ、いったん、泉州堺《さかい》へなりともお身柄をはこびましょう」

「よう気づいた。これが成功すれば、大坂方も所司代も泡《あわ》をふくであろう。面白いわ」

「当夜は、才蔵様は、お出ましになりまするな」

「出る。しかし働きはせぬぞ。そちらの邪魔にならぬ場所で見物している」

「それは上分別《じょうふんべつ》。われらにおまかせなされませ」

その翌夜、才蔵は、山づたいに衣笠山《きぬがさやま》の東麓《とうろく》へ出、黒屋敷を見おろす松の根に腰をおろしたのは、丑ノ刻のすこし前である。

ここから直線に斜面の草の上を駈けおりれば、黒屋敷まで二丁とはあるまい。

才蔵は、孫八の指揮にすべてをまかしておくつもりで、木の根をマクラに寝ころんだ。

月はない。

星もなかった。

この闇夜《やみよ》で、灯火もなく行動できるのは、猫《ねこ》か、伊賀者のほかはなかろう。孫八は、老練な忍者らしく、みごとにその条件の刻限をえらんでいたのである。

(あの屋敷でおそるべき者といえば、源内しかおらぬ)

源内とは、宝山流の兵法者沼田源内のことである。この男の剣だけは、白昼、対等に戦えば、才蔵でさえ二つに一つは危うかろうと自分でも見ていた。

(しかし、なにぶんこの闇だ。いかに源内でも孫八らに怪我《けが》をさせるようなことはあるまい)

才蔵が、この山まで出てきたのは、夜襲が万一しくじった場合、一人で突入して青子を奪取するつもりでいたからだ。

(はてな)

才蔵は、ふと自分をふりかえって苦笑をする。

(それほど、おれは青子を恋うているのであろうか)

わからない。才蔵は、暗い天を見た。ふしぎなことに、いくら青子の顔を思いだそうとおもっても、どう努力しても輪郭がくずれ、目鼻だちを作りあげることができなかった。

才蔵は、なおも暗い天を画布に青子の顔をえがきつづける。しかしそれはつねに、別の鮮《あざや》かな輪郭のために消し去られた。お国の顔であった。

そのお国の顔は、すこし唇をひらき、目をなかば閉じていた。それが、お国のどういう時の表情であったかは、才蔵自身がなまなましく記憶している。

(お国め。あの女も正体がわからぬ)

才蔵は、その影にののしり、懸命に青子の姿をえがきつづろうとしても、つねにお国の顔が、それを拒んだ。

不意に才蔵は起きあがった。ふと目を下にむけて闇の中に沈んでいる黒屋敷を見た。

そこにはまだどういう異変もなかったが、才蔵の勘で、孫八の攻撃がいまはじまろうとしていることがわかった。

(すでに忍びこんだな)

孫八の予定では、十人忍び込ませ、青子の部屋を探しとめたあげく、その人数のうち、青子のからだをかつぐ者が三人、それを直接護衛する者が五人、邸内の犬を殺す役目が二人、という手配りになっているはずだった。

そのほか、外には屋敷をとりかこんで二十人の忍びがいる。一人ずつ飛火筒を持ち、邸内の味方から合図があり次第、四尺余の火箭《ひや》をとばして屋敷に火をかけ、脱出してきた邸内の人数と合流して青子を安全な場所に移すのである。

(おう。……)

さすがの才蔵も立ちあがった。闇の中でにわかに数頭の犬の吠《ほ》えさわぐ声がきこえ、剣戟《けんげき》の音がし、そのつど刀と刀の触れあう小さな火花までみえた。

同時に、邸内の四方の闇のなかから、二十本の火箭が流星のように飛んだ。やがて火は、屋敷の屋根、たるき、しとみ、樹木などにつきささった。

(孫八、やったな)

と思ったとき、すでに才蔵は、その場所から二丈の断崖《だんがい》を夜鳥のように跳びおりていた。

才蔵が駈けおりてゆくうちに、闇の中がパッと明るくなり、黒屋敷が燃えはじめた。

この夜は風が強く、燃えはじめると、たちまち屋敷は火につつまれた。

才蔵が到着したときは、門が八文字にひらかれ、孫八の配下の伊賀者が青子をかつぎ出して馬に乗せた。

「才蔵様」

孫八がすり寄ってきて、

「上首尾でござった。では一同逃げ散りまするぞ」

そういう間も、黒屋敷の人数が、むらがって伊賀者に追いすがっている。

孫八が、指二本を口にふくむと、鋭くみじかい指笛を吹きならした。あっというまもなく、三十人の伊賀者の影が、地上から消えた。

才蔵も、消えたひとりだ。

路傍《ろぼう》の祠《ほこら》のかげに身をひそめて屋敷の様子をみた。祠は等身大の小さなもので、背後は池になっており、池のむこうは、山がせまっている。

屋敷の前をかけまわる黒屋敷の人数が、口々に叫んでいた。

「追え、遠くは行くまいぞ」

才蔵は、憫笑《びんしょう》した。一日に三十里は走れる伊賀者に、たれが追いつけるのだろうか。

ふと、祠の前に近づく二人の人影があった。

ひとりは、徳永源兵衛であり、ひとりは宝山流の兵法者沼田源内である。

「はて、妙な気配がする」

と源内がいった。才蔵は、ひやりとした。

(まずい)

いま、姿を見られれば、今夜の夜襲が何者のしわざであったかが露見するではないか。

才蔵は、口に紙をふくみ、息を細め、隠形《おんぎょう》ノ印《いん》を結び、胸中で真言《しんごん》を誦《じゅ》した。隠形術といわれるものである。術は、まず気息を絶つことだ。さらにいっさいの想念を空に化せば、いかに鋭敏な兵法者がそばにいても、気配を感ずることができないのである。

はたして、源内はつぶやいた。

「はて、気配が消えたが……」

「源内、そのあたりに、まだ何者かがひそんでいるのではあるまいか」

「かも、知れませぬ。徳永どの、怪我をしてはつまらぬ。お手前は、すこし離れていなさるがよい」

源内は余裕のある微笑をもらし、じっと祠を見つめた。見つめながら、

（気のせいかな）

用心ぶかく、近づいてくる。

「徳永どの、松明《たいまつ》をその祠のうしろへ投げこんでくだされ」

徳永源兵衛は、手にもった松明を、ひょうと投げた。松明は、狙《ねら》ったとおり祠のうしろに落ちようとした。しかし妙なことに落ちかけた松明はふたたび空《くう》へはねあがり、さらに背後へ飛び、池に落ちて消えた。

「いた。……」

と源内が叫ぶのと、源内のからだがはねあがって祠の背後へ飛び入るのと同時だった。瞬間、源内の腰の刀がきらめいた。

「ぎゃっ」

源兵衛はじめ、屋敷の人数が駈けつけたときは、そこに、左腕をつけ根から切り落された源内が、祠の背後でころがっているほかは、たれもいない。

青子をのせた馬は、黒屋敷から一丁ばかり走ると、闇の中でにわかに脚をとめた。

（どうするのかしら）

この好奇心のつよい娘は、ようやく自分をとりもどして、この運命の変化を見つめる余裕ができている。

いきなり馬からおろされた。

青子の馬には、別の忍者が乗った。その男は、ムチも使わず、いきなり別の方向へ駈けだした。

追手を別の方角に誘うたのである。馬は、オトリになって京の方向へ駈けてゆくはずだったが、むろん、青子はそんなことはしらない。

孫八は、青子の手をとって、この地点であらかじめ用意されてあった乗物にのせた。月がようやく出た。その月あかりで青子は、孫八の顔を見、

「ああ、そなたは才蔵どのの」

「ごぞんじでござろう。ときどき才蔵様のお供をしてお屋敷に参上したことがござる」

「では、この人数は、才蔵どのの手の者でありますか」

「いかにも。才蔵様が、姫をお救い出しなされたのでございまする」

「才蔵どのは、いずれにおります」

「追っつけ参りましょう」

「姫は、ここで待っています」

「それはなりませぬ。追手が四方に人数を出してさがしているゆえ、悠長《ゆうちょう》なことはできませぬ。さ、参りますぞ」

かれらは、保津川《ほづがわ》べりを上流にさかのぼって亀岡《かめおか》へ出、亀岡から山越えに摂津能勢《せっつのせ》へ出て、堺に入るつもりだった。山岳の折りかさなった難路だが、駕籠《かご》をかつぐかれらは、まるで平地を走るように、かるがると駈けた。

嵐山《あらしやま》から山路に入り、鳥ケ岳まできたときに夜が明けた。山中に無住の荒れ寺があり、駕籠はひとまずそこへ入った。

「ここで夜を待つ。夜になれば、また駈けまするゆえ、姫は、それまでお休みなされるように」

「才蔵どのは、まだ参りませぬか」

「いずれ参る」

さすがに青子は疲れはてて、本堂の須弥壇《しゅみだん》の横に敷かれた夜具に横たわると、前後もなくねむった。

起きると、忍者の一人が、食事の用意をしてくれた。

青子は、竹の皮で包まれた幾種類かの品々を見て、気味わるそうに眉《まゆ》をしかめた。

「これはなに？」

「これでござるか。鹿《しか》の肉を干しかためたものでござるよ」

「まあ」

獣肉などは、食べたこともない。そのほか、猪《いのしし》のあぶら、得体の知れぬ木《こ》の実、それに丸薬、薬草の煮汁などがついている。

「おたべなされ、精がつく」

陽《ひ》が傾きはじめると同時に、一行は、朽ちはてた山門を出ようとしたとき、門のそばで、にこにこと微笑しながら立っている小男の旅芸人を見た。男は孫八に、

「ご苦労であったが、このさきは、拙者どもがその姫を護衛しよう」

「お、おのれは何者じゃ」

「佐助さ」

と、くすりと笑った。

「才蔵はいるかな。いるならば、ここで話をつけたいゆえここまで出てもらうように伝えていただこう」

「才蔵様は、か、かような所にはおらぬ」

「とにかく、その姫を、わしに渡していただこう」

と佐助はいった。

孫八はさすがに当惑した。（うかつに手だしはできぬ）と思った。この甲賀随一といわれたわざ師の猿飛佐助が、たった一人であらわれる以上には、何か細工があるに相違ない。

「どうかな。お連れ申してゆくぞ」

佐助は気さくに乗物のそばまできて、さっと引戸をあけた。

青子が、目をひらいて佐助をみた。

「そちは、どなた？」

あいかわらず、驚くよりも好奇心のほうがつよい。佐助は、いんぎんに腰をかがめ、

「佐助と申すものでござります。姫をお迎えに参上しました」

「それは、孫八が承知しているのかや」

「いいや、姫御料人」

と、孫八が進み出て、

「かようなうろんの者の申すことをお信じなされてはなりませぬ」

「才蔵どのは、まだ参りませぬか」

「追っつけ参りましょう」

「それでは、姫は、才蔵どのがきてから、自分がどこへ行くかをきめます。あの者は、わたくしに悪《あ》しゅう計ろうたことがありませぬ」

「どうじゃ」

と孫八は佐助をみた。

「いま聞かれたとおりじゃ。ここは、われわれ伊賀者にゆずって、おとなしゅう引きとって貰《もら》えまいか」

「ことわる」

「というなら、われわれ伊賀者もやむをえまい。刀にかけて姫をおまもりしようぞ」

「それは、むだよ」

云いおわるなり、佐助は、ひらりと乗物をとび越えて、むこう側へおりた。

それが合図だったのか、伊賀者を包囲するように二十人ばかりの猟師風の男が、樹《き》のかげ、草のあいだから、一せいに立ちあらわれた。孫八は、体がふるえた。そのうちの七人が、鳥銃をもっている。

「孫八、わかったかな」

佐助は、白い健康そうな歯をみせて笑い、

「たがいに忍びではないか。あらそうて怪我人などが出ぬように、この場はわしらにまかせてもらおう」

そのとき、

「佐助。……」

(あっ)

と佐助は、乗物のかげに身をかがめた。声が、上から降ってきたのだ。それが才蔵の声であると知ったとき、孫八以下の伊賀者までが、あまりの意外さにぼう然とした。

いつのまに来ていたのか、才蔵は、気が遠くなるほど高い大杉《おおすぎ》の上にすわって、下を見おろしている。

「どうやら、隠岐殿にたのまれてきたな。途中でその姫を亡《な》き者にするつもりであろう」

その一件は、お国が洩《も》らしたことによって才蔵は先刻知っている。

「才蔵、気の毒だが、こちらには鉄砲がある。射《う》ち落してみせようか」

「射つがよいさ。おれを殺せば、駿府《すんぷ》の仕事はできぬぞ」

才蔵は、わざと、ゆるゆるとおりてきて、乗物の中から、青子をひきだした。

「孫八、この場はひとまずひきとれ。みなも、ご苦労であった」

さらに、佐助のほうをむいて、

「いずれ、五日ほどすれば、京の相国寺門前の茶店へたずねてゆく。駿府への旅立ちはそれからにしよう。晴海入道にもよしなに伝えておいてくれ」

甲賀、伊賀者が、ぼう然とつっ立っているなかを、才蔵は、青子の手をひいて、悠々《ゆうゆう》と樹林のなかに入って行った。


才蔵が、青子をつれて、山城から丹波の山、北摂の渓谷《けいこく》を歩いて、ようやく摂津池田ノ宿《しゆく》についたのは、それから三日のちのことである。

この西国街道に面した宿場町は猪名川《いながわ》の東岸にあり、はるか丹波から、重畳《ちようじよう》とかさなりつづいてくる山の波がこの町をもって終止し、この町から肥沃《ひよく》な摂河泉《せつかせん》の大平野がひらけてゆくのである。

「疲れたであろう」

旅籠《はたご》に落ちついた才蔵は、杯をふくみながら、青子をいたわった。

「それほどでもありませぬ」

青子は、すこし日やけした頰《ほお》をほころばせた。やはり若いのである。

「公卿《くげ》の姫に似あわず、よくぞ歩かれた。ほめてさしあげよう。京街道をくだればなんでもない旅程だが、それでは、所司代《しょしだい》の目がうるさいゆえ、猟師しか通わぬ野猪《や》猿《ちょえん》猴《こう》のすみ家の山々を歩いてきた。よくぞ辛抱なされたな」

「才蔵どのとなら、面白うありました。しかし、ここから、いずれへ参ります」

「堺《さかい》へゆく。堺には、わしを可愛がってくれている商人《あきんど》の老人が二、三いるゆえ、そのいずれかに、姫をしばらくあずかって貰う」

「堺の町は、いちど姫も見たいと思うていました。唐人や南蛮人が歩いていたり、きらびやかなポルトガル船なども見られまするそうな」

「姫は物好きじゃな」

「それはうまれつき……」

青子は、屈託もなく笑った。

「しかし考えてみれば、姫の身は手玉のようにあちこちと移されている。悲しゅうは思わぬのか」

「べつに思いませぬ」

といったくせに、青子は、つよく下唇《したくちびる》を嚙《か》み、やがてもとの表情にもどった。

(明るさをことさらに粧《よそお》ってはいるが、内心はそうではないのであろう。決して単純な女ではない)

「姫には、才蔵どのがついているゆえ、悲しゅうも、おそろしゅうもない」

「なんの、わしは、頼りにはならぬ男じゃぞ」

「うそじゃ。青子は、才蔵どのはよい人じゃと思うている」

「よい人なものか。大坂や江戸の諜者《ちょうじゃ》どものように、おれもまた、姫を自分のために利用している男かもしれぬ」

「姫は信じています」

とじっと食い入るような目で才蔵を見、やがて目を窓の外にそらした。町並の上の空には、すでに暮色が濃い。青子は、ふと気持をまぎらせるように、

「この池田という宿場は、どのような町でありますか」

「ここから東北へ行った所に、池田城という城跡がある。むかし池田という摂津の豪族が在城していた町だ。北のほうにも城あとがあり、戦国のころ、細川氏、池田氏、荒木氏などが軍勢を構えていた。いまは城主はいない。が、このような話は、姫には興がなかろう。おそらく疲れているはずじゃ。早う床をとってねむるがよい」

「才蔵どのは?」

「むろん、わしも寝る」

と、青子は、一瞬、微妙な表情をした。しかし才蔵は、そ知らぬ顔でたちあがった。この山城、丹波、北摂の間道を歩いてきた三日のあいだ、才蔵は青子の肌《はだ》にふれようともしなかったのである。


月が出ているらしい。

才蔵の枕《まくら》もとに、ほのかな光が落ちている。が、光は青子の臥《ふ》せているあたりまで及ばず、黒い闇《やみ》がたまっている。その闇のなかで、青子は大きく目を見ひらいていた。そっと才蔵を見た。

「もう……」

と、青子は寝返りをうち、才蔵の側へ身をよじらせた。

「ねむりましたか」

才蔵は熟睡していた。しかし眠りながらも、ながい修練で青子の声を聴きとることができた。

「まあ、ねむったの?」

才蔵の寝息はかわらないのだ。

「才蔵どのは、ずるいから厭《いや》」

「…………」

「きこえないのかしら？　それとも、本当にねむったのかしら。……青子は、疲れすぎて、とてもねむれない」

（……この娘とは）

かつて、ただごとではない縁をむすんでしまった。いまは後悔している。もはやこれ以上つながりを重ねれば、青子にも才蔵にも情が深まってしまうだろう。身分が、雲と地の泥《どろ》ほどにちがう以上は、いずれは青子の仕合せにはならない。

しかし、青子は才蔵がタカをくくった以上に大胆だった。しばらくだまっていたかと思うと、するりと自分の寝床をぬけだし、才蔵の掛けぶとんの上に身をのせてしまった。

（意外に）

と才蔵は眉《まゆ》をひそめて、

（重いな）

青子は、白いのどの奥で忍び笑いをもらしている。

「まだ、お目をさましませぬか。それならば、青子にも料簡《りょうけん》がある」

にあてた。

（どうするつもりだろう）

と思っていると、青子は、手にもった懐《ふとこ》ろ刀《がたな》をぬいて、いきなり刃《やいば》を才蔵の首すじにあてた。

「これでも、目をさましませぬか」

才蔵は、目をひらかざるをえない。

「あぶない真似をする。あすまた何かと相手をしてやるゆえ、寝床へおもどりなされ。疲れが重なると患《わずら》うぞ」

「いやじゃ。青子は、才蔵どのの寝床で寝る。抱いてくりゃれば、きっとねむれるとおもう」

「ひとりでやすんで頂こう」

「これがわかりませぬか」

短刀のことだ。

「わかっている」

「この臥床《ふしど》に寝かせねば、青子は才蔵どのを刺しますぞ」

やりかねないむすめだ。げんに、刃物をあつかい馴《な》れぬ青子は、いつのまにか、薄く才蔵のくびの皮を切ってしまっている。青子は、はじめてそれに気づいて、むしろ楽しそうに叫んだ。

「あれ、血が」

「これ、なにをする」

才蔵は驚いた。青子は才蔵のくびすじに顔を伏せ、血を吸いとろうとしはじめた。

「こまった娘じゃな」

青子の右手から、ぽろりと短刀が落ち、やがて青子の細い体は才蔵の腕のなかで抱きしめられていた。

「こうして抱いておれば、青子は眠れるのか」

「抱くだけ？」

青子は、心配そうに、無邪気な声で才蔵の耳もとでささやいた。

翌朝、馬をやとって青子をのせ、堺へむかった。

その日の夕、堺の町についたとき、青子は馬の上で子供のようにはしゃいだ。

「まあ、きれい」

北半町、桜ノ町、綾《あや》ノ町、錦《にしき》ノ町、柳ノ町と、道路ひとすじごとに町の名がかわってゆくのは京と同じだった。しかし、屋並《やなみ》が京よりも大きく、どこか洒落《しやれ》ていた。どことなく唐《から》ぶりの匂《にお》いがするのは、一つには、どの商家の軒にもかかっている赤、黄、紺などの鮮《あざや》かな顔料を使った招牌《しょうはい》（かんばん）のせいであろうか。

「あれは、なあに？」

青子は、町角の家を指さした。

まるで小城郭のようなその屋敷の門口には巨大な車輪が突き出ているのであった。

そのくろぐろとした大車輪が、風を巻き、轟音《ごうおん》をたてて回転していた。才蔵はちらりとみて、

「あれか、薬屋さ」

才蔵の説明によると、戸外の車輪の軸は、壁を通して戸内へ突き入り、その軸の回転によって、薬研《やげん》の中の薬物を粉砕しているというのであった。

むろん、このような風景は、堺や大坂をのぞいては、京にも江戸にもなかった。

「ね、才蔵どの、唐や呂宋《るそん》（フィリピン）やポルトガルの船を見にゆきましょう」

「遊びにきたのではないわ」

「青子は遊びにきたのです」

(仕方がない)

という顔を、才蔵はしてみせた。

港には、外国からの入り船が少なかったが、一隻《せき》だけ和蘭陀《オランダ》船らしい巨大な船が、帆をおろして碇泊《ていはく》している。

「まあ」

青子は、潮風で笠《かさ》をとられまいと両手で懸命におさえながら、食い入るように見つめている。

「船べりに、イボのようなものが沢山でているのは、なんでしょうか」

「大砲《おおづつ》だ」

「あんなにたくさん。……」

「南蛮というのはよほど遠い国ときく。半年も一年もかかって日本へ来るあいだに、途中、海賊にも襲われることがあろう。その用心に、大砲を積みこんでいる」

才蔵は夕闇をすかし、目を細めて見ていたが、その巨船のまわりに、数隻の小船がしきりと動いているのがみえた。

(荷あげしているのじゃな)

やがてそのうちの三隻が陸へ接岸し、二十人ほどの人夫が数頭の牛を使って、重そうな荷を陸揚げしはじめた。

荷物に、

「右大臣家御用」

と制札が打たれている。大坂城の秀頼が買った荷に相違ない。

監督官らしい武士がおり、そのまわりに二十人ほどの同心が腰をおろしていた。

（あの重さ、形をみると、どうやら中身は大砲らしいな）

大砲は、つぎつぎと小船で運ばれてきた。

（これは、戦さも近いぞ）

なにか、そういう切迫したものを感じた。

やがて監督官らしい武士が、槍《やり》や長柄《ながえ》をもつ数人の同心を従えて才蔵のそばへ寄ってきて、

「これ。――」

と才蔵にむかってアゴをあげた。

「そこでなにをしている」

才蔵は、そっぽをむいたまま、和蘭陀船のほうを見ていた。

青子のほうも度胸がいい。

武士にまるで当てつけるように、顔を才蔵の右脇《わき》にもたせかけ、

「きれい。お船に灯《ひ》がついた」

「ああ、ついたな」

和蘭陀船の巨体が急に華やかなものになった。船尾の部屋の窓にステンドグラスがはめられているせいか、灯は、赤や青に染められて闇の波の上に夢のようにうかんだ。

「青子は、あのお船にのって、オランダとやらへ行ってみたい」

「それもおもしろかろう。なにも日本だけが天下ではない」

突如、ムチが鳴ったのは、問いかけてきた武士が、かたわらの松の幹をたたいたからであった。

「何者か、ときいている。なぜ返事をせぬ」

「わしのことか」

「そうじゃ。ほかにたれもいまい」

「この舟つき場を見物にきた。名を名乗るほどの者ではない。さる北国の郷士じゃよ」

「それなるおなごは、遊《あそ》び女《め》か」

「おい」

と、才蔵はわきをむいて、

「おことは、遊び女かな」

「ええ、遊び女」

青子は、妙な娘だ。そう見られたことがよほどうれしかったらしく、腰をきゅっとひねり、右足をパンと踏んで、はしゃいだ。

武士は激怒し、

「われら右大臣家の役人を愚弄《ぐろう》している」

「遊び女と船を見ているのが、それほど愚弄することになるのか」

「愚弄することになる。ありよう（事実）は、関東の隠密《おんみつ》とみた。それ、この者をからめとれ」

「これは無法な」

才蔵は、青子をかばって海を背にした。

わっと足軽が声をあげ、槍をさか手にもって打ちかかった。足軽とはいえ、のちの江戸時代のそれとはちがう。この時代の足軽は気性もあらあらしく、槍さばきも巧者だ。

才蔵は青子に怪我《けが》をさせまいと考えた。数歩、前へ風のように走った。かと思うと、先頭の足軽の上帯に手をふれ、そうみたときはすでに、

「ぎゃっ」

と足軽が叫んでいた。

どういう術なのか足軽の体が才蔵の背後へ奇蹟《きせき》のように高く飛び、やがて水しぶきをあげて海へ落ちていたのである。

才蔵の手には、すでに足軽の残した槍がにぎられている。それをしごき、目にもとまらぬ速さで群がる槍を数本たたきおとすと、武士は蒼白《そうはく》になった。

「手にあまれば、討て。討ってとれ」

「役人どの、それはおれにいうた事か。討てというなら、この雑兵《ぞうひょう》ばらを片っぱしから討ちとって死骸《しがい》の山をきずいてみせる」

そのとき、左手の磯馴《そな》れ松のかげから、数人の供をつれ、金の飾りを打った黒うるしの乗物が入ってきた。乗物から小柄《こがら》な老人が降りたった。武士ではない。商家の隠居とみていいが、目のするどさは、ただ者のそれではない。

「秋津どの」

と武士の名をよび、

「荷が済めば、一献《いっこん》仕《つかまつ》ろう。まず、この槍踊りだけはやめなされ」

すぐ老人は才蔵を見、微妙なうなずきかたをした。かつて才蔵を堺仕《さかいし》にやとっていた堺の商人津野宗全である。

その夜、才蔵は堺の市ノ町にある津野宗全の屋敷に青子をあずけると、すぐその足で宗全と妓楼《ぎろう》へゆき、奥まった室で向かいあった。

この食えぬ老人は、さきほどから話のあいまに何度も、おなじ言葉をくりかえしている。

「これはむずかしいところよ」

「なるほど」

と才蔵は、そのたびにこの男にはめずらしく素直にうなずいている。才蔵は、このひと筋縄《なわ》でいかぬ老人と、どこか気のあうところがあるのだ。

「さすがの伊賀の才蔵も、だいぶ見方があまかったようじゃな」

「そうかもしれぬ」

話題は関東と大坂とのことだった。

才蔵は、かねて、もし天下が関東と大坂とにわかれてあらそう場合、堺の商人は中立をまもるとみていた。

才蔵がそうみたのは無理はない。かれらは商人なのだ。敵味方どちらの側にも、武器、弾薬、兵糧《ひょうろう》、医薬を買わせる必要があったから中立をまもるのが当然ではないか。

そうみたればこそ、青子をこの中立地帯にあずかってもらおうとした。青子を置く場所は、日本が真っ二つに割れつつあるこんにち、この場しかないのだ。

しかし、津野宗全は、首をふった。すでに堺の商人は、九分どおりまで徳川に加担することに踏みきっているという。

「意外じゃな」

「そちのような男までそう思うか。しかし平明に考えれば、そうではない。関東と大坂の実力をハカリにかけると、どうみても関東が勝つ」

徳川家は天下の諸侯を率いて戦うが、大坂の軍事力は、関ケ原以来、世に二十万はいるという牢人《ろうにん》衆が主力である。兵数が同じでも、正規兵と傭兵《ようへい》には、実力の差があるというのだ。

「もっともそうはいうものの……」

と宗全は、そう云いながら、すぐあとでまるで逆なこともいった。

「われわれ堺衆の本当のハラの中は、徳川などよりも豊臣家に勝たせたい」

宗全がいったのは、故太閤《たいこう》の恩義を思っていったわけではない。海外貿易の自由政策をとるだろうという意味だ。ところが、徳川家は、元来、保守的な家風で、その政策は小固いが、溌剌《はつらつ》さも積極性もない。どの時代のどの国の商人にとっても、こういう政権はのぞましいものではないのだ。

すでに徳川の保守政策のあらわれとして、ほんの二、三年前の慶長十六年に、キリシタン宗とタバコを禁じている。

タバコは秀吉の治世のころに伝来し、またたくまに武士や庶民のあいだに普及し、身分ある武士などは、供に大キセルをかつがせて往来をあるく者さえいるほどに流行した。

秀吉の治世時代にも、ゆるやかな禁令は二度ばかり出たが、結局、人間の嗜好《しこう》を政治でおさえる愚をさとって、放任された。ところが徳川幕府は、喫煙を禁ずるだけでなく、売買さえ禁止してしまったのである。このため、堺のタバコ仲買商人がほとんど倒産した。

「一事が万事よ」

と宗全はいった。

「これからいよいよ、堺の商いはしにくうなる。決してわれわれは関東の公儀を歓迎はしてはおらぬが、かといって、みすみす負ける豊臣家を応援して、あとで関東から仕返しされるのがこわい」

「むかし、信長にさえタテをついた堺の町人の骨はいまはない、というわけじゃな」

「あれはむかしの夢じゃ」

「すると、菊亭大納言の娘も、あずかってくれぬのか」

「ああ、あの娘はあずかろう。あきんどは信義が大切じゃ。関東、大坂どころか、蚊にも食わせぬようにしてあずかる。その程度の骨なら残っておるわ」

　青子を堺にあずけると、霧隠才蔵はふたたび間道から夜の京へ入った。わざわざ夜をえらんだのは、黒屋敷を焼いたために、市中の取締りがきびしかろうとおもったのだ。

　その足で相国寺門前の茶屋に猿飛佐助をたずねた。

　佐助が、顔を見るなり、

「おぬしはひどいな」

「なにがひどいかな」

「青姫様を、どこへ隠した」

「いえぬな」

「たのむからいうてくれ。もはや、われわれは味方同士のはずではないか」

「駿府城の家康を夜陰にたずねるという仕事のつながりをのぞいては、べつに味方同士ではなかろう」

「どうもそこがわからぬなあ。おぬしと話していると、いつも話の糸がもつれる」

「糸がもつれるのではなく、佐助のあたまがもつれるのではあるまいか」

「そうかな」

佐助は剽軽《ひょうきん》に苦笑し、

「味方と申して悪ければ、友垣《ともがき》ということでどうじゃ。いうてくれ」

「ふん」

才蔵は、佐助を好もしそうにながめ、

「おれも、よい友垣をもった」

と、真顔でいった。

「やれうれしや、そう思うてくれるか」

「思うとも」

うそではない。

「ならば、青姫様の居所を明かしてくれ」

「それはいえぬ」

「才蔵……」

佐助は右手にキラリと脇差《わきざし》をきらめかし、いきなり才蔵の右胴をはらった。

「おっと」

才蔵があおむけざまに一回転した。そのままひょいと庭へとびおりて立つと、

「無理だ、おぬしの腕では。……」

「たのむ、その件を。われらは友垣ゆえ」

佐助は、刀をおさめて、けろりとした顔で頭をさげるのである。

それをそばでみていた三好晴海入道が、声をあげておどろいた。

「わしら、ただの武士にはわからぬ」

味方であるはずの才蔵が佐助の甲賀者と敵対して青子をうばった行動も解《げ》しかねるし、また佐助は佐助で、たったいま才蔵に斬《き》りつけながら、もうすぐ笑顔で才蔵に頼んでいるではないか。

「なんとのう。忍者とは妙なものじゃ」

「ただの武士こそ妙ではないか」

と才蔵は、入道にいった。

「そうかな」

入道には、よくわからない。

「しかし」

と佐助がいった。

「おぬしら伊賀者の一党が双ケ岡《ならびおか》の黒屋敷を焼きはらったおかげで、所司代の京の市中の詮議《せんぎ》は、やかましくなったぞ」

「そうであろう」

「所司代でも黒屋敷でも、あれは大坂隠密のしわざじゃとみている。そのために、昼間うかつに市中は歩けぬ」

「隠岐殿はどうしている」

「もう以前のように半ば公然と牢人集めの仕事をなさるわけにもゆかず、さる場所に身をひそめておられる」

「気の毒をした」

「大坂方にとっては、手ひどい損害であったぞ」

「とにかく左様なことよりも、早う東海道を駿府へくだろうではないか」

「そうしてくれ」

入道がいった。

「おれは血が鬱《うつ》してならぬわい」

海道の月

霧隠《きりがくれ》才蔵が、猿飛《さるとび》佐助、三好晴海入道とともに、駿府へくだるために京の三条大橋をひそかに発《た》ったのは、慶長十九年九月のはじめの夜である。

「はて」

と蹴上《けあげ》まできたとき、才蔵はくびをひねった。

一行の前後に数人の影が、さりげなくつきまとっているのに気づいたのである。

「佐助、あれは甲賀者じゃな」

「いかにも」

「用意のよいことじゃ」

「そのほかにまだ、東海道を京から駿府までのあいだ八十里にわたって、ほぼ五十人の甲賀者をまきくばってある」

「おどろいたな」

「それがわれわれ甲賀衆のやりかたじゃ」

沿道にまかれた五十人という人数は、それぞれ小人数にわかれて各宿場にひそみ、佐助たちのために伝令、通報、情報の収集をするほか、万一の場合は、風のようにあつまってきて、集団としての仕事をするのだ。

「そこが、甲賀衆のすご味じゃな」

そこへゆくと、伊賀者は組織感覚がない。しょせんは、個人活動に長じているのにすぎないのである。

「これも、殿のおかげよ」

「また主人自慢か」

「これだけの甲賀者を傭《やと》うて動かすとなると莫大《ばくだい》な金が必要じゃ。殿は、配流《はいる》のお身の上でありながら、お気前よくそれを出してくだされた」

「その金も、真田《さなだ》紐《ひも》を売った利潤であろう」

「まあ、そうじゃ」

「すると、もし関東と大坂があらそうて、大坂が勝ったとなれば、真田紐が勝たせたことになる」

「まあ、そうかな」

「天下を吊《つ》りあげる紐だな」

「ははは、才蔵はおもしろいことをいう」

大津へ入ったときは、すでに丑《うし》ノ刻《こく》（午前二時）さがりになっていた。

大津はもともと京極家《きょうごくけ》の所領であったが、関ケ原からのちは、幕府の代官所が膳所《ぜぜ》におかれている。

「佐助、一気にこのまま、夜を駈《か》けぬくつもりか」

「それはできまい」

と佐助は、晴海入道のほうをみて、

「ここにお素人《しろうと》衆がござるし、また、いそいで駿府に参ったところで、詮《せん》もない。一両日、ここに逗留《とうりゅう》しよう」

「悠長《ゆうちょう》なことじゃな」

「いま、駿府の城内の警衛がきびしいというから、もそっと海道の様子をさぐっておきたい」

佐助は、道中にありながら、毎日の駿府城下の様子や、城内の警備の状態まで知っていた。例の海道の忍者たちの通報によるものだった。

大津の戸数はほぼ千戸。

それが闇《やみ》のなかに寝しずまっていた。

三人は、町並をはずれてびわ湖のほとりへ出、ただ一軒、松林のなかに立っている漁師の家に入った。

「これは、何者の家じゃ」

才蔵は目をひからせた。

「じつは、この家のあるじは、永年漁師としてくらしているが、甲賀者でな」

才蔵は、不意に、

「しかし妙に女くさい」

「いや」

と佐助は、バツのわるそうな顔をして、

「隠岐殿がござらっしゃる。京の市中の探索を避けて、ここでしばしご休息なされておる」

(隠岐殿か)

才蔵は、これで三度目だ、とおもった。

八瀬《やせ》で一度、菊亭大納言《きくていだいなごん》家の菩提寺《ぼだいじ》で一度、そしてこんど、この思いもかけぬ湖畔の漁師の家で三度目に隠岐殿と会ったとき、その顔色の冴《さ》えぬのにおどろいた。
以前の印象では、ゆたかな肉《しし》おきと張りのつよい目が、いまも網膜をはなれないのだが、いまは、そのほおが、灯影《ほかげ》の暗さのせいか、すこしこけてみえるのである。

「おやせなされたな」

「これも、才蔵どののせいでありまする」

「ほほう」

「黒屋敷をお焼きなされて以来、所司代の目がきびしゅうなり、わたくしは京にすめなくなりました。諸国の力ある牢人《ろうにん》にわたりをつけるしごとも、もはや出来ますまい」

「では、なぜ大坂へ帰られぬ」

「しばらくこの浦で、秋の月でもながめて気養生をしようと思うております」

「けっこうなご身分じゃな」

「隠岐はおなごでござりまするもの。あのような仕事は、やはり無理でござりました。わたくしは身も心も疲れはてた」

「意外じゃな」

「なぜ。……」

「わしは、隠岐殿などは、鬼か蛇《じゃ》のようなおなごかと思うていた。この前に会うたときも、まるで女手ひとつで、関東の政権をひねりつぶすような勢いであったぞ」

「そのような」

「ではないのか」

「才蔵どのの目からみれば、わたくしなどはおなごではないと申されるのであろうか。才蔵どの、このわたくしを、おなごとはみませぬのか」

隠岐殿は、小くびをかしげて、ひどく艶《あだ》めいた目もとで、才蔵を見つめた。

ふしぎなことに、隠岐殿がそういう表情をすると、この女の例のあでやかな匂《にお》いが、いっそうににおいたつようなのである。

すでに、佐助も入道も遠慮して別室にひきさがっている。

「才蔵どの」

「なんじゃ」

「この灯《ひ》を吹き消せば、才蔵どのはわたくしを抱いてくれまするか」

「隠岐殿、おなごとは、左様なことをいうものではない。やはり、お手前は、おなごでないようじゃな」

「ない？　おなごでは？」

と、隠岐殿の頬《ほお》に、自嘲《じちょう》の色がのぼった。

「なるほど、わたくしは、おなごではありませぬ。幼いころから、豊家《ほうけ》（豊臣家）の奥に仕え、役儀のことばかりしてきた。いまの仕事も、おなごのすることではありませぬ。隠岐は、頬に粉黛《ふんたい》（化粧）をほどこしてはいるが、ただのおなごの致しかたも知りませぬ。恋とは、どうすればよいのであろうか」

頬に、ほのかな血の気がさし、キッと唇《くちびる》をかみ、やがてその唇を小さく解いて、

「才蔵どの、ここでは人目がありまする。あすの夜戌《いぬ》ノ刻《こく》（午後八時）に、浦の根あがりの磯馴《そな》れ松の下まで来てはくれませぬか」

「それは、おとこのいう言葉じゃ」

「ゆえに、隠岐は、申したはずじゃ。おなごの恋のしかたがわかりませぬと。な、そうして賜《たも》らぬか」

隠岐殿は、膝《ひざ》でにじりよって、才蔵の手にそっと自分のてのひらを重ねた。絹のようにやわらかい手だった。

その翌夜、才蔵は、戌ノ刻よりすこしまえに、浜辺へ出た。

（隠岐殿は、どのようなつもりでおれを誘うたのであろう）

むろん才蔵には、隠岐殿とあいびきする気持などはまるでなかった。すぐ目の前に隠岐殿が指定した根あがり松があった。が、そこへは行かず、舟のかげに身をよせたとき、不意に目の前の根あがり松のそばを、スイと過ぎた影があった。

（隠岐殿かな）

ではない。

男とみた。

とみるま、もう一つの影が湧《わ》くように闇からあらわれ、そのあとを追った。どうやら前の男とは仲間らしい。

そのあと、女の影が、砂を忍びやかにふんで根あがり松のそばに近づいたのである。

「隠岐殿か」

女の影が、はっとおびえた。

（これはちがう）

近づいてみて、さすがの才蔵も足をとめた。お国ではないか。

「どうした」

「隠岐殿の侍女お国と申します」

とお国はばか丁寧に頭をさげ、やがて顔をあげたときは、唇を噛《か》んでいた。

むろん隠岐殿の侍女であるお国は、あいびきを知っているはずである。自分に対する才蔵の不実をうらんでいる顔つきだった。

が、才蔵は弁解もせず、

「隠岐殿は、いかがいたした」

「参れぬとのことでございます」

「自分で呼んでおいて参れぬとは、奇態なおなごじゃな」

「お気の毒に存じます」

「ふむ」

と苦笑して、

「それにはおよばぬ。べつに色恋の沙汰《さた》ではない」

「たんと、うそをおつきあそばしませ」

「そのようなことより、なぜ隠岐殿が参れぬか。理由があろう」

お国の語るところでは、京の所司代や黒屋敷の側から、隠岐殿探索の手がのび、すでにこの漁師の家のまわりにまで、見はりが出没しているという。佐助がそれに気づき、にわかに隠岐殿をつれて他の隠れ家へ移った、というのだ。

「たったいまのことでございました」

「すると、さっきの二つの影は」

「公儀の者でございましょう」

「ほう、お国も見ていたのか。敏《さと》いおなごじゃな」

「佐助どのの申されるには、このさきの草津ノ宿《しゅく》のよしの屋というはたごで才蔵様と落ちあうということでございます。このますぐお発《た》ちくださいますように」

「わしひとりでか」

「はい」

「お国は？」

「わたくしは隠岐殿の侍女でございますゆえ、あたらしい隠れ家に参ります。そのかくれ家は、くれぐれも才蔵様にはおしえるなとのことでございました」

「なぜかな」

「隠岐殿に虫のつくのを佐助どのはおそれられたのでございましょう」

「虫とはたれのことじゃ」

「才蔵様のこと」

と、お国は、はじめて笑った。

（佐助と落ちあう場所は、たしか草津のよしの屋と申したな）

才蔵はお国とわかれ、月明の浜をひがしへ歩きだした。草津へ行くためであった。

しかしふと足をとめた。

（やめた）

理由はない。

ただ、むしょうに腹がたってきたのだ。

（やはり、隠岐殿や佐助は、おれを仲間だとは思うておらぬ）

かれらは、才蔵に今夜の行動をかくしている。佐助が第一そうだ。表面は馴れ親しんでいるくせに、なにか事があると才蔵を他人の伊賀者としかみていない。

むろん、それでよいことだ。才蔵自身がかれらから孤立しているのに、かれらに腹をたてる理由はない。

「ちっ」

才蔵は、狂気したようにはねあがった。と同時に、腰の刀が月光に一閃《いっせん》して松のふとい枝が空中に飛んだ。さらに一閃したときはそれが両断されていた。つづいて才蔵の体がひらひらと急速に旋回してゆくにつれて、空中の枝はつぎつぎと寸断され、最後の断片が地におちたときは、三寸ほどもなかった。

刀をおさめた。歩きだした。例の漁師の家へ行ってみようとおもったのだ。むろん、佐助も隠岐殿もいまい。ただ行ってみようと思った。

それにも理由がない。なにかしら、この場合、はげしい行動をもとめなければ心が崩れおちそうに思える。

(隠岐殿をさがして、斬《き》るか)

あの体は、手ごたえがよさそうにおもった。むろん、これにも理由がない。ケモノの兇暴《きょうぼう》な衝動に似ている。

才蔵は、例の漁師の家に近づいたとき、

(おお。……)

とびさがって、樹《き》の影に身をよせた。

いけはいがした。家の周囲にも、なかにも、すくなくとも十数人の人数が、息をころして敵を待っている様子だった。灯はついていない。

(はて。何者か)

隠岐殿をねらっている黒屋敷の人数とみた。おそらくかれらがこの家をおそったときは、佐助らは風をくらって逃げたあとだったのだろう。

しばらくひそんでいると、やがて数人の足音がみだれながら近づいてきて、

「どこへ逃げたか、見あたらぬ。しかし獲物《えもの》はあった」

と低い声でいった。それに応ずるように家のなかから、男が走り出てきて、

「ほほう、女ではないか」

「そうじゃ、この者、松林の下を東へ歩いてゆくゆえ、怪しとみてとらえてみた。おそらく、例の隠岐殿とか申す女の家従の女であろう。代官所まで引きずって行って音《ね》をあげさせてみる」

（お国じゃな）

才蔵は、闇をすかしてそう思った。

「早う駕籠《かご》の支度をせよ」
二、三人が、お国のそばからはなれて、裏口へ走った。
才蔵は、ゆっくり近づいた。相手が黒屋敷の人数ならば、恰好《かっこう》な退屈しのぎだと思った。

「おい、おい」

男の肩をたたいた。男は、仲間と思ったらしく、ふりむきもしなかった。

「よいおなごじゃ。おれにもさわらせてくれい」

お国は、はっと顔をあげた。

才蔵は、ニヤリと笑った。その笑顔になぜかお国がおびえた顔をしたのは、才蔵の顔が、よほどおそろしいものだったからに相違ない。

「お国、おぬしとおれとは、妙な縁じゃな」

お国の身の危機をたすけたのは、これで三度目である。

「あっ、こ、こいつは」

男がさわいだ。

「いま気がついたか」

才蔵がそういったときは、月光のなかで才蔵の白刃《はくじん》が十字にきらめいて、お国をとりまく男二人が、声もなく地上にころがったあとだった。

駕籠をもって黒屋敷の人数が走り出てきたときは、すでにその砂地の上にお国の影はなかった。そばに、仲間の死体がふたつころがっている。

仰天して、

「出あえ。曲者《くせもの》ぞ」

「忍びのしわざじゃな」

たれかがいった。

たちまち、二十人ほどの人数があつまり、すぐ散った。

「街道へ出たのではないか」

「街道には代官所の人数が出ている。おそらく、それを恐れ、舟で逃げるために浜へ走ったのであろう」

「舟を出せ」

という声もあった。

そのころ才蔵は、

「お国」

とお国の背をおさえ、かれらから遠からぬくぼ地に身を伏せながら、ひくくいった。

「もそっと身を伏せよ。あいにくの月明じゃ。これは容易にのがれられぬ」

「申しわけございませぬ」

お国は、才蔵の肩に顔をよせて、あえぎながらいった。

「あやまることはない」

「いいえ。お国がわるうございました。根あがり松の下で申しましたことは、お国のうそでございます」

「………」

才蔵は、あきれてお国の顔をみた。

「あれは才蔵さまを隠岐殿とあわせまいとして、お国が作ったうそでございました。……ところが」

「わかった」

才蔵は声なく笑って、

「わしと浜で会ってのち例の漁師の家へ立ち戻《もど》ってみると、そのうそがまことになっていたのじゃな」

「はい。そのうえ隠岐殿も佐助どのもおりませず」

「で、黒屋敷の人数が、あのように家をとりまいていた。わるいことはできぬものだ」

「おゆるしくださいませ」

「許すもゆるさぬもない。おなごの口からうそをのぞけば、なにものこるまい。すると、わしが佐助と草津のよしの屋で落ちあうというのもあれはうそか」

「はい」

「わしは、あやうく草津へゆくところであった」

「才蔵さま、もはやのがれるすべはないのでございましょうか」

「ない」

「伊賀の才蔵さまのお力でも？」

「わしのまなんだ術は、自分ひとりを始末できる術じゃ。人までは救えぬ」

「では、お国をここへ捨ててお逃げくだされませ」

「ああ、そうしよう」

「まあ」

と、お国は顔をあげ、

「まことに、お国をここにお捨てなさるのでございますか」

「たったいま、そちの口がそう申したばかりではないか。それゆえ、おなごの口は、うそをつくためにあると申すのじゃ。見捨てはせぬ。お国」

「はい」

「辛抱じゃ」

いきなり才蔵は、お国のみぞおちにコブシを入れた。失神したお国をだきあげると、才蔵は浜辺へ走った。

幸い、舟のそばにまだ人影がない。才蔵は、力まかせに、舟を砂地から波間に入れた。

すでにこの山では、紅葉がはじまっている。

佐助の顔は、いつの場でも屈託がない。

「あの男のことだ」

と、午後の明るい日ざしのあたる紙障子のそばで寝ころびながら、晴海入道と話している。

「まさか命はおとしはせぬ」

「が、才蔵は、たとえ敵の手をのがれてもこの隠れ家を知るまい」

「あははは、この佐助が抜かるものか。すでに街道のほうぼうに甲賀者を出して、探させてある。いずれ、才蔵を伴ってここへ来よう」

ここは、佐助の故郷江州甲賀の山里なのである。

大津とはおなじ近江《おうみ》とはいえ、山が深く、西へ山を越えれば、そのまま伊賀の国へつづいてゆく。

昨夜、佐助は黒屋敷の人数の襲撃を察知すると、すぐ大津の町にひそませてあった甲賀者たちに隠岐殿を託し、佐助自身は入道をつれて終夜走り、明け方までにこの里にのがれついたのだ。

「さて隠岐殿は、もうおめざめかな」

と佐助は起きあがった。

「だいぶ、お疲れらしい。この家《や》の女の話では、お熱があるようじゃという」

すぐそのあと、隠岐殿が、佐助をよんだ。佐助がその部屋に入ってゆくと、すでに床をあげてすわっており、佐助の顔をみるとすぐ、

「佐助、才蔵はどうしました」

「あの者は」

と、さきほど入道に話したとおりのことを告げると、

「では、お国は？」

「あのとき、お国どのはお身のそばにおりませなんだな。なにぶん火急のことで取りすてて参りましたが、お国どのについても、拙者の配下の甲賀者が探索しておりますゆえ、ご安堵《あんど》くだされますように」

「お国はひょっとすると」

と、隠岐殿はチラリとあたりに目をくばらせ、

「佐助、関東の諜者《ちょうじゃ》かもしれませぬな」

「えっ」

「まえから、あの者の挙動をわたくしは不審におもっていたのです。きのうも、関東の人数にあの隠れ家を報《し》らせたのは、お国ではないかとおもわれます」

「なるほど」

「その証拠に、お国はあの時以来、姿を消しているではありませぬか。佐助はどう思います」

「はて」

と、佐助はわざととぼけてみせたが、お国への疑いは、じつは佐助ももっている。

「大坂の城内では、譜代重恩の御重役でも、関東にひそかに志を通じている者もいるとききます。ましてお国は軽い身分の者の遺子でありますゆえ、心がどう変わるかわかりませぬ」

そのころ、お国をつれて草津川の川口のあしの中に身をひそめた才蔵も、おなじ疑いをお国に対して抱きはじめていた。

昨夜、舟で沖まで出たが、カガリ火をたよりに湖上を追ってきた三そうの舟は、どうしたことか才蔵の舟を見ながらあまり追跡の熱意がなく、唐崎《からさき》の沖で一せいにひきかえしてしまったのである。

お国には、不審なことが多い。

(とにかく、根あがり松まできておれを草津へ逃がそうとしたのは、この女の好意だ。この女をおれが助けたのではなく、ひょっとすると、助けられたことになるのかもしれぬ)

……人と人とが、信じあえなくなっている。

隠岐殿が、自分の家来であるお国を疑いはじめているのと同じことが、このごろの大坂城内の大奥や政庁で、うずを巻いているのである。

すべて、関東の工作によるものだ。家康が大坂城の内部崩壊に用いた反間《はんかん》(スパイ)工作ほどすさまじいスパイ作戦は、その前後の歴史にもない。

豊臣家の家老片桐且元《かたぎりかつもと》は、対徳川の外交折衝にあたっていたが、家康に懐柔翻弄《ほんろう》され、ついに秀頼・淀殿《よどどの》の怒りを買い、淀殿は且元をもって関東の諜者ときめつけ、「市正《いちのかみ》(且元の官名)は関東に心をあわせ、当家を傾けまいらせる所存か」とまでののしっている。

これだけではない。

大坂城中にあって秀頼のお伽衆《とぎ》(相談相手)になっている織田常真入道も関東の諜者だというわさが女官のあいだで高く、そのほか、大名格の老臣のなかで関東とひそかに連絡している者が多い。

大坂城は、疑団の城といってよかった。隠岐殿がお国をうたがったのは、彼女の軽はずみとはいえない。

……才蔵とお国は、その夜、草津の宿場の旅籠《はたご》にとまった。部屋に入るなり、才蔵は、

「お国、そちはもはや、隠岐殿のもとへはもどれまい」

といった。

「なぜでございましょう」

「このきつねめ。そちは、関東の諜者であろうが。……待て」

と、にげかけた手をおさえ、

「どこへゆく」

「厠《かわや》へ立ちまする」

「へたなうそをつく。左様なうそは才蔵には無用ぞ。おれは関東でも大坂でもなく、ただ一人の伊賀者じゃ。事実を知ったところで、たれに告げて忠義をするわけでもないわい」

「はい、才蔵さま」

お国は、やっと落ちついたらしい。顔に血がのぼり、ひたいに汗がうかんでいる。才蔵ににぎられた手をそのまま自分の力でにぎりかえしながら、やがて、キラキラよく光る目で才蔵をみつめはじめた。それが、まるで人の世の女とみえぬほどに美しい。

「お国は、才蔵さまを命とも想《おも》うておりまする。才蔵さまも、お国を可愛《かわゆ》いとおもうてくださりまするか」

お国は、なにか身の大事をうちあけようとしているらしかったが、才蔵はあまりとりあわず、

「おもわぬでもないな」

「まあ、お情けない申されかた。なぜもっと実《じつ》をこめておっしゃってくださりませぬ」

「いえば、どうするのか」

「そのお顔。厭《いや》でございます。才蔵さまは、やはり、おなごが命をあずける殿御ではございませぬな。もう、申しませぬ」

そのとき、旅籠の番頭が障子のそとにあらわれ、障子ごしに、

「もうし、斎藤様」

宿帳には、そういう名をつかっている。

「お連れのお方にて、当山派の修験者養気坊《しゆげんじや》と申される方が、おつきでございますが」

（連れの修験者。……）

ああ佐助の配下の甲賀者がさがしに来たのかと思い、

「通せ」

といった。すぐお国に、

「いま佐助の配下がくる。ここで見つけられては、そち自身の身のためになるまい。庭へ出ておれ」

お国を庭へ出すと、そのまま才蔵は、旅籠をぬけ出して佐助の使いとともに草津の宿場を去った。この場合、お国を置きすてたというよりも、才蔵はお国から逃げたといったほうがいい。才蔵にすれば、お国が関東の諜者と知れた以上、大御所をうつために駿河へくだる企図をかくさねばならぬ、とおもったのだ。

甲賀で佐助とあい、翌々日の朝、鈴鹿峠《すずかとうげ》をこえて伊勢路に入った。

「思わぬ手間をとったな。すこし道をいそごう」

と、気のみじかい晴海入道は、はやく目的地の駿河に行きたいらしい。

亀山《かめやま》城下に入ったのは、ひるさがりで、亀山城の三層の本丸が、秋晴れの空にクッキリとうかんでいた。

「ほほう、みごとなながめじゃのう」

城下の茶屋でひるめしをとりながら、入道は城をあおいでは、しきりとひとりごとをいった。この男のクセなのだ。つぶやくというよりも、あたりかまわず、大声でいうのである。

「おた、おた」

と口拍子をとり、

「鄙《ひな》にはもったいないような城じゃ。普請《ふしん》ずきの下州《げしゅう》のあわれぞしのばるる」

独りごとには、唄《うた》のように、ふしがついている。

入道がいった「下州」とは、むかし、秀吉によってこの地に封《ほう》ぜられた岡本下野《しもつけの》守《かみ》重政（良勝）のことだ。

重政はもともと伊勢《いせ》安濃《あの》郡岡本村から出た人物で、はじめ織田信長につかえ、のち秀吉の大名となり、この亀山に封ぜられてからは、さかんに土木をおこしてこの亀山城をきずいた。

秀吉の没後、重政は石田三成《みつなり》に味方してこの城で東軍と戦ったが、すぐ降伏開城して逃げた。入道が「下州のあわれ」といったのは、せっかく丹精こめてきずいた城もまるで敵に渡すために作ったようなものだ、という意味だ。

その後、家康は東海道の要地であるこの城を重視し、いまは一門の松平下総守《しもうさのかみ》清匡《きよただ》（忠明）に五万石をあたえて守らせている。

「どうじゃ、佐助、そうは思わぬかよ」

と、入道は旅芸人姿の佐助をふりかえったが、佐助はマユをひそめ、知らぬ顔をしてめしを食っている。ほかに、おおぜい、客がいるのだ。たがいに仲間だということを知られてはまずいのである。

才蔵は、ややはなれた床几《しょうぎ》に腰をおろし、そ知らぬふうでめしを食っていたが、

（佐助も大変な男を連れてきたものだな）

とひとりおかしかった。

「あははははは」

入道は、城をさかないにしてすっかり酒がまわったらしく、上機嫌《じょうきげん》になっていた。

「この城は平城《ひらじろ》ゆえ、わしに鉄砲二百挺《ちょう》、人数二千人も貸してみよ。一日でもみつぶしてくれるわい」

「ご坊……」

とそのとき立ちあがった武士があった。供をふたり連れている。旅装をしていない所をみると、この亀山松平家の家中の侍、と才蔵はみた。

「さきほどからきけば、出家には似あわず、不穏なことを申されているようじゃ。もう一度、拙者の前で申してみられよ」

血相をかえ、刀のツカに手をかけていた。まだ戦国振りの心のたぎりが残っている当節のことだ。武士の言葉はカラおどしではなく、返答しだいでは、抜きうちに入道の首を打ち落してしまう気魄《きはく》がこもっている。

が、入道は、上機嫌だった。

「貴殿、そこできいてござったのか。しかしこれはお経とおなじで、ひとりごとよ。気になさらずともよい」

どうやら喧嘩《けんか》を売って楽しむつもりらしい。

「貴僧、お名前は」

と松平家の家士がいった。

「出家の身に、名乗るほどの名はない」

「では、本寺はいずれである」

武士の問いかたが、だんだん、詰問調《きつもんちょう》になっている。

「本寺などはないわ」

「たしかに、名も本寺もないな。されば、斬《き》りすてても、どこからも苦情は出ぬとみたぞ」

「出るわ、苦情は」

と晴海はたちあがって、六尺の法杖《ほうじょう》をトンとつき、

「この杖《つえ》がいう」

といった。酔っている。

すでに、佐助は消えていた。

街道をさりげなく歩きはじめている。

置き捨てて逃げるのは、ふびんとは思ったが、といって、この事件にかかわればどんな大事になるかわからないのだ。

(才蔵が、始末をつけてくれよう)

その才蔵は、茶店のはしの床几からたちあがると、ゆっくりと、松平家の家士のそばへ寄り、

「亀山の御城士と見ましたが、この狂僧をお斬りすてになるならば、頼みがござる」

「ほほう、貴殿のお名は」

「肥後の阿蘇《あそ》大宮司《だいぐうじ》家の家来、斎藤縫《ぬい》殿と申す」

「御神人《ごじにん》であられるな。左様なご身分のお方ならば、供の一人もお連れなされておるはずじゃが、いかがなされた」

「その供が、この僧のために鈴鹿の坂ノ下で顎《あご》を打たれ、旅籠で療養しております。供の敵《かたき》でもあるゆえ、成敗を拙者におまかせくだささらぬか」

それをきいていた入道が、

「ど、どうするのじゃ」

とわめき、つい、

「才蔵」

と口走りかけた。が、それよりも早く、才蔵の拳《こぶし》が入道の右顎の根に食いこんで、横ざまに入道をぶち倒していた。

「あっ」

「醒《さ》めたか」

「おのれ」

起きあがった入道は叫んだつもりだが、言葉にはならなかった。顎がはずれてしまっていたのだ。

「これで拙者の気がすみました。顎がはずれては、お城の悪口もいえますまい。とるにたらぬ乞食《こじき》坊主ゆえ、貴殿もゆるしてやりなされ」

「ふむ」

と武士は、あらためて不審そうに才蔵の姿をじろじろと見た。やがて供の若党に耳うちすると、その男ひとりを残して、茶屋を出て行った。若党に才蔵たちを見張らせておくつもりだろう。

(これは、かえってまずかったかな)

不穏の牢人《ろうにん》とみられたかもしれない。

「亭主。……」

と、才蔵は、いそいで立ちあがり、店さきを騒がした詫《わ》びをいい、余分の鳥目《ちょうもく》をおいて街道へ出た。

ふとふりむくと、酔いがすっかり醒めたらしく、晴海入道が、顎をはずし、よだれをたれたまま、あとからついてくる。

(真田殿も、ひどい男を郎従にしているものだな)

才蔵は、おかしくなった。戦場ならばこういう男も役に立つだろうが、これでは諜者にむかない。

入道は、才蔵に撒《ま》かれまいとおもって必死についてくるのだ。が、才蔵にすれば、入道を離してしまわないかぎり、追手にいよいよ疑われてしまうのである。

(やむをえぬ)

足をはやめた。

折りよく城下のはずれに鎮守のやしろがあり、祭礼でもあるのか、近郷の男女が群れていた。

(ちょうどよい)

才蔵は境内に入った。社殿の前で幸若舞《こうわかまい》を興行している。舞台をかこんで黒山の人《ひと》垣《がき》ができていた。そのなかにまぎれこんだとき、

「才蔵、待っていた」

すり寄ってきた男がある。佐助だった。小声で、

「入道どのは捨てておくがよい。どうせ、ひっとらえられて牢に入れられるだろう。あの老人はああいう狂体を演じているが、存外、あれはあの老人なりのきわどい奇策なのかもしれない」

「牢は城内二ノ丸の下にある。わざと捕まって、とっくりと城を見聞しようというのだろう。われわれに手柄《てがら》をさせるだけでは能がないと思ったにちがいない。その見聞を手柄にして九度山《くどやま》の殿に報告したいのだ。あれでなかなか抜けめのない男なのだ」

「なるほど。しかし入牢《じゆろう》すれば容易に出られまい」

「なに、あの程度の科《とが》なら、十日も牢のめしを食えば出られる。万一のときには街道に撒いてある甲賀者に牢をやぶらせて救い出すつもりでいる」

「佐助も手間のかかることじゃな」

「晴海入道を連れて来ねばよかった。とかく、素人《しろうと》は戦場同様派手な手柄をしたがる。しかし、わるい男ではない」

「あたりまえだ。気ちがいのうえに悪人なら、こっちがたまるまい」

やがて、境内から街道の様子をみていると、入道を追ってきた騎乗三騎、足軽二十人が、鳥居の前で入道をとりかこんだ。その人数に、晴海入道ほどの男が、またたくまに打ち伏せられた。

「どうじゃ。やはり入道どのにはこんたんがある。あの男が、あれしきの人数で、おとなしくつかまるはずがない」

「ほう」

佐助と才蔵は、境内で日暮まですごし、やがて日没とともに、街道に人が絶えたのを幸い、風のように走りはじめた。

庄野

石薬師

四日市

と八里半の夜道を駈《か》けとおして桑名の城下に入ったときは、ようやく東の海から陽《ひ》がのぼろうとしていた。

佐助は、街道の両がわにならぶ旅籠には目もくれず、道を左手にとって、武家屋敷の集まる一角に足をふみ入れた。

「佐助、どこへゆく」

「まあ、だまってついてくるがよい」

桑名十五万石の城は、ただの大名の居城ではない。家康は桑名を大坂に対する最前線の要地とみて、とくに徳川家の部将のなかでも勇将できこえた本多平八郎忠勝にまもらせていた。

佐助はやがて、とある武家屋敷の裏門に立ち、三度たたいた。

その屋敷に入ると、用人らしい老人があらわれ、無言のまま、佐助と才蔵を土蔵へ案内した。

妙な土蔵なのだ。二階の一室には畳が敷かれ、秘密の居間のようなかたちになっている。

(薬くさい。……)

才蔵は、あたりの櫃《ひつ》や調度品をゆっくりと見まわしながら、

「この屋敷は武家屋敷ではなく、医者の屋敷ではないか」

「さすがは才蔵じゃ、よう見た。当家のあるじは、本多家の御典医海瀬良玄《うみせりようげん》どのじゃ」

「御典医」

御典医といえば、上士格である。徳川譜代の大名でも忠勤第一の家といわれた本多家の上士格の家来が、ひそかに大坂に通じているというのは意外なことだった。

もっとも城主は、すでに先代平八郎忠勝が三年前に死亡し、長子忠政がついでいる。二代目となると、さしもの鬼の本多とまでいわれたこの家の綱紀もゆるんでくるのであろうか。

「佐助」

と才蔵は眉《まゆ》をひそめて、

「いったい、海瀬良玄というのは、どういう男じゃ」

「案ずることはない。もとは堺《さかい》の人で、明人《みんじん》から医術をまなんだという。じつは、この海瀬どのが堺にいたころ、さる商家の娘と通じ、子をうませたことがある。商家のほうでは私通を恥じて子を豊臣家の納戸頭《なんどがしら》岩田内匠《たくみ》という人物の養女にしたのだが、長ずるにおよんで稀世《きせい》の美貌《びぼう》となった」

「その女の名は?」

「某女としておこう。長じてお城奉公にあがったところ、秀頼様のお手がついて女子をうんだ」

「すると、父子の関係さえ明確にすれば、海瀬良玄は、秀頼の子の外祖父になるわけじゃな」

「いかにも」

「あとを聞こう」

「そこで、淀殿、大野修理どのらが良玄どのに手をまわし、この桑名本多家で知りうるかぎりの関東の情勢を逐一密書で報じさせておるという仕儀になったのよ」

「なるほどのう。大坂も隙無《すきの》うやるものじゃ。ところで、その良玄どのは在宅か」

「在宅していても、われわれには会うまい。秘密をまもるには、そこまで厳重でなければならぬ」

才蔵は、なんとなく不審をおぼえた。理由はない。勘のようなものである。

が、佐助はのびを一つして、

「とにかく才蔵、ただの旅籠よりもこの屋敷のほうが安全じゃ。日が暮れるまで、寝《ね》溜《だ》めをしておこう」

「ああ」

とうなずきはしたが、才蔵は佐助のように楽天的にはなれない。

「佐助よいか。伊賀には、七たび人を疑ってなお信ずるなということがあるぞ」

「甲賀には、左様なことはない。主人を信じ仲間を信じねば、大きな仕事はできないものぞ。それが伊賀流と甲賀流のちがいじゃ」

「おぬしの気楽さはそこから出ている」

「才蔵のむずかしさも、そこにあるわけじゃな」

「とにかくおぬし、ここで寝ておれ。おれはすこし屋敷の様子をさぐってくる」

存外、ひろい屋敷である。

才蔵は、廊下をゆく。

堂々たる歩きぶりで、忍び足などはつかわない。ただどういう工夫があるのか、足音はまるで消えている。

中庭をかこむ濡《ぬ》れ縁まで出たとき、むこうから弟子《でし》らしい男がきた。

男は小腰をかがめて、才蔵を通すために通路をあけた。それほど才蔵の様子はさりげなかった。

才蔵は、主人海瀬良玄の居室らしい前に立ったとき、はじめて声を出した。

「良玄どの」

書院のなかで人払いをしたまま客と密談していた良玄は、あわてて立ちあがり、

「これ、たれかおらぬか」

「はっ、これに」

と、控えノ間にいた家来が顔を出した。

「いま、わしの名を呼んだ者がある。廊下の様子をしらべてみよ」

家来や弟子四、五人が書院のまわりをしらべてみたが、たれもいない。

「たれもおりませぬ。お耳のせいではございませぬか」

「たしかにきこえた。庭、茶室、厠《かわや》にいたるまでくまなくしらべるのじゃ」

屋敷は、大さわぎになった。

良玄の客は、武士であった。そそくさと立ちあがり、

「ではただいまのこと、念にはおよばぬな」

「承知つかまつった」

客が部屋を出た。

それと入れかわるように、天井の羽目板《はめいた》がはずれ、才蔵がトンとおり立ったのである。

「あっ」

「お騒ぎあるな」

指のあいだに、キラリと光る十字手裏剣《しゆりけん》をはさんで良玄に見せ、才蔵はゆっくりと脇息《きようそく》に尻《しり》をおろした。

「海瀬良玄どのじゃな」

「お、おのれは何者じゃ」

良玄は、脇差《わきざし》に手をかけた。

「医者どのの腕では、わしは斬れぬ。声をたてると、この刃物が飛ぶ」

「名を申せ」

「声を立てるなと申すのに。わしのきくことだけに答えればよい。いまの武士は何者か。なんの話をしていた」

海瀬良玄というのは、五十すぎの小肥《こぶと》りな男で、小さな目がいやしげに光っている。その良玄の赤ら顔がにわかにふくらんだ。やがて唇《くちびる》がめくれ、歯がみえた。

「出あえ。曲者《くせもの》ぞ」

才蔵は、だっと畳を蹴《け》った。と見るま、才蔵の右手右足は床柱をつかみ、その勢いで、天井の穴へ吸いこまれるように消えた。一瞬のあいだである。

そのあと、屋敷の人数が部屋へ乱入してきた。が、かれらの見たものは曲者ではない。

部屋の真中でへたへたと折れくずれている良玄を見た。

「い、いかがなされました」

「曲者が、ここへ来た」

「どこにもみえませぬぞ」

「たしかに来た。大きな男じゃ」

「面妖《めんよう》な」

とみなで顔を見あわせたが、良玄が乱心しているとしか思えない。

そのころ才蔵は、天井をつたって別の部屋へおりていた。

そこに、女がいた。

年のころは、二十一、二だろう。経机《きょうづくえ》にむかい、千字文《せんじもん》を写していたが、不意に目の前にあらわれた才蔵の姿をみて、はっと目をみひらき、筆をおとした。

「どなたでございますか」

「声をたてるな」

才蔵は、刀を女の頰《ほお》にあて、

「名は」

「小若《こわか》と申しまする」

「この屋敷の息女か」

「いいえ。奉公にあがっておりまする」

「そばめじゃな」

女はうつむき、頰を赤くした。

「心安くせよ。べつに危害を加えるつもりはない。こわいか」

「いいえ」

と才蔵の目をまっすぐにみて、

「わるいお人ではないように存じまする」

存外、気性がしっかりしている。

「ようみてくれた。わしがここへ参ったことは、たれにもいうでないぞ」

「はい」

童女のようにうなずいた。

「たしかじゃな」

「ご念にはおよびませぬ」

その無邪気さに才蔵はおもわず歯をみせてわらってしまった。小若もにこっと笑い、

「お茶でもさしあげましょうか」

「いらぬわ」

才蔵は、膝《ひざ》を折り敷くと、
ばん、
と畳をたたき、すばやく手をあげた。

畳とてのひらのなかに真空ができるのか、そのまま畳は勢いよくはねあがった。

「まあ」

小若が、あきれてのぞきこんだ。

才蔵はクナイをとりだして床板をはずし、

「小若とやら」

「はい」

「また来る」

と、床下に消えてしまった。

そのあと、海瀬良玄があわただしく入ってきて、

「小若、ここへたれか来なんだか」

「参りませぬ」

人がかわったようにつめたい表情で、良玄をみた。

「賊でも入ったのでございますか」

「おお、賊じゃ」

「なにを盗まれたのでございます」

「盗みはせぬ。が、屋敷のなかを気儘《きまま》にあるいておった」

才蔵はすぐ土蔵にもどり、

「佐助。やはり海瀬良玄は曲者じゃ。あれは大坂に通じているように見せかけて、じ

つはそうではない。さきほど武士の客があったが、良玄はすでに城に内報し、われわれを捕殺する手はずを整えたものとみた」

佐助は起きあがり、

「信じられぬ」

「そこが佐助のあまい所よ。とにかく、たれにも気づかれずにこの土蔵を出ることじゃ」

「出て、どうする」

「屋敷はひろい。どこへなりとも、日が暮れるまでひそんでいよ」

「よし」

佐助は立ちあがった。

「才蔵、万一散りぢりになったときは、今夜の夜半、四日市の浦の浜辺を歩いておってくれ。人が迎えにゆく」

「わかった」

才蔵は、土蔵の階下へおりた。

才蔵は床下から畳をあげて、ふたたび小若の部屋にもどった。小若は、まだ経机にむかって手習いをつづけている。

「おい」

と才蔵は親しげに声をかけた。

小若はおどろきもせずふりむいて、そっと筆を置き、

「またおもどりになりましたか。こんどは、どんな御用でございます」

微笑さえうかべている。

才蔵という男には、ふしぎな魅力がある。初対面の者でもまるで十年の知己のような親しさに惹《ひ》き入れてしまう。この男には相手が当然おこすべき恐怖や疑問を忘れさせてしまう詐術《さじゅつ》があるのかもしれなかった。

「願いがある」

「どのような？」

「おぬし、小袖《こそで》をもっているか」

「小袖？」

「着ているものをぬげというのではない。かわりの小袖があるかというのだ」

「ございます」

小若がとりだしてくると、それを部屋のすみの衣桁《いこう》にかけ、そのかげで寝ころんで

しまった。

「まあ、のんきな」

「日が暮れるまで、寝させてもらうぞ」

「どうぞ。でも、日が暮れれば、なにごとがあるのでございます」

「日が暮れれば、城の人数が百も二百も、この屋敷をとりまいておれを殺しにくる」

これにはさすがの小若もおどろいて、

「それがわかっていて、なぜお逃げなさらないのでございますか」

「面白いからよ」

すぐだまった。小若は気楽な男だとおもった。寝入ってしまったらしい。

ほどなく良玄が入ってきた。

「小若、いそいで支度をするのじゃ。あと半刻《はんとき》で屋敷を出るぞ」

「どこへ参るのでございます」

「御家老のお屋敷へ今夜はとまる」

「なぜそのようなことをなされます」

「方違《かたたが》えよ」

当時そういう迷信があった。さすがに武士の社会では信奉する者がすくなかったが、京の公卿《くげ》仲間では流行し、陰陽術《おんみようじゆつ》のしめす吉運の方角に行ってとまれば、悪い運からまぬがれるというのである。自分の行くべき方向に知人の家がない場合は、知らない家へでも「方違えでおじゃる」といって入ってゆけばたいていは泊めてくれた。

(うそだわ)

方違えのような悠長《ゆうちよう》な理由でない証拠に良玄の顔はこわばり、目が血ばしっているではないか。

「さきほど入った盗賊のことではございませぬか」

「あはは、こわがるかと思うてだまっていたが、あの者は盗賊ではない。大坂の間者で、日本一の忍びの名人じゃという」

「あの方が」

「存じておるのか」

「いいえ、小若が存じているはずがありませぬ。しかし、その大坂の間者が、なぜ御当家のような医術の家に忍びこんだのでございましょう」

「それには、わけがある」

「どのような」

「女にはいえぬ。とにかく御家老にたのんであの者を捕殺することにした。捕殺せねば、わしは破滅する」

海瀬良玄の声はふるえていた。

恐怖は、ときにおもわぬ情欲を誘いあげてくるものらしく、良玄の顔は、血ぶくれしたような色になった。みるみる卑わいな表情になって、

「小若」

とひきよせた。すでに左手が帯の結び目をさぐっている。

「いけませぬ。まだそとはあかるうございます。人が参ります」

「たれも来ぬ」

「お城の人数が来ると申されたではありませぬか」

「あれは日暮じゃ」

「小若は、はずかしゅうございます」

「たれも見ておらぬのに、はずかしゅう思うことはあるまい」

みているのだ、小袖のかげであの男が。と小若は思ったが、それを良玄にいうわけにもいかない。

「おとなしゅうせい」

良玄は、小若のみぞおちの急所をつよくおさえた。

「いやじゃ」

「これでもか」

良玄は医者にしては力のつよい男で、小若のみぞおちの急所をつよくおさえた。

「動けば痛いぞ」

唇だけが笑っている。若い妾《めかけ》のいやがるすがたをみるのも、この年齢の男にとっては、こたえられぬ悦楽なのかもしれない。

小若は、素はだかにされた。良玄は、その上に体をおおい、舌で小若の肌《はだ》をなめさすりはじめた。

「厭《いや》いや。もうおやめくださりませ」

「よいではないか。それとも、わしが処方した例の丸薬をのませてやろうか」

「要りませぬ」

「さあ、服《の》め、のめば、極楽であそぶような気持になるぞ」

……小袖のかげで、才蔵は、そっと起きあがってあぐらを組んだ。気味わるくなってきたのである。

(男女の睦《むつ》みというものはうつくしいものじゃが、一つ食いちがうと胸がわるくなるほどに醜うなる)

しかし興味はあった。一体、良玄はどういういきさつでこの若い女を手に入れたのか、ということである。

知行地の百姓女を奉公にあがらせることは武家の奥ではよくあることだが、みたところ、小若は百姓の娘のようではない。武家そだちのような凜《りん》としたところもある。

(どういういわくのついた女か)

やがて、あれほど良玄の抱擁をこばんでいた小若が、同一人とは思えぬほどの異様な声をあげはじめた。

(やはり、ただの女だ)

才蔵はふと軽蔑《けいべつ》する気持がおこったが、ひょっとすると、良玄がさっきいった例の丸薬というものが、小若の身も心も蕩揺《とうよう》させてしまったのかもしれない。

(さて、退散するとしよう)

才蔵は、のっそりと立ちあがって、そろそろと良玄のまくらもとを歩いて、縁側へ出る障子に手をかけた。

当然、良玄は仰天した。

小若をつきはなし、脇差をぬいた。

「お、おのれは、あの伊賀者じゃな」

才蔵は、背をむけたまま、

「声をたてまいぞ、良玄。おぬしとわしの間は四間とない。声をたてれば、その首を一刀でおとす」

良玄がだまった。

才蔵はまゆをひそめ、

「はよう着物を付けぬか。そのすがたでは、わしはふりむくこともできぬ」

背後のけはいでは、小若はいそいで着物をつけたらしい。

しかし、良玄は、はだかのままだ。じっと逃げる機会をうかがっている様子だった。

「医者どの。ちょっときくが、わしらを泊めてくれたくせに、なぜ城の人数をよび入れて捕殺しようとするのか」

「…………」

「大坂の間者になったり、逆に大坂の内情を本多家に告げたり、いそがしいことじゃ。しかし、われわれまでを殺さずともよかろう」

「盗賊として討つのじゃ」

「その盗賊を泊めたのは、そちではないか。するとそちも盗賊ということになる。主家に盗賊と思われたくないために、われわれを密告したのか」

「ち、ちがう。この海瀬良玄はむかしもいまも、ひそかに大坂の豊臣右大臣家のために良かれと思うている」

「つまり、依然として大坂の間者であるというのじゃな」

「か、かんじゃではない。わしは主家の本多家にも江戸の大公儀に対しても忠なるものじゃ。大坂関東のいずれに対しても良かれと思うて、微力をつくしている」

「おもしろい」

才蔵は、障子にむかったまま笑いだした。

「人間とは、どんな立場の者にでもそれぞれ尤《もっと》もくさい理屈がついているものじゃな。しかしこのおれの身になってみろ。そういう妙な理屈のために殺されるのは迷惑だぞ」

「…………」

良玄は、そろそろと這《は》って、後じさりをはじめた。逃げようとするのだ。

「うごくな。気の毒だが、おれの背中には目がある」

良玄は、とまった。

「良玄、そちひとりがなぜ逃げる。おなごを捨てごろしにするつもりか」

「………」

そのとき、部屋の前の廊下を通る四、五人の足音がした。

良玄の目に、ぱっと喜色がうかび、

「曲者《くせもの》」

とさけぶや、だっ、ふすまに体あたりし、倒れるふすまとともに廊下にころび出た。

家来どもは大さわぎをした。ふすまとともに勢いよく倒れこんできた主人が、素は
だかだったからだ。

が、つぎに四人とも木偶《でく》のようにだまりこんだ。良玄の体には首がなかったのであ
る。

「首がない」

切りあとから、血がふきながれている。しかも死体は、いまにも駈《か》けだしそうな姿
で、四肢を虚空《こくう》にあげていた。

「こ、これはどうじゃ」

一同、顔を見あわせた。

家来といっても、医官の家来で、こういう事態になれば、茫然《ぼうぜん》とするほかない。

「しかし」

とひとりが薄気味わるそうにいった。

「たしか、曲者と申された。その足でここまで駈けこまれたとすれば、首なしで叫ばれ、首なしで走られたのであろうか」

部屋に入ってみると、畳の上に良玄の首はころがっていたが、たれもいない。

しん、とあたりはしずまりかえっていた。

日が、御在所山《ございしよやま》に沈んだ。

そのころ、武家屋敷の一角に、百人ほどの人数が、しのびやかにあらわれ、海瀬良玄の屋敷をとりまいた。

騎乗の者は十騎。

物頭は、甲冑《かつちゆう》に身をかため、猩々緋《しようじようひ》の陣羽織をきて、出陣のようないでたちである。

鉄砲足軽二十人。

弓組二十人。

槍《やり》組二十人。

あとはそれぞれの物頭の馬まわりを固め、屋敷の周囲の路上に五十基ばかりの篝火《かがりび》を据《す》えた。

やがて松脂《まつやに》の燃えるにおいが付近にたちこめはじめ、路上は昼のようにあかるくなった。

「佐助、これはものものしい。容易にぬけられぬぞ」

と才蔵は、足もとの灯《ひ》のむれを見おろしながら、苦笑した。

「そうよ、のう」

佐助も、あきれたような顔で、下を見おろしている。

二人は、邸内にそびえる銀杏《いちょう》の老樹のこずえにすわっていた。この屋敷うちで、二人が声を出して打ちあわせることのできる場所は、ここしかない。

佐助が指をさした。

「あれをみよ、いよいよ人数が屋敷の諸門から入ってきたわ」

「土蔵をとりまいたな」

「われわれがまだ土蔵にこもっていると思うているらしい」

「佐助、のがれられるか」

「なあに、これしきの囲みをくぐれぬようでは、甲賀の佐助ではない」

「しかしおれは、こまったことがある。運び出さねばならぬ荷物ができた」

「ほう、才蔵でも盗みをはたらくのか」

忍術を一名偸盗《ちゆうとう》術というほどだから、忍者のなかで、盗賊をはたらく者が多い。佐助はそれをいったのだ。

才蔵は首をふり、

「生きた荷物よ」

「というと……」

「良玄の側女《そばめ》を救い出さねばならなくなってしもうた」

「おぬしの女好きにもこまったものじゃ」

「べつに女好きではない。その小若という女が、一緒に連れて逃げてくれという。頼まれればやむをえまい」

「捨てて逃げればよかろう」

「相手はおなごじゃ。あわれではないか」

「そこが女好きと申すのよ。それに女を連れて逃げる工夫があるのか」

「はて」

才蔵も思案にあぐねている。

「とにかく才蔵、ただやみくもに逃げるのも芸がない。相手の城方の人数がわれわれを日本一の忍びの名人とみている以上、ひと泡《あわ》吹かせて退散したい。おぬしには、どういう工夫がある。火遁《かとん》の法か」

「この風をみよ」

才蔵は、空《くう》に掌《てのひら》をかざした。風は湿りを帯びはじめている。

桑名本多藩五百石の矢野勘五右衛門は、宝蔵院流の槍の名手として知られており、当夜の指揮をとっている。

馬上のまま、御典医屋敷に入るや、ただちに土蔵の入口の前に鉄砲足軽二十人を折り敷かせ、その背後に槍組二十人を置くなど、きびきびと部署をした。

「よいか、ゆだんをすまいぞ。相手は日本一の忍びの名人といわれた男ぞ」

「勘五右衛門」

しずかにつと寄ってきた影がある。

この男だけは、具足《ぐそく》、腹巻などはつけず、平服に革襷《かわだすき》をかけ、額に汗どめの鉢巻《はちまき》をまき、伊賀ばかまの裾《すそ》をきびしくくくっている。

名を、川崎為之助《ためのすけ》という。

役目は馬廻役《うままわりやく》だが、剣は藩の指南役の中桐源蔵よりもたちまさっているといううわさがある。かつて念流の兵法を上州馬庭《まにわ》村に住む樋口《ひぐち》又七郎定次にまなび、のち一刀流をまなんであらたに止観流という一派をひらいた。先年、城下の東松原で東軍流の使い手で知られた相州の井戸孫次郎と試合をして一撃でうちたおしたことは、海道では知らぬ者はない。

今夜、為之助は、矢野勘五右衛門の介添えとして出馬している。

「なにか、ご用か」

と、馬上から勘五右衛門は、身をかがめて徒歩《かち》の川崎為之助をみた。

「おぬしの下知《げち》に苦情をいうようじゃが、この土蔵には、かの二人の者はおらぬぞ」

「なぜわかる」

と、勘五右衛門は、不快そうな顔をして、

「おぬし、土蔵の中をみたのか。見たうえで左様なことを申すのか」

「見はせぬ。しかし、見ねばわからぬというのは常人のことじゃ。兵法者ならば、この土蔵に人の気配があるかないかぐらいは、わかる」

「これは高慢な」

勘五右衛門も、槍仕《やりし》とはいえ、兵法者にはかわりない。腹にすえかねて、

「わしをさげすむか」

「さげすみはせぬ。ただ、ひと気がないと忠言したまでじゃ」

「たしかにないか」

「ない」

「されば、おぬし、あの扉《とびら》をあけて一人で入ってみよ」

「入ってもよい。ただ申しておくが、わしはおぬしといさかうつもりでそう申したのではなく、他の方面にも手当をせよと申したまでじゃ」

「ご忠言、痛み入る。とにかく、入っていただこう」

「よろしい」

川崎為之助は、扉に近づいて、ぐゎらりとあけ、跳びさがってしばらく中の気配をうかがっていたが、やがて、

「松明《たいまつ》を貸せ」

と、五、六本なかに投げこみ、抜刀してとびこんだ。

ほどなく出てきて、

「おらぬ」

といったとき、足軽勢は、そのことよりも、そばの銀杏の老樹の梢《こずえ》を仰いでさわぎはじめた。

ひとかかえほどの青い燐火《りんか》が、ふわふわと燃えはじめていたのである。

「はて面妖《めんよう》な」

たれしもが、見あげて戦慄《せんりつ》した。銀杏の梢の燐火は、闇《やみ》に溶けるような淡さで、ちろちろと燃えている。

足軽のなかには、その火をみただけで、すでに逃げ腰になっている者もあった。

「さわぐな、さわぐな」

と矢野勘五右衛門はいそがしく馬頭をめぐらし、

「なんの、甲賀伊賀者の小細工じゃ。鉄砲の者あれにむかって撃て」

闇の中で火縄《ひなわ》が一せいに動き、梢にむかって轟々《ごうごう》と火を噴きあげた。

「おう」

一せいに歓声をあげた。

「仕止めたぞ」

黒い影が、硝煙のおおう路上にむかって、一文字に落ちてきた。

地上に落ちたとき、槍組の足軽がむらがって穂先をつきだそうとした。

「待て、死んでいる」

勘五右衛門は、馬からとびおりて近づき死体がまとっている黒布をはぎとった。

「う、海瀬どのじゃ」

黒布には、本多藩の御典医の首と胴がつつまれていたのである。

おそらく、佐助か才蔵が、良玄の死体を奪って黒布につつみ、銀杏の梢に吊《つ》るしておいたのであろう。そのひもが、銃丸によって切れた。

それと同時に、あらかじめ燐も燃やしておいたのにちがいない。燐は、闇がせまるとともにかがやきをみせはじめた、という段どりになるのであろう。

佐助は、母屋《おもや》の棟木《むなぎ》の下にはりついて地上のうごめきをみつめていた。

(才蔵め、うまくやるかな)

地上では、矢野勘五右衛門が、指揮の場所をすてて土足のまま玄関へかけこんでいた。

「一大事ぞ。当家のあるじが殺されておる。たれかおらぬか」

こたえがない。

そのはずだった。

才蔵が、海瀬良玄を斬《き》ったあと、騒ぎはじめた四人の家来の二人を斬り、二人を当て身で悶絶《もんぜつ》させて死体もろとも納戸《なんど》におしこめてしまっていたのだ。

……玄関の勘五右衛門がさらに叫んだ。

「出あい候《そうら》え。ご家来衆はおらぬか」

やがて廊下をうろたえて駈けてくる足音がした。

その者が勘五右衛門の前に平伏した。

「当家の用人でござりまする」

「あいさつはよい。この火急のときに、いかに医官の郎従とはいえ、主人のそばにもおらぬというのは何事ぞ」

「はっ」

「早う立て」

「ただいま、あかりをつけまする」

「左様なことはよい。表へ出よ」

「…………」

男が立ちあがるのと、勘五右衛門が声もなく折れくずれるのと同時だった。勘五右衛門の草ズリの下から股間《こかん》を真っすぐに脇差《わきざし》で串刺《くしざ》しに突き通していた。

すばやく具足をぬがせて自分の身につけ、脇差のつきたった死体は、かたわらのふすまのむこうへころがした。

そのとき足軽頭が駈けよってきて、

「いかがなされた」

「すでに屋敷の者は逃散《ちょうさん》しているようじゃ」

と、庭へおりて馬に乗った。

背丈が、勘五右衛門に酷似している。

その勘五右衛門の才蔵は、馬上で手をあげ、兜《かぶと》の眼庇《まびさし》をぐっとおろした。

矢野勘五右衛門にばけた才蔵が銀杏の樹《き》の根もとにもどったとき、背後の母屋が、パッとあかるくなった。

火をふきはじめたのだ。

紙障子がめらめらと燃えはじめ、軒から白い煙がふきあがっている。

(佐助、やったな)

足軽がさわぐのを才蔵は馬上から制止し、

「曲者はあの火中にいると見た。槍組はつっこめ、鉄砲組は、火を消せ」

才蔵を先頭にどっと駈けだしたあと、暗い銀杏のかげにあらわれたのは、佐助と小若である。佐助は海瀬家の小者のような服装をし、門を出ようとした。

「おい」

と声をかけたのは、川崎為之助であった。この男だけは、銀杏のかげに残っていたのだ。

「何者だ」

と声をかけると、佐助は、

「当家のお部屋様であられまする。やつがれは小者泰平ともうしまする者」

べつに疑わしい様子もない。屋敷を避難するのだろうと為之助はみて、

「よい」

とうなずいた。

そのあと、佐助は門前の路上をかためている足軽たちに丁寧にあいさつし、暗い武家屋敷の町の路地にきえた。

「小若様、手をひいて差しあげましょうか」

と佐助はいった。

「よろしゅうございます。しかしもそっとごゆっくりあるいていただけませぬか」

「ああ、そうでしたな」

路上を駈けてゆく人影に、何度もすれちがった。

火事とみて、近所の屋敷の家来が救援にとびだしたらしい。

どの屋敷の門前にも、人数がむらがり出て篝火の支度などをしている。

三丁ばかり行って屋敷町の灯が遠のいたころ、佐助は急に足をとめ、

「小若様、どうやらあとをつけている者があるらしゅうございます。すこし相手になってみますするゆえ、そこの草かげに身を伏せていてくださりませぬか。いかなることがあっても身うごきをなされたり、声をあげたりなさいませぬように」

「小若はだいじょうぶでございます」

よほど気丈な女らしい。

すっと、佐助からはなれた。佐助はくずれかけた土塀《どべい》に身をよせた。

尾行者は足音をころして、佐助の目の前を通った。

「もし」

と、声をかけたのは、佐助である。

が、その声を両断するように尾行者は抜き打ちに斬りはらった。

佐助はその刃《やいば》の上をはねあがって、土塀の上にひょいと立った。

尾行者は声をひくめて、

「やはりあやしいと見た目にくるいはなかった。当家の曲者はおのれじゃな」

川崎為之助である。

この念流の達人は、大ぜいの捕方《とりかた》のなかにまじって協力するよりも、自分ひとりの功名をたてたくて、ここまでつけてきたのだろう。

「おりてこい」

「ああ、お言葉にあまえよう」

佐助は、不敵にものどの奥で笑った。

佐助は土塀の上にあり、川崎為之助は、地上にいた。

佐助の背には、満天の星が降るほどにかがやき、佐助の立像の影だけが、クッキリと彫りぬいたように星のむれをかくしていた。

「川崎為之助」

と佐助はその影の名を呼んだ。佐助ほどの忍者になると本多家の家士のうち、しかるべき者はたれたれということは知っているのだろう。

が、名をよばれて為之助の影は、あきらかに動揺した。

知られた以上は、討ちもらしたり、逃《のが》しては、名折れになる。

「おのれ、曲者早う降りぬか」

為之助は、小刀をにぎって居合にかまえ、腰をおとし、身を低くしていった。

念流は、流祖相馬四郎義元が禅門に入って念大和尚《おしょう》と称しただけに多分に宗教的なにおいが濃く一念を剣先に凝らしめる、という心術の工夫が特徴であった。

忍者としての佐助の手は、為之助の一念を散らさねば勝負にならない。でなければ、いかに佐助でも、この海道で高名な兵法者の剣で両断されてしまうはずであった。

「おりよ」

為之助は、いくぶんあせりはじめていた。

「いかにもおりる。しかし為之助どの、おぬしがそれほどの兵法者でも、忍びの剣は知るまい。いかに防ぐか、その工夫を思案なさるがよろしかろうぞ」

「たかが、らっぱ」

らっぱ、とは、忍びへの蔑称《べっしょう》だ。

「なにほどのことがある」

「いかにも、なにほどのこともない」

佐助は低くわらった。

そのとき、佐助の体は黒い天にむかって跳躍し、ふわりと浮かんだかとおもうと、為之助の頭上で両手をひろげた。やがて右手を上にあげ、勢いよく落下してきた。

「たあっ」

為之助の長剣が星にきらめき、一閃《いっせん》して佐助を両断した、とみえたが、死体はない。地上に倒れているものは、佐助の衣裳《いしょう》であった。衣裳には屋根瓦《やねがわら》五枚がつつまれていた。

佐助の体は、すでに屋敷の土塀の上に飛びうつっていた。

「どこを見てござる。ここにいる」

為之助が、はっとふりむいたとき、黒い小さなものが、かれの目を襲ってきた。羽虫のようなものであった。

それが、ゆるやかな動きで為之助の目をねらって近づいてくるのである。ときに大きくなり、ときに小さくなった。

「おのれ」

為之助は一刀でたたきおとし、さらに横に薙《な》いで、いま一つの黒いものを斬りはらったときが、この男の地獄だった。

剣が、はるか右のほうに飛んだ。と同時に為之助は脳天を割られて、声もなく地上にころがっていた。

(死んだな)

佐助はゆっくりと刀をぬぐい、小若が待っている草むらへ近づいた。

佐助が小若をつれて才蔵との待ちあわせの浜まできたとき、暗い波のむこうに月がのぼろうとしていた。

「あの、才蔵様は、どこにいらっしゃいます」

「この浜を歩いておれば、いずれ参りましょう」

そのとき、砂地に落ちていた影が、むくりとおきあがって、

「才蔵じゃ。ここにいる」

と低くいった。

「おお」

佐助は近づいてきた。小若がそれに従い、やがて、そっと才蔵のうしろにすわった。

「才蔵、あれからどうした」

「どうもこうもなかった。おぬしが火をつけたあと、馬上のまま屋敷を駈けぬけ、駈けながら、鞍《くら》の上で借りものの具足を脱ぎ、ぬぐたびに一つずつ通りすぎる屋敷の塀のむこうへほうりこんで行った。どの屋敷も、朝になって気づけばおどろくにちがいない。ある屋敷には兜《かぶと》がおちている。その隣り屋敷には胸あてが松に掛かっているはずであろうし、籠手《こて》がぬれ縁に落ちている屋敷もあるはずじゃ」

「すると」

と佐助はからかうように、

「その具足の切れはしをたどってゆけば、われわれがこの浜にきたということがわかることになる」

「ぬかりはない。もともと方角を逆に駈けた。具足をぬぎおわった所で馬を捨て、あるいてここまできた。……さて、いまからどうする」

「この浜から海上七里をわたって、宮（熱田）の宿場へゆくつもりでいる」

「舟は」

「桑名にいる甲賀者が手くばりをしているはずじゃ」

「あいかわらず、ぬかりのないことじゃ。……ところで」

と小若のほうをふりむき、

「そなたは、これからどうなさるおつもりじゃ」

「あなた様の行かれるところなら、どこまでもついてまいりまする」

おだやかな微笑をうかべていった。これには、さすがの才蔵も、内心、たじろがざるをえなかった。

じつをいえば、この小若という女については、才蔵は、海瀬良玄の妾という以外になにも知っていないのである。

「それは、こまる」

「おこまりになってもよろしゅうございます。小若は、おこまりなさろうと、お捨てなさろうと、ひとりでついてまいります」

「身よりは、ないのか」

「ございませぬ」

「すでにあの屋敷の一件で、われわれの正体は知っていよう。物見遊山《ゆさん》でこの街道をあるいているわけではない。おなごの身で、怪我《けが》があってはつまらぬ」

「小若は、もともと天涯《てんがい》に身よりのない身、死んでも悔いはございませぬ。なんぞ小若のお役にたつことはございませぬか」

(妙なおなごじゃ)

身寄りはないというだけで、身の上を明かさぬ所がこの女のなぞといえばいえる。

「佐助、どうする」

「よいではないか。連れて参らそう」

と、佐助は、なにがおかしいのかくすくすわらっている。

やがて沖に三十石積みほどの船があらわれ、三人は伝馬船《てんません》にむかえられて、それに移乗した。

船頭はいずれも甲賀者らしい。三人が乗りうつると、きびきびと立ちはたらいて、夜風のなかに帆をあげた。

帆のうえに、月がかかっている。

「さいわい、追風じゃな」

胴ノ間で佐助はめずらしく酒をのみながら、機嫌《きげん》がいい。

「小若どの、夜の潮風はからだに毒でござる。早う、おやすみになるがよろしかろう」

といって自分の袖《そで》なし羽織をぬぎ、小若のひざもとへ押しやった。

小若は、礼をいうでもなく、佐助のほうをむいてふっと微笑し、

「それでは、佐助どのが寒うありましょう」

「なに、わしの体は寒熱冷暑には縁がござりませぬ」

「それでは才蔵さま」

とこんどは才蔵のほうをむいて、

「小若は才蔵さまのお羽織も、ほしゅうございます」

「なぜじゃ」

「夜の潮風は、からだに毒だそうでございますから」

よくみのった白いあごから、したたるほどの色気がにおっている。

「羽織は、ひとつあればよかろう」

「まあ、つれない申されかた。……」

小若は、にらんだ。

才蔵は、やむなく袖なし羽織をぬぎ、だまって小若のひざに投げてやった。

ごろりと寝ころんで、

(正体のわからぬおなごじゃ。どういう素姓《すじょう》なのであろう)

「おやすみなさいますなら」

小若は立ちあがり、

「お膝《ひざ》をお貸しいたしましょう」

と、才蔵のそばにすわるのである。

「要らぬ。膝なら、佐助に貸してやれ」

「いいえ、佐助どのは変り者にて、おなごのにおいはきらいじゃと申されます」

「小若、口ぶりをきいていると、そち、佐助とはよほど以前からの知りあいじゃな」

女は急にだまり、しばらくしてから、

「わかりましたか」

「素姓をいえ」

「それは……」

と女はなにかいおうとしたが、佐助が横から手で制し、

「才蔵、わしの口から申そう。小若どのは、甲賀忍者の名家望月《もちづき》家の息女であられる」

（ほほう。……）

伊賀には女忍者というのはいないが、甲賀者にはまれにそれがいるときいていた。

小若が、大坂方の諜者《ちようじや》として海瀬良玄の妾《めかけ》になっていたというのなら、いままでの不審がおぼろげながらも解けてくる。

「ところで」

と佐助はさらに微笑し、

「隠岐殿の侍女をつとめているお国どのとは、異母妹の間柄《あいだがら》にあられる」

「なに」

才蔵は、目をひらいた。お国もまた甲賀者であったかといまさらのように知ってお

どろいたのである。

翌朝、船は、尾張の宮の舟つき場についた。

宮とは、いまの熱田のことだ。

「さすがに東海道随一の宿場じゃな」

舟つき場にある赤い鳥居をくぐりながら、佐助は、旅人の往き来《ゆき》のにぎやかさに、いまさらのように感心している。

「佐助、おぬしはわしから離れておれ」

「なぜじゃ」

「そのなりではまずい」

「なるほど」

佐助は自分の服装をみて、苦笑した。旅芸人の服装では、武家姿の才蔵と肩をならべて歩くわけにはいかない。

「じつはわしは、この宮で侍装束に変えるつもりでいた。つまり、おぬしら夫婦《みようと》の家来になる」

「夫婦とはなんのことじゃ」

「おこるな。小若どのも承知してくれている。じつは小若どのをあの桑名の屋敷から逃がしたのも、その目的があったからじゃ」

「なにを申しておるのか、わからぬ」

「おぬしと小若どのを夫婦にしたかったのじゃよ。小若どのは、伊賀随一の忍びの名人といわれる霧隠才蔵どのの妻ならよろこんでなります、というてくれた」

「それはこまる」

才蔵は、ちらりと小若をみた。

小若はえんじ色の美しい塗り笠《がさ》をかたむけ、手足をべにの手甲《てっこう》、脚絆《きゃはん》でかためて、いかにも武家の妻の旅姿といったかっこうであるいているのである。

「小若どの、いまの佐助のはなし、きこえたか」

「きこえました」

「わしの妻になるというのじゃぞ」

「はい。才蔵さまがしてくだされば、小若はうれしゅうございます」

「むろんこの道中だけのことであるな」

「いいえ」

と、えんじ塗笠がかぶりを振り、

「ゆくさき、一世も二世も才蔵さまの妻になるつもりでございます」

これには佐助のほうがおどろいて、

「待った。小若どの、それは約束ちがいじゃ。この道中では、霧隠才蔵は、九州の阿《あ》蘇《そ》大宮司《だいぐうじ》家の家来斎藤縫《ぬい》殿という身分と名前になっている。それにふさわしい妻といえば、やはり小若どのでなくてはかなわぬ。そう思うて頼んだわけでござる。あくまでも、この道中だけのことでござるぞ」

「道中の人目をごまかすための夫婦じゃ」

「そういう仕儀ならば、小若はここから帰らせていただきまする」

「どこへ帰るのでござる」

「いいえ、大坂の隠岐殿のもとへもどって、佐助どのの仕打ちを訴えまする」

「それはこまるのう」

と佐助は才蔵をみて、

「才蔵、すまぬ。小若どのは、ああ申されている。おぬしさえよければ、いまの小若どのの申し出、承知してくれ。なにぶん甲賀でも名家の望月家の息女じゃ。釣りあわぬ縁ではない」

「佐助、おぬしは、阿呆《あほう》じゃな。いつのまにか仲人《なこうど》になっているではないか」

才蔵は、ふきだした。

（下巻へつづく）

「司馬遼太郎記念館」への招待

司馬遼太郎記念館は自宅と隣接地に建てられた安藤忠雄氏設計の建物で構成されている。広さは、約2300平方メートル。2001年11月に開館した。

数々の作品が生まれた自宅の書斎、四季の変化を見せる雑木林風の自宅の庭、高さ11メートル、地下1階から地上2階までの三層吹き抜けの壁面に、資料本や自著本など2万余冊が収納されている大書架、……などから一人の作家の精神を感じ取っていただく構成になっている。展示中心の見る記念館というより、感じる記念館ということを意図した。この空間で、わずかでもいい、ゆとりの時間をもっていただき、来館者ご自身が思い思いにしばし考える時間をもっていただきたい、という願いを込めている。（館長　上村洋行）

利用案内

所 在 地　大阪府東大阪市下小阪3丁目11番18号　〒577-0803
T E L　06-6726-3860，06-6726-3859（友の会）
H　　P　http://www.shibazaidan.or.jp
開館時間　10:00～17:00（入館受付は16:30まで）
休 館 日　毎週月曜日（祝日・振替休日の場合は翌日が休館）
　特別資料整理期間（9/1～10）、年末・年始（12/28～1/4）
　※その他臨時に休館することがあります。

入館料

	一　般	団　体
大人	500円	400円
高・中学生	300円	240円
小学生	200円	160円

※団体は20名以上
※障害者手帳を持参の方は無料

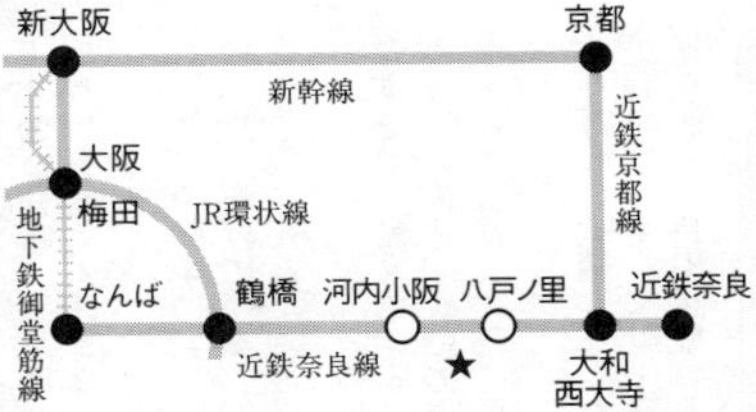

アクセス　近鉄奈良線「河内小阪駅」下車、徒歩12分。「八戸ノ里駅」下車、徒歩8分。
　Ⓟ5台　大型バスは近くに無料一時駐車場あり。但し事前にご連絡ください。

記念館友の会　ご案内

友の会は司馬作品を愛し、記念館を支えてくださる会員の皆さんとのコミュニケーションの場です。会員になると、会誌「遼」（年4回発行）をお届けします。また、講演会、交流会、ツアーなど、館の行事に会員価格で参加できるなどの特典があります。

年会費　一般会員3000円　サポート会員1万円　企業サポート会員5万円
お申し込み、お問い合わせは友の会事務局まで
TEL 06-6726-3859　FAX 06-6726-3856

司馬遼太郎著
花神（上・中・下）
周防の村医から一転して官軍総司令官となり、維新の渦中で非業の死をとげた、日本近代兵制の創始者大村益次郎の波瀾の生涯を描く。

司馬遼太郎著
城塞（上・中・下）
秀頼、淀殿を挑発して開戦を迫る家康。大坂冬ノ陣、夏ノ陣を最後に陥落してゆく巨城の運命に託して豊臣家滅亡の人間悲劇を描く。

司馬遼太郎著
果心居士の幻術
戦国時代の武将たちに利用され、やがて殺されていった忍者たちを描く表題作など、歴史に埋もれた興味深い人物や事件を発掘する。

司馬遼太郎著
馬上少年過ぐ
戦国の争乱期に遅れた伊達政宗の生涯を描く表題作。坂本竜馬ひきいる海援隊員の、英国水兵殺害に材をとる「慶応長崎事件」など7編。

司馬遼太郎著
歴史と視点
歴史小説に新時代を画した司馬文学の発想の源泉と積年のテーマ、〝権力とは〟〝日本人とは〟に迫る、独自な発想と自在な思索の軌跡。

司馬遼太郎著
胡蝶の夢（一〜四）
巨大な組織・江戸幕府が崩壊してゆく——この激動期に、時代が求める〝蘭学〟という鋭いメスで身分社会を切り裂いていった男たち。

司馬遼太郎著
項羽と劉邦（上・中・下）
秦の始皇帝没後の動乱中国で覇を争う項羽と劉邦。天下を制する"人望"とは何かを、史上最高の典型によってきわめつくした歴史大作。

司馬遼太郎著
アメリカ素描
初めてこの地を旅した著者が、「文明」と「文化」を見分ける独自の透徹した視点から、人類史上稀有な人工国家の全体像に肉迫する。

司馬遼太郎著
草原の記
一人のモンゴル女性がたどった苛烈な体験をとおし、20世紀の激動と、その中で変わらぬ営みを続ける遊牧の民の歴史を語り尽くす。

司馬遼太郎著
覇王の家（上・下）
徳川三百年の礎を、隷属忍従と徹底した模倣のうちに築きあげていった徳川家康。俗説の裏に隠された"タヌキおやじ"の実像を探る。

司馬遼太郎著
峠（上・中・下）
幕末の激動期に、封建制の崩壊を見通しながら、武士道に生きるため、越後長岡藩をひきいて官軍と戦った河井継之助の壮烈な生涯。

司馬遼太郎著
司馬遼太郎が考えたこと　1
―エッセイ　1953.10～1961.10―
40年以上の創作活動のかたわら書き残したエッセイの集大成シリーズ。第1巻は新聞記者時代から直木賞受賞前後までの89篇を収録。

風《ふう》神《じん》の門《もん》（上）

新潮文庫　し-9-34

昭和六十二年十二月二十日 発行
平成十七年十月十五日 四十九刷改版
令和五年七月十五日 六十八刷

著者 司《し》馬《ば》遼《りょう》太《た》郎《ろう》

発行者 佐藤隆信
発行所 株式会社 新潮社
郵便番号 一六二―八七一一
東京都新宿区矢来町七一
電話 編集部(〇三)三二六六―五四四〇
読者係(〇三)三二六六―五一一一
https://www.shinchosha.co.jp
価格はカバーに表示してあります。

印刷・株式会社光邦　製本・株式会社植木製本所

ISBN978-4-10-115234-9 C0193